冷空

苏炳鹏◎著

天津出版传媒集团
百花文艺出版社

图书在版编目（CIP）数据

冷空 / 苏炳鹏著 . -- 天津 : 百花文艺出版社，2019.12

ISBN 978-7-5306-7843-5

Ⅰ . ①冷… Ⅱ . ①苏… Ⅲ . ①长篇小说—中国—当代
Ⅳ . ① I247.5

中国版本图书馆 CIP 数据核字 (2019) 第 268708 号

冷 空

LENGKONG

苏炳鹏　著

责任编辑：王　欣　由高峰
装帧设计：陈丽维
出版发行：百花文艺出版社
地址：天津市和平区西康路 35 号　　**邮编：**300051
电话传真：+86-22-23332651（发行部）
+86-22-23332656（总编室）
+86-22-23332478（邮购部）
主页：http://www.baihuawenyi.com
印刷：天津雅泽印刷有限公司
开本：710 × 1000 毫米　1/16
字数：200 千字
印张：14
版次：2019 年 12 月第 1 版
印次：2020 年 4 月第 1 次印刷
定价：46.00 元

如有印装质量问题，请与天津雅泽印刷有限公司联系调换
地址 : 天津宝坻经济开发区宝富道 2 号 101 室
电话 :（022）29645110　邮编 :301800

1

七月的办公室热，空气像是从蒸笼里窜出来似的，让人无法正常呼吸。空调早已经坏了，每个人都下意识地拿起桌子上的遥控器，试图将它打开，那动作各个都像魔法师，似乎动动自己的手指这玩意儿马上就会好。这个空调已经闲置了很久，具体哪天坏的，谁也说不上来，今年就一直没用过。冬天办公室里的暖气还不错，所以就没有人还记得这个摆在角落里多余的东西。现在，天热了，人受不了了，大家就想起它来。但它罢工了。

给后勤服务部已经打过不下十次电话，每次都说等等，但等到什么时候谁也不知道。在这个节骨眼儿上，大家心里都比较焦躁。有个年长的老师说，这是什么单位呀，要散伙就早散伙吧，别一天到晚往下熬，这饿不死迟早是要被熬死。

陈大风过来找我，拽着我从办公室里出来。

我俩到楼道里透气，发现整个楼道也不通风，他跑过去打开东侧的窗户。有风吹过来，但也是热乎乎的。

离我俩不远的地方是台长办公室，门一直关着。前三个月就有传言，说台长要去广电局当局长，新任的台长是从宣传部调过来的，是以前从副台长的位置上出去的，现在主管我们的张部长。陈大风早就给我说过，这种事情是我们这些人能说清楚的吗，如果大家早都知道，还待在这里干吗，早去组织部上班了。

陈大风已经当了近七年的副主任了，按常理，早该提拔了，在办公室里提起来更好，轻车熟路，再不行去频道，先当个总监也算可以，他已经努力过很多次了，最终还是在这个座位上坐着。什么原因呢，他说不上来，我也说不上来。

他说："还是你们做业务的好，干活，挣钱，哪像我们机关的，一天就盯着领导的脸色，希望把自己都弄到一个合适的位置，现在的日子是越来越不好过了。"他活动着筋骨，双臂向外做着扩胸运动，我刚打算和他一起做，发现他的动作僵硬了。

我回过头，见台长从电梯里出来，他瞥了我俩一眼，什么话都没说往办公室里走。他的身后跟着一个女人，那女的给陈大风笑着挤了一下眼睛，是综合中心副主任杨柳，我的直属领导。我羡慕她完美的身材，每次看见她走路，感觉那半截腰肢会把屁股甩出来一般，让人产生一种随时需要伸手去接的担忧。

陈大风给我说过，杨柳的背景很不一般。

2

认识阿佳是一种偶然。

朋友李海峰打电话说："有一个女孩带给你见见，蛮好的。"

我说："蛮好的就见见。"

见阿佳是在离我住处不远的火锅店，在北城像这样的火锅店我是很少进的，因为吃完了总觉得没吃饱。我一般只到两种地方吃饭，一种是去面馆，吃完就走，解决肚子。一种是在和朋友相聚的情况下，选能够激发自己快乐的地方，吃饭是次要的，主要的是喝酒。酒在我生活中占据了一大部分，几乎每周都要喝上两三次，不为别的，就是朋友们都好这一口。而且喝酒一般是不行酒令的，每人倒上一满杯，自酌，看各自的心情。每次我喝得最多，当然最后一起醉，谁不醉就是不够朋友。

我喝酒的朋友圈里没有李海峰。这不是说李海峰不喝酒，而是他一般不把自己喝醉。在酒桌上永远和清醒的人坐在一起，你会感觉生活太累。所以我的酒桌上没有李海峰，因为我不想在酒桌上也把自己弄得疲惫不堪。

但今天不得不和李海峰喝酒，李海峰赶了几十公里的路，还要给我带所谓的女朋友，我怎能不请他喝酒呢？再说自从毕业之后，几乎没见过面，闲得没事了打电话侃侃，一般也不说什么正事，相互损损，了解一下彼此的情况。

难得相遇，请李海峰吃饭喝酒也就是正常事了。我开始打算去较为高档的地方，最后觉得不就是和女孩子见面吗，搞得那么隆重，让他感觉我虚荣。

和李海峰同来的是个细高挑的姑娘，穿着很素净。开始我还以为是李海峰这家伙开玩笑，带自己的女儿来玩呢。当我坐在姑娘对面时，我知道这个女孩是李海峰为我带来的，因为我看到女孩子眼睛深处亮晶晶的东西。上大学的时候，全班的同学都知道我喜欢眼睛亮晶晶的女孩子。

我多看了几眼这个让我心动的小女孩，发现她的眼睛也不停地瞥向我。

那一天，我与李海峰喝了不少酒，我第一次发现李海峰的酒量竟然这么大。毫不客气地说，喝酒我从来是不把李海峰放在眼里的，因为无论是从他的年龄还是他那谢顶的头发上看，他都不是我的对手。但李海峰的酒量确确实实让我吃了一惊，我俩每人一杯就这样对着喝，五十三度的唐川酥酒整整喝了两瓶，他只是脸色有些微微地泛红。最后他看看我，似乎由于自己酒量太大而不好意思。他说：“对了，你小子还有事，我也难得到市中心来，下午还要转转，咱俩喝得差不多了，下次再聚。”

我平时不这样，一般在喝酒的时候都要酣畅淋漓，但今天不行，坐在那里想了半天，接下来是要喝酒还是和这小女孩去聊天？曾经有一瞬间，喝酒似乎占了上风，但我最终还是选择了和女孩聊天。我已经老大不小了，需要将自己的冲动来冷却，虽然不能说是个理智的人，但我明白，如果继续喝下去，就不仅仅是形象问题了，至少会伤了一个人的自尊。她是无辜的。

走出火锅店的大门，李海峰泛着满脸的红光，他的脚步看起来有点飘，他冲着我和他带来的女孩挥挥手，说：“你们好好聊吧。”

目送李海峰在街道的人流中远去，看着他略显发福的身姿，我的内心涌出无限的激动。当年在全班他的年龄是最大的，和我们这帮二十岁的小伙子在一起，他尽量地掩饰自己的稳重和城府，希望和大家能够玩在一起。现在一切都过去了，同班的同学大部分人都不再见面，短短几年时间，我能够记起名字的也不过十人，而李海峰却一直和我保持着联系。

3

早晨的阳光透过窗帘的缝隙，像一只害羞的手轻轻地抚在床头上，我睁开了惺忪的眼睛。这一夜，我睡得出奇的好。醒来后看了看卧室四周的墙壁，瞬间头脑异常地清晰，困扰自己多年的神经性头疼今天竟然好了。我努力地想了想今天要做什么事，似乎将一件重要的事情忘记了，顺手从床头拿出一支烟点燃，看着烟丝缕缕飘起，才想起来，今天该找点事情做了。

已经有一周无事了，不是我矫情，是被单位某些人封藏了。从踏进电视台第一天开始我就从没有闲过，驴怎么干活我就怎么干活，从天亮到天黑，从傍晚到半夜，加班是这行的“便饭”，不怕人笑话，我感觉自己从没有睡得清醒过。而这一次，我闲了。在全国各大电视台真人秀节目如火如荼的时候，栏目不得不跟风而上。节目一开播，马上受到全市人民的热烈响应，从海选的第一天开始，电视台的门口被报名的少男少女围得水泄不通，有人开始笑话，中国的电视把少男少女弄疯了。我虽然不这样认为，但有时候也的确感觉这个世界有些让人无所适从。当大家在高考的漩涡里还没喘过气时又投入到选秀的窒息中。

选秀节目不但在社会上引起了强烈的轰动，而且在电视台内部也得到了高度重视，用张吉的话说，从前见过很多美女，但没见过这么多的美女。其实，在参与本次选秀节目中，也让编导发现很多伪美女，而且是出奇的伪，伪得千奇百怪。海选一天比一天精彩，看得出选手在这件事上是煞费苦心了，但随着报名人数的增加，栏目不得不将个人的介绍在节目中一压再压，最后实在是不能压的时候，导演组只能抬高报名的门槛。

活动之初，不知道是什么原因，我只在策划组挂了个虚名，并没有分配实质的事情，也就是说，基本上是一个闲人，这是我到电视台工作后第一次无事可干。

我没什么事做，三组的弟兄们都闲了，除了张吉有点背景，被抽调录选手小专题外，其他人只能在各组打杂了。我心情特郁闷，处在这样一个环境中，你一点脾气都没有。我给张吉打过招呼，让他多想想办法，尽量能给大家安排点活干，看着他脸上无奈加难过的表情也就不好意思过分强求。

从单位回到家，我随便在厨房糊弄了一点东西，躺在沙发上想问题。时光匆匆啊，转眼间七八个年头就在不经意中过去，电视事业耗去了我人生最黄金的时光，从二十一岁到二十八岁，这在人生中有几个这样的阶段。

夜色渐渐降临，有风从窗户里吹了进来，秋天的凉意瞬间灌进了我的房间。一年又开始走向末尾了，我看着自己客厅里的空空荡荡，不由得开始回忆一路走来的时光，第一次有了一种强烈的颓废感，我该离开了吗？

屋子里非常零乱，来做客的朋友有意无意地批评了很多次，在电视台我怎么说也算是个老人了，大家说话还是给我留点情面。生活中随着年龄的增长，会觉得人特别需要受到尊重，在年轻人面前有时候觉得面子比其他东西都要重要。屋子好久没有打扫了，这我比谁都清楚，每天晚上加班回家，通常都是倒头便睡，没有养成在午夜收拾房屋的习惯，天亮起床后，往往已到了上班的时间，所以我的房间你完全能够想象到是什么样子。毫不夸张地说，我清理过的袜子要摆在店铺里，完全可以开一个专柜，当然这是个不上档次的专柜。

现在终于闲下来了，绷紧的神经弦一样拧放松了。戏还在唱，拉板胡的被团队使出来，才发现整个舞台有没有自己无关紧要。耳边的喧闹消逝了，像行走的野兽逃到了荒野，周围一下子变得寂静。这种寂静空旷，悠远，无法一下子接受，实实在在地充斥了所有能感受到的世界。

我静静地闭上眼睛，听自己的心脏舒缓跳动。现在的事实是没有事情可做了，或许应该会有很长的时间，因为前期预热活动要搞半年时间，半年时间？对，一百多个日夜，我会有一百多天来做个闲人，每天完全自由，可以睡觉、上网，或者随随便便溜达。不知道这种待遇是上天交给我的一种恩赐还是对我时常抱怨工作太忙而给予的惩罚。总之，我觉得这一百多天正向我缓步走来，如同从前无法改变整日的繁忙一样，现在没有能力去改变即将到来的清闲。

4

我躺着，看着太阳的影子从我的眼前一步步移动着。眼前的地板上起初有一块光亮，它缓缓地向侧面的墙壁上倾斜。阳光似乎显得非常沉重，如果是个光彩的女子，它或许能让我留下来，与我闲话一些生活的无奈与无聊，即使那样我也懒得动。睡觉实在是一件舒服的事，对一个忙习惯了的人来说，生命中如果能够有这么几天肯定是舒服的。在这中间我曾翻转了几次自己的身体，富贵慵懒，我没有必要玩命似的将翻身都做成是一种必须要履行的敏捷。

夜晚就是此期间来临的，似乎是在一瞬间降临。

我就是在天黑的那一时刻睡着的。

醒来时屋里一团漆黑，从手机上知道已经十点。说实话，我第一次发现没有月亮的夜晚竟是这样的漆黑。我用手摁了客厅灯的开关。没有任何反应，我爬在窗户上才意识到整个小区都已经停电。索性又去蜷缩在沙发上，既然黑夜是这样的一片沉寂，就让我好好地融入沉寂当中。我没有脱衣服，把自己重新整成下午睡觉的样子，闭上眼睛静静聆听屋里的声响。

必须出去吃一点东西，哪怕是一项任务也得去完成。我给自己说。这一会儿，又实在懒得动，浑身似乎被抽了筋，四肢一点力气都没有。

但我需要起床，如果现在不起而是在半夜起来那是一件令人烦恼的事情。我知道自己是一个夜猫子，在半夜眼睛是最明亮的，但那是在工作紧张的前提下。现在我无事可做，书早已经不读了，午夜的电视更让人心生厌烦。在这种情况下我不能将自己提前睡到清醒，那午夜不会安静下来，难道要睁着发绿的眼睛等到黎明的到来？

我走在街上，行人已经稀少。

城市的夜生活早已开始。休闲娱乐场所的霓虹灯摆弄出各种诱人的光芒，置身这样一种氛围，我孤独得像一匹流浪在旷野中的狼。

我拨了一个电话，事实上这个多余的电话完全源于自己无聊的空虚。对于李海峰给我介绍的阿佳随着那天的远去已经远去了，但事实上命运在安排缘分的时候，它总让你用最细的线来钓上最大的鱼。在这么深黑的夜晚，我没想到一个随意的电话竟然让阿佳从被窝里翻身而起，或许是我多天的不联系让她产生了了解我的欲望，半小时后，我和阿佳坐在一家夜市小吃摊的桌子上，我知道今夜或许不会寂寞。

阿佳坐在我的对面，她并不喜欢说很多的话，但是能从神态上看出她对我的亲近。大部分时间都是我在那里演讲，讲自己生活中的各种趣事，我的发言总是招来她恰到好处的微笑，她有一副特别好看的牙齿。

准确地说，我对阿佳有好感，开始仅仅是好感，这种好感多来自于她的相貌，但姣好的形貌在那一瞬间触动了我的神经，而这根神经恰恰当时敏感，我说了我今生以来最后悔的一句话。在与阿佳相处的两年时间里，我一直后悔，我怎么能对一个不了解的人说出那样的一句话。

然而，这句话我说出口了。既然说出口了，我就收不回了。

我说："阿佳，你嫁给我好吗？"

5

我刚刚尝到清闲的滋味，就受到了杨柳主任的召唤。那一天，我正在睡梦中，手机响了。懵懵懂懂的，我刚一说喂，对面的话便扑耳而来。

"郑怡升，你在干什么？"

我听出这是谁的声音，从床上翻身而起，一下子里从迷糊中清醒，尽量将自己因睡眠还没有恢复的嗓音装得正常一些，她命令我即刻赶到台里。我感觉她还没说完最后一句话就挂掉了电话，后半句话是超时空传递的。

我没顾上刷牙，就打车赶到了办公室。整整一屋的人都在开会，可能是看到我没有梳理的头发，我一走进办公室，同事们都笑出声来，杨柳主任也笑了。

在接下来的会议上我受到了点名批评，当全班人马在如火如荼工作的时候，我竟然在家里睡觉。我没有解释，谁都知道原因，包括这次选秀节目的总负责人敬爱的杨柳主任。

我在制作团队大会上做了检讨，这个检讨我知道是做给更重要的人物看的。我郑怡升错了，诚恳地接受了上级的批评，有了检讨我就可以重新杀回来了。会议决定，我如果继续在这样重要的活动中靠边站的话，那么组织就会追究责任，责任就需要有人负责。一般来说，在组织追究责任的时候，没有人能负得起这个责任。

我回来了，而且有了属于自己的重要岗位。这个岗位使我走近了选手，也走进了我的团队。

从主管主任的屋子里走出来，我身上已经担负着重要的责任，要带队将一部分优秀选手打造出光彩的形象来，这不仅有利于他们在比赛中的发挥，而且也有利于增加我们节目的看点。这种点子不是我来创造的，在全国各地电视台一看，就能抓一大把这种形式。

我们小组五个人，下午立即开了会，安排了各自的分工，大家一致认为定三条路，第一情感故事，挖掘参加本次大赛每个人身后的努力和艰辛；第二张扬看点，寻找选手的特长，认识和了解她不为人知的一面；第三注重包装，用音乐的节奏，将选手光彩的形象展示出来。

大家的意见基本一致，没想到在我的去留问题上，我的搭档给足了面子，我能重新回来，看来不是杨柳主任一个人的意思，有人对这件事情持支持的态度。

后来，有人告诉我，因为陈大风调我们综合中心任书记了。

晚上，王梓做东，将我们几位约到了“东方红莜面村”。

这当中大部分是我的酒友，我必须解释清楚，我的酒友并不全都是大酒量，重要的是他们的态度，一起聊天，因为喝酒进入状态才能激发艺术者的创作激情。

现在，一个月之后因为我的重新起用，大家聚在了一起，又喝起了酒。

在酒桌上只有张吉比较内向，而其他人都比较话多，我曾问过张吉为什么喝酒不说话，他的脸红得透彻，告诉我说，因为他怕在我面前说错话。这虽然是一句玩笑话，但却让我心里舒服，对于我们这些凡人来说，偶尔有哪怕一点点的尊重也会让内心有满足感。今天大家重新坐在一起喝酒，而且是因为我，我内心的感动可想而知。

王梓举起了杯，说：“大家今天晚上多喝一点，为了郑哥重掌帅印！”

我也举起了杯，却发现少了一个人，我问：“刘诚呢？忙什么呢？”

王梓干了手中的酒杯，放在桌子上，眉毛头子皱了一下，这是他咽酒的习惯动作，他抬起头说：“马上就过来，听说来了个同学。”

“那就一块儿叫过来，都自己人，没什么关系。”我这么说大家都理解，在桌子上，特别像今天这样特殊的日子，少一个人，一个工作生活中的伙伴，心里面似乎缺了一样东西。

赵聪拿起电话：“大家都等你呢，老郑让把你的同学带过来，美女大家都有权看，不要当成自己的私人物品，我们都见惯了，没人当作‘双眼皮’。”

听赵聪给刘诚打电话都笑了，重点笑那个“双眼皮”。这是一个大家都知道的段子，就是见不上女人看见老母猪都是双眼皮。赵聪真够损面子，这样说刘诚的同学。在我们当中，他们俩都够损，互相喜欢抬杠，最容易出矛盾，也最容易化解。

我认为赵聪是在与刘诚开玩笑，但让我没有想到的是，刘诚真带来了一个双眼皮女孩，个头高挑，体型偏瘦，她和阿佳一样有着一口非常洁白的牙齿，而且长得更整齐。刘诚介绍说这是蔡薇薇，在刘诚的介绍中她对我露齿一笑，这一笑笑散了我，她的笑容里藏着酥软的东西。我客气地说了声：“请坐。”我知道今天的酒不会喝尽兴的。

刘诚是我们中间酒量最大的，他能用口杯喝白酒，一次灌进肚子二两不在话下，但今天的刘诚明显地比较矜持，看得出在女同学面前，他不想过早地灌醉自己。

有了外人，大家自然对工作上的事就不谈了，开始聊一些生活中的闲事。王梓是我的老搭档，看大家谈得兴致并不是很高，就举起口杯，严厉地说：“来，干了这一杯，全干！”

我们几个人中，每次喝酒王梓量大但是喝得秀气，现在看着他这么豪迈，赵聪端起了酒杯，说：“难得老二举杯，干！”

“干！干！”

大家都明白为什么要喝这杯酒，所有的人都端起了酒杯，刘诚不停地用杯底敲着饭桌上的旋转玻璃。我看见坐在他身边的那位女同学蔡薇薇也端起了酒杯，大家不约而同喝完了杯中的酒。

现在我知道了，刘诚的这位同学，酒量也不小。

这一口杯少说也有一两多，我喝下来感觉脑袋轻飘飘的，灯光变得明亮起来，对面的人似乎也近了许多。我看见赵聪和王梓的脸变红了，刘诚和他的同学嘀咕了两句开始夹菜。我喝了一口水，有了说话的热情。

饭桌上的气氛一下子活跃了起来。刘诚又为大家面前的口杯斟满了酒，然后举起了自己的杯子，向我伸了过来，“郑哥，这是敬您的，我代表我的同学‘行个贿’。”蔡薇薇也端起了杯子。

刘诚咳嗽了一声，用手捂了一下嘴说，蔡薇薇也是选手，她的短片在咱们组，她今天来想认识你，希望得到你的帮助。

这算行贿吗？不算，但让人极不愉快，我不想在喝酒的时候答应别人的条件，我是个在喝酒中追求轻松的人。但今天我没有办法，是我的兄弟说出来了，或者说他知道我根本起不到关键的作用。如果能帮助，那也是将她的形象片做得更突出一点，按道理，这本身就是我的工作。

我站了起来说：“这本来就是工作，帮忙的事，还要靠大家，不用敬我，来，大家碰个杯，为了刘诚的同学，共同努力！”

我们每个人喝了一口。这个时候大家已经随意了，我看见刘诚一饮而尽，蔡薇薇抿了一口，就在放下杯子的一瞬间，还看了我一眼，突然她将头猛然转了过去，还没等我反应过来，她哇的一声，“现场直播”了。

大家都不约而同地站起了身，这在喝酒的场景中是很少见的一幕，因为我们每次都是随意喝，喝到自己“见顶”的状态，看来这个蔡薇薇并不能喝多少酒，而只是为了说不想伤大家的面，喝下自己并不能承受的分量。

我对刘诚说：“拍拍她。”

王梓说：“真是个傻丫头。”

6

我知道自己结婚会让大家吃惊，但没想到会吃惊到这样一个程度。

我通知大家要结婚了，时间只剩一个月。不仅仅是圈外的人，圈内的人他都吃惊地睁圆了眼睛。我做出这一决定用了三天的时间，那三天我白天上班，晚上思考，主要考虑为不为说过的话负责。每天晚上，我躺在自己客厅里的沙发上，将这一问题翻来覆去地琢磨。

最终我狠下决心。因为对这件事的前景不能确定，我知道人是会变的，在一个充满变数的事情面前只能狠下决心。人生是需要赌博心理的。

我给制片组写了一个纸条，杨柳主任不在，我将请假条放在了她桌子上便出去拍节目。

我要拍摄的最后一个人，就是蔡薇薇。我把她放在最后拍摄是想重点突出。因这几天赶得急。几个人加班加点，把本来要干一个月的活只用了半个月，今天拍完蔡薇薇基本上就剩很少的后期制作了。选手广告片做到最后结构上差不多是套路，包装定了型，背景音乐也都选好了，所以不用费什么劲，要不要我这个小组负责人也就不重要了，我可以静下心来操办自己的婚事。

下午，我让刘诚给小组里所有的人都打了电话，全体出动，到艾依河边，换个场景，拍摄蔡薇薇的VCR。艾依河是城市里最漂亮的地方。有山有水，有田地有芦苇。虽说我没有去过，但其景色还是早有耳闻的。这条河离我的单位不算远，但忙碌的工作让我领教了什么叫近在咫尺却又远在天涯。

车行了不到二十分钟，就来到了艾依河边，河边的泉月湖水迎风荡漾。

打开车门，徐徐的微风吹来，带着湖水清新的气息，扑入人的鼻孔，沁入人的心脾，我的头在突然之间清爽起来。没想到生活了近十年的地方竟然还有这么一处风水宝地。

这是一个美丽的地方，湖水清澈，在微风中泛着阵阵涟漪，水边芦苇高耸挺拔，像一道天然的护卫屏障，许多的垂钓者手持鱼竿隐入其中，个个似世外高人。湖边是一片绿茵茵的苜蓿地，地边植了树木，有松柏、垂柳、白杨，其间人行小道贯通，真是曲径通幽，我都想放下工作，在这里躺上一个下午。

王梓踩着松软的土地走了过来，他脸上堆满笑容。

“怎么样？想钓一会儿吗？”他用手指指了指芦苇之中的钓鱼者问我。

“我爱鱼！”我转过头，对他随口说。

钓鱼的人回过头看了我们一眼，似乎对我们的高声谈话很是厌恶。我俩向岸边走了过去，一阵湖水的清香迎风飘了过来，湿润润的。

我没想到钓鱼的人会带这么多的玩意儿，大部分都是叫不上名字的，虽然我经过细心的观察知道了它们的作用，鱼篓里的鱼看见我们走来，还欢快地从水里跃了出来，看来这位老兄收获不小。

“机子已经架好了，用什么地方做背景？”

湖！我不假思考地说。

经过化妆的蔡薇薇站在镜头前面，我透过摄像机的寻像器看到了她那张充满微笑自信的脸，在我的电视生涯中，我透过摄像机的寻像器见过无数这样的笑脸，但今天我的心里突然怪怪的，我总觉得蔡薇薇是在笑给我看。

7

我不知道结婚竟然这么麻烦。

将结婚的日期定下来之后，我就和阿佳忙碌了起来。开始收拾布置房间，我本来觉得人生在形式上应该简单一点，我们在生活中本身就很累了，不应该再给自己找罪受，但阿佳就是不同意。她觉得结婚是人生的一件大事，倾全力装点才对。我面对着自己的终身大事，却感觉无限的忧郁和无奈。作为男人，自己能做的就是让老婆一天快乐幸福，开开心心，所以我同意了她的意见，做完电视片的前期拍摄后就把活委托给了王梓，自己全身心地投入婚礼的准备上来。

朋友们不时地打电话来问我准备得怎么样，看需不需要帮忙，我一口都拒绝了他们。在这件事情上我觉得还是自己全力操办的好，因为只有这样每件事我才能够放心。常年的电视工作使我忙得焦头烂额，借这个机会换换脑子，再深入到社会里面有什么不好呢？更何况现在是工作的非常时期，大家都很忙，我怎么忍心让自己的哥们儿放下手中挣钱的机会来给我服务呢？

从收拾房子到买家具，我实实在在忙乎了近一个月时间，然后就开始订餐厅和请客人。日子在这么忙碌中过去了，这段时间里，阿佳和我一样，几乎是没有白天和晚上，她的家人对她要求非常严格，从来不让在我这里过夜。在这段时间里我俩没有亲密接触。

那天，陈大风书记来看我，问：“你这么着急是奉子成婚吗？是不是不小心中枪了，没办法交代了？”

我是个严谨的人，无论是在工作上还是生活中。在这以前，我确实有过同居的女孩，后来分手了，我曾为此深深地伤心过。和我一样，她离开我之后也曾在痛苦的时候给我打电话诉说，但一切都过去了，她已经有了自己的家庭，我能做的就是在夜半想她的时候祝福她，因为我不想去做个不道德的人。在这个世界上我认为最好的前男友就是让前女友忘记自己，去过属于她幸福的生活。

我曾一度为和她同居而深深地内疚，任何人生经历当你无法带给身边的人快乐的时候我认为都是可耻的。我最终没有娶她，而是和她分开了，虽然这分开有很多复杂的原因，但事实上我却做出来了，每每听到她心情不好的消息我都会伤心几天。

和前女友分手后，我好长时间都没有找对象，包括任何形式的男女关系。因为我不想再在感情上伤害别人，包括伤害到自己。

所以和阿佳在一起，我没提过分的要求。虽然自己有时情欲冲动，但看着她似乎厌恶的表情，我把该燃烧的激情耐心地熄灭了。作为一个男人，我觉得文明的标志是先能够抑制自己的欲望。在这个世界上，物欲已经够泛滥的了，我们谁能够少增加一点怎么说也是一件好事情。所以说我和阿佳，没有突破最后的底线。

8

陈大风是我的朋友，年龄差不多，他入行较早。在闲暇的时候，我们常常聊一些电视创作上的问题，曾属于那种比较有共同语言的师友关系。他用这种开玩笑的方式打听属于我的隐私，从情感上说我不会介意。所以，我笑了笑。然后就对他说出了自己的情况。

“是这样呀，我还以为你碰到麻烦事了呢，那你本来就不该这么急呀！”

“我觉得自己老大不小了，该解决这个事了，如果现在不解决过几天又忙了不知道什么时候再解决。”

“这是一件大事，有些事情可能做出来会后悔的。”

我突然听明白了，这位我开始称呼大哥的陈书记今天似乎有话对我说，他话里面似乎还有没说完的话。我愣了一下，觉得应该给他这个说话的余地，便说：“陈书记晚上有时间吗，我请您坐坐？”

他笑了一下，拍了拍我的肩说：“想请我吃饭？行，就我们俩，和你喝两杯。”

我找了一个中餐厅，订了一个小包间。这是我人生中第一次用这种方式和朋友吃饭，似乎有求于他似的。

他没来之前，我一个人坐在安静的包房里，聆听萨克斯悠扬的旋律。他到底有什么话对我说呢？是工作上的还是情感上的，是针对我还是针对别人？根据他下午谈话的内容应该是我个人生活上的，是我冒犯了谁？我细细地分析了最近发生的事情，没有异常的事件，一点痕迹都没有，倒有已婚者给我抛过媚眼，这不可能引起他的注意，再说也没酿成什么结果。那么说是我的结婚影响了工作，也不可能。再就是他认识阿佳？也没有可能呀，阿佳说过不认识我们单位的任何一个人，而且也没去过我们单位，没觉得有什么不妥呀。

我一个人抽着烟在那里想了半天，没有想出任何头绪。

王梓打电话来问我在哪里，我说自己有点事和朋友要谈。

王梓问我：“你几点谈完呀？蔡薇薇要请你吃饭，说要感谢你。”

我觉得王梓在这件事情上表现得比刘诚还要热情，按道理蔡薇薇是刘诚的朋友，请我吃饭应该是刘诚来叫才对，怎么是王梓来了。王梓似乎已经被刘诚和蔡薇薇俘虏了，做选手的宣传片按道理是无法做手脚的，更何况我们只是尽量来展示选手的风采，最终评审还是评委们说了算，所以在前期任何的许诺都是不可能实现的事，如果承诺就会造成之后工作的被动。我知道，在这次活动中，有人借助帮忙来实现自己一点小实惠，包括占女选手的便宜。但在这个时代，大家已经都将一切看开了，为了实现目的，什么事情都可以做，即使没有目的玩也只是玩着。我自己是个传统的人，但我对别人的做法从来不过多地干预，甚至是见怪不怪。但王梓不同，他和我是搭档，他任何的行为都可能牵扯到我。

我满带讽刺地对他说："是请你吧，你才帮了大忙呢，你们吃吧，我忙呢。"

我刚挂完电话，陈大风就来了。

9

这是两个男人的晚宴。说实话，置身于此情此景有种密谋的意味，不多的菜品，但都很精致，我俩坐下来，都没有说主题。先开始慢慢地喝酒，然后聊了聊单位上的事情。

其实任何一家文化单位，内部都是非常复杂的，我曾认真地分析过这个现象的深层原因，一个是人与人之间没有一个业务的价值尺度，都认为自己是老大，再一个就是利益的分配问题。我们单位也不例外，基本上在工作合作上都有自己的圈子，名义上是几个人一组，但在操作中都是自己的那几个人，其他人都让跑龙套，进入不了事务的核心。

酒精从胃里慢慢地挥发了出来，我俩的话也慢慢地密集起来，说话也有了深度，开始谈一些平时不谈的隐秘话题。包括对单位其他人的看法。说着说着，语言里就有了亲密的味道，开始了推心置腹。

"郑怡升，我对你说，你在单位不怎么交往人，其实领导对你是器重的，你在大事上一点都不聪明。"陈大风对我压低声音说。

我问："什么大事，我觉得自己一天就干好工作，没什么大事呀！"

"你错了，单位是有很多复杂事情的，一个在事业单位从业的人员，除了干好自己的工作还应该懂那么一点政治。政治是什么，是一个人的前途。不要只低头拉车还要抬头看路。”

我看着他抓起了桌子上的一杯酒，急忙自己也端起了一杯和他碰了一下。我说：“哥，你接着说。”

“你来台里六年了吧，六年了，受了六年的苦，累了六年，业务是一流的，但是呢，你为什么只是个资深的编导，却不是核心，是核心听清楚了吗，别看不起那个小核心，手里权大着呢，还可以升为大核心，在核心的岗位上，爬那么一点点就很了不起了。”

我说：“是吗？但我觉得自己干好分内的活就行了，当什么核心，我操不了那么多的心，好像也没那本事。”

“呵呵，你现在操心少吗？一点都不少，你基本把该干的都干了，不该干的你也干了，但最后呢，还被人排挤，要不是这次非得用你，你可能还在家里歇着呢，什么是工作，除了做还得下点功夫，不是力气，是脑子。”

“我不知道自己该怎么做？”

“简单，看上级的态度。你是我发现被组织最看重的，也是最不懂事的，有什么事多向主管请教，有了问题多向上汇报，让人觉得你相信他，一定要贯彻上级精神，你看你傻得可怜还高傲得不行，每次节目都是自己做主张，你把你的想法和领导沟通沟通嘛，怕抢你的饭碗？领导非常支持你做事，还怕你不做呢，你做好了就是大家的好，但领导不知道你的想法不行，他们也怕你呀。给你说个事，我认为你对对象一点都不了解怎么就结婚呢，她是什么人呢，现在都是什么年代了，不了解你怎么能结婚呢？你慎重吧，我把话说到了。本来不想给你明说，只想提醒提醒你，你看着办吧！”

我坐在那里，心一下子沉了下去，是呀，我了解吗？我不了解呀，我怎么说结婚就结婚呢？但是，现在一切都定了，所有的事情都做完了，就等着到结婚的日子了，我该怎么办呢？

10

和陈大风大哥的谈话带给我深深的思索，婚姻不是儿戏，我不能有侥幸的心理，但对于我所处的现状该怎么办呢？一个姑娘答应嫁给你，而两个人却没有深入的了解，这看起来是一件浪漫的事，但在生活中你真正面对的时候，内心还是有丝丝的不安。我一个人躺在新房的床上，开始回忆两人之间交往的细节。

从认识到现在，我们在一起交往差不多两个月时间了，算上我上班和朋友吃饭的时间，我们深入交往大概也就有二十多天吧，在这二十多天里我们之间都干了些什么呢？吃饭，聊天，逛街，看电影，还有吵架，是呀，是吵架，好像已经吵过两次架了，细细想来吵架的原因是什么呢，都是鸡毛蒜皮的事，好像与正经的事没什么关系。但有一点可以看出来她这个脾气不是很好。但现在谁的脾气好呢，哪个不发脾气呢？

阿佳好像从不收拾屋子，似乎从接触到现在，都是我里里外外地在那里打扫，她好像只倒过一次垃圾，而且还是我提到门外的。懒惰是一个人成长的天敌，但懒惰往往对一个纯真的女孩来说又是一种可爱，我对于她这样的表现并没有表现出厌恶，恰恰相反，每当这个时候，我就轻轻地在她的头上拍上一下，然后对她装出咬牙切齿的样子，最终只是在她的腮上亲上一口完事。但现在我却有点怕了，如果她是个什么都懒得动手的人呢？还有，她的身体，比如有不为人知的疾病，或者是精神上有问题。后来我都被自己的假设逗乐了，怎么会呢，怎么会呢？

收拾好屋子，阿佳来我这里的时间明显地少了，主要原因是我又开始忙了，婚期一天天逼近，但我手头还有比较关键的工作。选秀节目已经从PK赛进入到了半决赛，所有选手的心都绷了起来，前面淘汰的人已经从观众心里消失了，现在就剩下三十个人，在这为数不多的人当中我们能够想象他们之间紧张的竞争关系。专业的较量，才艺较量，人际较量，还有就是金钱的较量。每个人都使出了浑身的解数，展开一圈一圈的看不见的角逐，为了使工作人员省去不必要的麻烦，组委会通知我们所有人员除了在规定的时间外，全部关掉手机，为的是打造一个绿色的比赛模式。这真是一个残酷的招数，特别对那些年轻的工作人员来说确实是带来了很多的不方便，但对于我来说，这样倒也落一个清闲。我只在允许开机的时候打开手机，给阿佳发短信，有时候也通一会儿话。

阿佳告诉我，她打算换工作了，已经辞去了前面的单位，因为她以前的单位工资太低，她说她希望我们以后的生活能够过得好一点，或许还能够买一个比较大的房子，然后可能会在生活条件上比现在更为舒坦一点。

在电视台待了这么多年，我并没有少挣钱，而是把钱像雪一样地花掉了，我从没有存钱的计划，因为在这样的一个环境里待着，大家花钱都是行云流水，我也不得不表现出该有的大气。现在阿佳说自己要去多挣点工资了，我觉得也是可以的，人总是在生活过程中追求比较满意的一种境界，她这样做，我又怎么能反对呢？

11

阿佳找工作并没有她想的那样简单，暂时待业的她整天无所事事。我手机关机后她就一遍一遍地给单位办公室里打电话，使同事都知道了我的女朋友一天可以不停地打电话。

那天安顿好单位的事情下班后，请阿佳和我一起吃晚饭。

已经好几天都没见面了，按道理对于即将结婚的人来说这是不正常的事，但工作性质决定了我只能这样做，作为男人工作是最重要的。男人什么都可以没有，但不能没有了工作和朋友，工作能带给你生活上的保障和充实，而朋友能带给你更多精神上的交流和慰藉。

阿佳说，她对我的忙完全能够理解，她觉得一天没事可做的男人是不可以想象的，她希望自己的老公是一个对事业投入的人。

我们边吃饭边聊天，聊得很开心，本来我打算吃完饭还要去单位看片子的，但最后决定不去了。我给王梓和赵聪打了个电话，让他俩多操点心，我家里有事。我能够陪着她吃完饭还能不去加班，阿佳显得非常高兴。她又点了两道菜，慢慢地品尝，看得出来她今天的胃口很好，已经吃了很多了，她还坐在那里不停地动着筷子，并告诉我，这家饭店菜的味道真是不错。

对于吃饭，我不是个讲究的人，人吃饭无非就是吃饱肚子，至于什么样的东西可口，我觉得还真不好说，在繁忙的工作中，还有一点胃口吃进去东西，这已经是非常奢侈的事了，所以我吃饭向来很少讲究。

但阿佳吃东西显得从容不迫，无论是从手上的动作还是嘴巴的翕动都是那样的细致和点滴不漏。我已经吃完好久了，她好像才刚刚开始，她在饭桌上费的时间远远是我的几倍。我第一次见到女孩子吃饭吃得这么令人惊叹。我感觉自己实在坐得无聊，就要了两瓶啤酒慢慢呷着。

这顿饭一直吃到晚上十点多我们才回到家。这是布置好新房后我们第一次在晚上待在即将属于自己婚姻的巢穴里。

我打开屋里的灯，将它调到一个合适的亮度，有意播放了一首轻柔的音乐，在这样一个温暖惬意的氛围中，我抱起了属于我的新娘，在灯光和音乐中开始我们浪漫的舞步。

亲吻和抚摸是从这一刻开始的，我祝福自己一生的幸福也能够从这一刻开始。

爱情是什么，在这个物质充裕的时代谈论爱情现在不知是一种贫瘠还是一种奢侈，但对于我们，在属于自己的新房里一切都真实了，相互间深深地拥吻带来的是那份来自内心的充实和安慰，我们什么都不想，感受着从对方身体里散发出来的阵阵热气和来自自己内心的激情涌动。

在客厅里，我们互相褪去了对方身上的衣服，相拥在沙发上，灯光缠绵又充满着暧昧，我们提前开始了属于自己的新婚之夜。

12

小提琴协奏曲停止了，对于我们来说，这是一次失败之旅。看着她疼痛难忍的样子我决定放弃了，在这个时刻我不能放纵自己。我知道，人都要经历第一次的，对于我的妻子，我并没要求她在结婚前怎么冰清玉洁，我只希望她曾是快乐地经历了自己的感情，人很难把握自己命运，我都把握不了自己，又怎么能够要求别人来把握好呢？但我没想到阿佳的感情生活竟然是那么单纯，二十四岁的她一直生活在父母的呵护下，像一只从没有出过笼子的鸟，社会对于她是陌生的，在感情上她更显得纯洁和简单，她找对象就是为了结婚，没有别的想法，她的人生中其实应该有更多的色彩，但她选择了简洁，或许曾有很多绚烂的色彩缠绕过她的梦境，但在现实生活中她还是一个没有经过世事磨炼的懵懂小孩。

我是有过同居经历的人，我知道怎么面对一个少女的初夜，很多男人在这件事上是以粗暴地占有为荣，但他们却以自己的丑陋嘴脸永远地失去了女孩子的心。人和动物的区别是以灵性自居，恰恰文明最本质的区别就是在面对自己动物性的时候能表现出善良和温情。我处在婚姻的序幕中，从开头就应该精彩，这种精彩不是乏味不是充满了鲁莽，而是应该懂得呵护和珍惜。

看着落在沙发上殷红的血迹，我的心灵一阵阵战栗。女人天生是脆弱的生灵，即使你万般小心，还是让她落下了生命中无法躲过的伤口。

我抱着阿佳，轻轻地在她的耳边说："对不起。"

她的眼泪从两腮落下来，浸湿了我的胸膛，头靠在我的肩上，像只受伤了的小动物，满眼都是迷茫和伤感。我抱着她，让她的身体和心灵都能受到呵护，我默默地对自己叮咛，在这个世界上我又多了一条生命，宁可自己粉身碎骨也不能让她去受半点委屈。

屋里静静的，我拥着阿佳，在这样一个气氛之中，我不知道对她说些什么，只是用手轻轻地抚摸着她，我能感受到来自她灵魂深处的悸动，我觉得自己实在是可憎得厉害，怎能无形中给她带来这么重的伤痛，我真想给自己几个嘴巴，让自己从冲动中惊醒过来。

回想起陈大风给我说的那些酒话，现在觉得十分的可笑。我是要结婚了，结婚非要和自己了解透的结才对吗？在这个世界上真正浪漫和感动的爱情都是青梅竹马的吗？恰恰相反，那些一见钟情的千里姻缘可能更震撼人的心灵。婚姻爱情讲的是缘分，缘分左右人的命运，我忽然觉得在个人的情感生活中听别人的建言是很无聊的一件事情。谁能够真正知道你在情感生活中切身的触痛，就像现在，我拥着属于我的阿佳，我的生命里充满着爱惜和怜悯，我可以放弃自己的生命来爱她，谁能够知道呢？

时光在静静地流淌，阿佳已经睡着了，我掖了掖盖在身上的毛巾被，透过纱窗，夜色沉寂如水，我无法在这样一个时刻入睡。所以就想了想自己的工作，我觉得应该抽点时间来慰劳一下自己了，该去外面旅游一趟来彻底地放松一下，我好久没放过假了。借结婚这样的日子，去海南或者大连看看，这两个地方都是我梦想的地方。说出来是个笑话，我没有真正见过大海，虽然在电视里一次又一次地奢望。

在想单位工作的过程中我突然想起了蔡薇薇，这个喝酒不要命的女孩，她显得是那样的光彩照人，一路闯关过来，感觉她越来越像个明星。我闭上眼睛，开始睡觉，但我的脑子里又出现了她透过摄像机的寻像器看我的镜头。

13

我实在不想回忆新婚的那些日日夜夜。

这当然不仅仅是缘于失望。在这个世界上生活，什么状况都可能碰到，我以前是知道这句话的残酷，但直到真正走进了婚姻，才不得不面对现实，夫妻未必都亲密。

只要走出家门，阿佳就像一个依人的小鸟，靠在我的身上，将她的手塞进我的胳膊弯里，和许多新婚的青年人一样，看起来有说不尽的甜蜜。但一走进家门，她就松开了我的手，似乎像躲避一个猛兽一样离开了我。我在客厅里看电视，她就借口累钻进了卧室。如果我在卧室里睡觉她就留在客厅里看电视。我对此非常的迷茫，想不出她疏离我的原因。

冷静下来，细细地反思两个人的生活，我一定要找出这其中的缘由来。

首先发现阿佳这个人非常身懒，她一天坐在一个地方基本上不动。从来不知道做饭和收拾屋子，起初我以为她还不适应婚姻生活，渐渐地我知道了她根本就没想要适应。开始两人睡在一张床上，她对我说，我在身边她睡不好，要求自己睡沙发。我怎么能忍心让她睡沙发呢，就主动提出来自己睡沙发。每天我起来后直到做好早点，也看不见她起床。叫她起床成了我每天做早点前的第一件事。

我的婚姻假期持续了一周，我觉得自己承受不了了。

那天我起得很早，收拾好屋子，习惯性地开始烧稀饭，我是个性情温和的人，虽然心里有很多不快，但一般都不会表现出来，而且我觉得她可能从小是父母娇惯的，不做家务对二十世纪八九十年代出生的人很正常。

看着摆在桌子上的早点，我内心里出现了一丝酸楚。在外一个人打拼了这么多年，习惯了自己照顾自己，基本在吃饭上凑合着过，除了工作上的应酬，都是在外面吃快餐，吃饭的时候大多数时间是没有胃口的。这么几年一直下来，我已经把餐馆里的饭吃腻了。以前我盼着自己结婚，希望结婚后能根据自己的胃口吃上舒心可口的饭菜。现在我是结婚了，我除了把自己变成一个厨师之外似乎与前面没有什么区别。

可我这个厨师做的实实在在是一件屈辱的事，不但听不到一句让你舒服的话而且这样做似乎是天经地义的事情，更让人伤心的是阿佳在家务上基本不动，即使桌子上的瓜子皮她都不清理一下。

我坐在餐桌前开始一个人吃早点。今天我做的东西不是很多，所以虽然自己吃得很慢，但一样一样东西还是少了下去。在吃早点的过程中我想着自己的生活，我会这样过一辈子吗？我要一辈子来伺候一个跟我没有血缘的人而却得不到一丝丝的理解吗？

阿佳起床了，她直冲进厕所，看来她是被尿憋醒了。她在厕所里冲出了哗哗的水声。

我没有理会她传出的声音，在这个心情下我能做到的就是克制自己，不要使这个早上爆发全面战争。但我一定要表达我的意见，两个人在一起过日子一个人是承受不起所有家务的，既然结婚了，就要负担起相应的家庭的责任。

从厕所里出来，阿佳看见我在吃早点很是惊奇。她来到餐桌旁，顺手就拿起勺子喝了一口稀饭。不知是感觉桌子上东西不多了还是其他原因，她什么话都没说就开始吃了起来。我看着她因为睡眠过度而有些浮肿的脸，心里有说不出的难过。我从来没见过这样的人，脸不洗就开始吃东西。

我站起身对她说：“你吃完饭把锅洗了，中午自己吃，我今天要出去。”

阿佳吃惊地问：“休假呀你去干什么？”

我说：“我去钓鱼。”

“钓鱼？你会钓鱼！你怎么没说过呀，我也想去。”

“我没钓过鱼，先去河边看看，下次再带你。”说完这句话我就收拾着出了门。我是没有在野外钓过鱼的，而且我也没有渔具。说去钓鱼只是个借口，但从家里出来我真不知道自己到什么地方去。既然说了去钓鱼那就去钓鱼吧，我搭车到了一个渔具店，买了一套渔具向河边走去。

14

阳光照着艾依河，波光粼粼。四周的芦苇挺拔着自己的身姿，翠绿而又娇柔，这是个阳光明媚的日子。我来了，来到了自己向往的大自然怀抱中，置身此情此景，我不再沉在自己内心的不愉快中，我应该和着阳光、河水、青草一道快乐舒心地去享受世界的这份美好。我选了一个比较幽静的地方，准备自己的钓鱼之旅。

我坐了下来，收拾好钓具。人有时候还是要感激生活中偶然遇到的人，就像我刚遇到的这个老板娘，她听说我第一次钓鱼，把能想到的地方都替我想了，从椅子到帽子到鱼饵，周全详细。我一坐下来就知道钓鱼是很舒服的一件事情。我根据她的教导调好了坠子和鱼漂的状态，开始看水面的动静。

河水非常安静，一点风也没有，鱼漂在水上像一位随时准备出动的猎手，静候着猎物的出现。我手握着鱼竿，点燃了一支烟，目光盯着鱼漂。

我以前在河边并没有钓过鱼，曾去过鱼塘，但那怎么叫钓鱼呢，可以说是捞鱼，没一点意思，鱼钩放进水里就上鱼。河边感觉确实不一样，已经坐了十几分钟了，还是没有任何动静，我心里略略有点着急。我从水里拎起鱼钩，看见挂在上面的玉米还完好无损。我拿掉了玉米，往上面挂了一条蚯蚓，重新将鱼钩放进了水里。刚放下去，我就发现鱼漂动了一下，我还没来得及提竿，鱼漂就被拉进了水里。我用力抬起鱼竿，发现一条闪着粼粼金光的鲫鱼挂在了鱼钩上。它不停地摆动着自己的身体，从水面里跳了出来。我手忙脚乱地抓住鱼线，从鱼钩上摘下它，放到了渔户里。

这是我第一次从野外钓到的鱼，虽然小点，但感觉超爽。我把它又从渔户里拎了出来细细地打量了一下，心里油然升出一种从没有过的快乐感。我决定在今天临走的时候放了它，因为它带给了我快乐。

紧接着，我又钓起了一条小鱼。我看着两条差不多大的鱼在渔户里快乐地游动，我的心情好到了极点，我掏出手机，给王梓打了个电话，告诉他我在哪里。他听说我在钓鱼，兴奋得没法说了，要不是正在拍节目马上就会过来。后来他说："你把地方看好吧，明天我一定出来，反正你休假，明天我们一定去河边钓鱼。"

我打完电话，喝了一口矿泉水，重新将鱼钩抛到水里。我寻思着，明天一定要买一个保温水壶，我的工作让我天天喝各种购买来的饮料，现在是属于自己的时间，怎么能不善待一下自己呢？多年的电视生涯，使我在生活上一直将就，既然用自己的婚姻换来了人生中的几天假期，我就该好好地享受一下生活，其他不愉快的东西都统统见鬼去吧。

鱼漂又不动了，水面上起了微微的风。芦苇在风里轻轻地摇摆，优雅而从容。随着水面的起伏，鱼漂开始了自己的舞蹈，柔和而轻盈，水色晶莹，黄红相间的鱼漂在阳光的反射下色彩绚烂，这是一幅美好的图画，置身在这幅画卷中怎么能不让人心旷神怡呢。我重新点了一支烟，换了一个姿势，动了动鱼线。

钓鱼是一件非常惬意的事情。现在我已经钓了六条小鱼了。我重新换上了玉米，我想钓一条大鱼，因为我第一次钓的小鱼已经从它们中间分辨不出来了，按我起初的承诺，我要把那条小鱼放掉，现在看得出，我只能全部放掉了，它们长得太像了。玉米带着鱼钩下到水下，就没了动静，看来小鲫鱼是不吃玉米的，我相信会有一条大鱼游来，在不经意中上钩。

太阳慢慢向西而去，在这个过程中，我开始思考一些不愉快的事情。奇怪的是坐在岸边，看着鱼漂，我内心的痛苦没有了，我只是个钓鱼的人，好像那些事情都是别人的，与我无关。我的心情非常冷静，思考以后的日子该怎么办。

大鱼最终没有上来。我一直等到太阳落山，鱼漂倒是动了好几次，但提起来后却全是空钩，我不知道是小鱼有意逗我，还是大鱼知道危险存在放下了自己贪食的心，总之，我没有钓上。我将渔具一件一件收拾好，从鱼竿到鱼线，其实收拾钓具也是个享受的过程，每一个细节都心急不得，需要你平和心绪，钓鱼是一份心情。

在收拾渔户的时候，放走了那几条小鱼，它们重新回到水里，都像利箭一样疾驰而去，水面复归于平静，而岸边只留下我曾经在这里钓过鱼的痕迹。

晚霞映红了西边的天空，道路上行人很多，有忙碌的过客，有悠闲的散步者，而我是个钓鱼归来者，我的渔户里没有鱼，但在今天这个日子里我收获到了快乐。

15

我推开家门的时候看见阿佳像一条疲倦的鱼蜷缩在沙发上看电视。见我从门外进来，她从沙发上起身，冲我笑了笑，并用手抚弄了一下她的头发，看得出她今天没有梳头。我放下渔具，也坐在了沙发上，顺手从桌子上拿过水杯，水杯里没有多少水，我一饮而尽，然后对她说：“你帮忙给我倒杯水，我去洗手。”

这是我第一次要求她给我倒水，虽然大男子，但我觉得是夫妻应该从一点一滴开始培养，要养成良好的生活习惯，至少让她也懂得对我体贴一点。

她急忙从沙发上起身，说：“没开水了，我去烧吧，我也一天没喝水。”

我走进了卫生间，突然觉得她这话有点不对。没有开水了，我也一天没喝！

是没有开水了，但也不能渴的时候一天不烧水吧。我觉得自己的心里一点点地生起闷气。我洗完手从卫生间出来坐在沙发上装作无所谓的样子看她看的电视。这些年的电视工作生涯，我除了看自己的节目和自己节目同类的节目外就偶然看看纪录片，其他的节目基本不看，包括新闻，因为我实在没有那么多的时间。

坐在电视机前，我摆出和阿佳一样专注的样子。电视里演的是一部都市言情片，一桌子人在一起吃饭，都是些俊男靓女，我觉得可能是个偶像片，打算换台，但又觉得不妥，女人嘛，看看偶像片也是可以的，我何必要把自己不喜欢的强加给别人呢。既然这样我也就认真起来，看故事的发展。

无聊的剧情，饭桌、马路、卧室，电话、吵架、亲吻、上床。一个女人在两个男人中间纠缠，想东家吃饭西家睡觉。我躺在沙发上闭上眼睛，觉得钓鱼也是件累人的事，所以就小睡一会儿。这会儿感觉自己的肚子里空空的，当时只顾钓鱼了，中午连饭都没吃，但我不想动。

阿佳烧上水，急匆匆地从厨房里跑了出来，问我：“莉莉去找吴涛了吗？去找了吗？”

我睁开眼睛有点诧异地问：“什么莉莉呀？”

她可能看见我闭上眼睛就坐在沙发上紧紧地盯着电视屏幕。

我明白了是什么事情。她是被电视剧给迷住了。

屋里的光线已经很暗了，我睁开眼睛看见她还像一尊雕塑一样眼睛直直地对着电视机，一会儿张大嘴露出一阵近乎是弱智的傻笑，一会儿又像是一个没有表情的动物痴痴地发呆。壶水不知是什么时候烧开的，吱吱地响着，她一点感觉都没有。

我说：“水壶见底了，你没听着吗？”

她又张大嘴，对着电视机傻子一样地开心。

我大喊了一声：“水烧开了！”

她像一个受到惊吓的人，忽然从沙发上站起来，看了我一眼，不知道发生了什么事。我看见她的脸色忽然一下就变得紫青，然后歇斯底里地对我说：“你疯了吗？水开了你不知道去灌到暖壶里，你是个活人吗？”

她顺手撂下了遥控器，去了卧室，并将卧室的门砰的一声关上了。

水继续在壶里吱吱地响着，我不知道该怎么办。我本来是希望她能去把这一件事情从头到尾做完，但没想到弄了这么一个结果。

我关了电视机，去到厨房里给暖壶里灌上水，然后找吃的东西。

现在我都无法想象我当时看见厨房里的样子内心的那种近乎崩溃的疯狂。早上吃完早点的所有餐具都原封不动地摆在灶台上，还多出了一个空碗和几个碟子，还有方便面袋子和调料袋，一片狼藉，调料盒敞着盖，案板上放着半截葱，还有些面包渣。这哪里是人住的家呀，这分明是个猪圈！

我受不了了！

16

我感觉自己的内脏在一层层地撕裂。面对这样一个人……世界上还有这样的人。

她到底是一个怎样的人呢？

草率的婚姻真的是个陷阱吗？我不得不开始回忆和阿佳认识到结婚这段时间里的点点滴滴。那时候我只希望一切从简，因为我的家不在这里，她的家也不在这里。我们结婚除了单位的同事朋友来参加外，她家就来了个姨妈，而且据说不是很亲。在这里她就只有这一门亲戚。

我坐在沙发上，头脑有点清醒。我当时差点一冲动把厨房里的东西全砸了，现在看来事情没有这么简单，我不知道她嫁给我的原因到底是什么，但有一点是肯定的，这里面有文章。

我才记起自己已经很久没有和李海峰联系了，这个介绍人是参与其中的一分子还是被人利用？我细细地想了想他当时给我说的话，我内心有了一些自责和内疚，本来我们同学关系一般，怎么就在这件事情上相信他了呢？

现在既然到了这一步还是把事情弄清楚再说，每个人都是要面对的。

接通电话后，李海峰显得非常高兴，问我新婚的日子怎么样。

我告诉他，很好呀！谢谢你老哥给我介绍的老婆。

他在电话里哈哈大笑，说：“那是你自己的福气，我老婆和阿佳小姨是同事，听说你的情况后就把自己的外甥女介绍给你的，你小子比较有福气，能摊上这么好的一个媳妇。阿佳干什么呢？”

“在睡觉。”我说，“你和我老婆在这之前也不熟吗？”

“是呀，就见过一面，我觉得适合你就行，关键是你俩要好，我这种当媒的只要听到你们幸福就行了。”

我问：“她小姨人怎么样？和嫂子关系好吗？你们是不是世交呀？”

我尽量想从他口中了解到阿佳的家庭情况，因为阿佳每次给我说都是轻描淡写的，看来从她口里听到是不可能的，现在已经弄到了这一步，只能先从外围打听打听了。

李海峰说：“我们怎能高攀呢，听说阿佳的爷爷以前还当过县长呢，到她爸这辈就一般了，本来你们结婚他们都打算来，但听说你也希望简单地办就算了，还等着你们回去呢，你打算什么时候走呢？”

我说：“这才一周我还没做打算呢，得过一阵子吧，事完了我们再去贵州看吧。”

挂完了李海峰的电话，我突然发现自己对阿佳的家庭一无所知。除了她小姨给我一点嫁妆钱外就只和她妈通过几次电话。是呀，女儿结婚他们不来仅仅是路途遥远吗？我当时怕自己家里有很多不方便，才把婚礼办得既仓促又简单，而他们家怎么就什么话都没说呢。当时她妈妈说这边的一切都交给她小姨了，但感觉她小姨似乎也没有做什么。从我多年的做人经验看不出她小姨有什么问题，既热情又真诚。

我一个人待在客厅里思考着这个问题。

这绝对不是骗婚，骗婚都是以骗取钱财为主，而阿佳怎么还能倒贴着钱呢。我房子在自己名下，她骗房子得图财害命，但看不出她是这样的一个人呀。

现在我觉得我对她了解得太少了，她爸爸是谁，怎么一直没有出现呢，只是通过她妈妈给我打电话表达他们家里的意见。我索性躺在沙发上开始了自己的思索。首先这不是骗婚，这点应该不容怀疑，最起码看不出她是来骗钱的。要是骗子，不会找这么个单纯懒惰不会说话的人来当托。那是什么呢，是不是来偷器官的？

我先被自己这个想法吓了一跳，有报纸说有人借找对象把人骗到室内，然后乘人不备麻醉后偷走器官。我浑身的肉在自己的想法里抖了一下，继而觉得可笑，怎么会呢，我们是领过结婚证的合法夫妻，而且也有他们家市民政部门的证明。

对，我先必须弄清这份证明是不是真的，然后再进一步了解。

17

通过上次办理结婚证，我与民政部门打过交道，而且他们知道了我是电视台的人，在这点上他们表现很热情，我没有费劲就调出了阿佳的介绍信，我托朋友查了一下，阿佳的一切都是真的。

早上我办完事打算去河边，阿佳见我拿着渔具又去钓鱼，看了一眼就进了卧室。昨晚发生争吵后两人之间没有说话，都没有吃东西。早上我打算送吃的给她，后来觉得即便一切是可信的也该给她点教训，不然离开我她连饭都不知道吃，这是多么可怕的一件事情。

在我出门的时候，她似乎有话要说，但还是收住了。我觉得还是不说的好，所以就没有打招呼直接去了河边。今天我约王梓来钓鱼。

河边风大，河水起伏，和昨天相比纯粹是两个世界。昨天钓鱼的地方已经没有办法立足了，我沿着河边走，希望能够找到个避风的地方。在河边行走也是一件非常满足的事情。我看着芦苇在风中不停地摇摆，一些叫不出名字的水鸟在草丛间飞上飞下，还有几只可爱的野鸭在浪中凫水，一会儿露出自己小巧的身体，一会儿又消失在水中，它们的自由自在让我的心也悠闲了起来。我找到了一个背风的地方，放下渔具，然后准备东西。现在是属于我的时间了，我给王梓发了个短信告诉位置，然后坐在那里开始钓鱼。

坐在河边抽了一支烟，现在我的心情说不上是什么，总之很不平静。河中心的波浪起伏很大，我这里虽然避风，但波浪也不小。我慢悠悠地将鱼线放入水中，看着鱼漂在水里一起一伏。

今天要钓出数量，我自信地对自己说。和昨天比起来，今天看漂的难度明显加大了，有一个小时，甚至一条鱼也没钓到，我拿起铅坠反复地看，无论怎么琢磨也没弄清，后来我索性加了一点铅皮才知道，是铅坠太轻了，沉不到水底，这个地方明显比昨天的地方水深。我将鱼钩重新换上了一条新鲜的蚯蚓，发现还没到水底漂就被顶翻了，顺手一提，就钓上来了一条金光闪闪的鲤鱼，个头虽然不大，但劲可不小。我一下子来劲了，直接站起身，在河边全神贯注做好随时提竿的准备。

王梓来的时候，我除了钓到的那条鲤鱼外还钓到近十条小鲫鱼，收获不错。看着我钓了这么多鱼，王梓兴奋了，他从我手里接过了鱼竿，开始学钓。

“呵呵，我从来不知道河边这么好玩！”他兴奋地说。

钓鱼真是一件快乐的事情，结完婚后我很久没喝酒了，现在看起来钓鱼比喝酒还有意思。喝酒给人带来了快乐，但喝完酒有时候非常难受，第二天不是胃里不舒服就是头疼，而且影响正常的工作，但钓鱼不会，钓完鱼人像经历了一次运动，浑身有说不出的舒适和疲惫，就想踏踏实实地睡上一觉。我昨天感受强烈，中午没吃饭晚上也没吃饭，但一觉就睡到了天亮，要不是没有心里面的不快，我或许还会睡得更久，这比起我以前晚上睡不着来说可能是最大的收获了。

“你可真行呀，好好的蜜月不度，怎么想到河边来钓鱼了？咋说也是新婚宴尔呀，我还以为你带着嫂子呢，怎么就一个人？”

王梓口气里有埋怨我的意思。在单位我是个老人并不是因为我年龄大多少，更多的是我比他们来得早一点，而且是作为编导的，我这个人比较沉稳，所以大家一般比较尊重我。我和大家说笑比较有分寸，也不怎么和他们打闹，特别在和女同事交往中，我一般不做揩油的动作。虽然这在单位是司空见惯的事，有时候拍片子很累了，女同事在男的怀里撒撒娇也很正常，我是这么觉得，但我不做。

一条鱼上钩了，王梓太兴奋，猛然一提竿就踩到了水里，我俩哈哈大笑，都不顾水浸湿了鞋子，只忙于把鱼抓起来。

“最近是不是两个人有不愉快的事了？”王梓边换着鱼饵边回过头来问我。

18

我递给王梓一支烟，我俩坐在岸边聊了起来。

“我可能在人生的路途上犯了一个大错误。”我对他说。

“怎么了,你发现什么不对了吗？”他听我说得这么严重,表情就严肃了起来。

我把最近一段时间发生的事告诉了他。我对他说：“我从没见过这样一个人，二十几岁了竟然不会做起码的家务，也不知道对一个人哪怕一丁点好，我好像有一种上当的感觉。”

“刚开始接触就是这样吗？”

“交往得比较少，我倒是没有感觉到，特别是在生活的细节上，那时候我是体谅她，基本上没让她干什么，但现在我发现了不对，她不但不干活而且什么都不会干，可怕的是吃完饭竟然不知道要刷碗，渴了竟然还等着我回家再烧水。”

听完我的话他笑了，说：“不会这么夸张吧，我还真没见过这样的人，不过现在的人什么都不会干也正常，你再看看吧，留心观察，在人生中有一两个特别不会生活的人是情理之中的，可能让你遇到了，看来当时陈大风的担心是有道理的，我们还是太年轻了，对有些事情了解得比较少。但我觉得既然这样了，你还是多观察一下，把事情弄清楚，现在过早地让大家知道我觉得对你好。”

“是呀，当时不听别人的劝告，现在弄成了这样一个情况，我真不知道怎么面对那些关心过我的人。这件事就你知道就行了，万一我要被图财害命了，你也可以帮我料理一下后事。”我虽然是用开玩笑的口吻来说，但看得出王梓是很认真地在听。

“从目前的情况看还没这个迹象，但说实话在这个社会中我们不得不提高警惕，从今天开始我晚上不再关手机，有什么事你及时给我打电话，你一会儿再把我女朋友的手机号记一下，万一联系不上我了，你和她联系找我。”

我记了王梓女朋友的手机号，然后对他说：“你好好钓鱼吧，我歇一歇。”

“这样吧，你来钓，我去给咱们再买个鱼竿吧，要玩我们就好好玩痛快吧。还有我就是安顿你乘这几天闲，把其他事都放开好好放松一下，也玩玩，万一没什么事你也没玩好，又忙上了，多冤枉呀！再说了，人什么事都要面对，即使以后离婚现在也没必要自己把自己折磨死吧。你先来，我去买个竿，然后晚上安排我们活动一下，你把嫂子也叫上，在酒桌上我们也多聊一聊，看什么情况也好。”

买来了鱼竿后我俩再没有聊我的私事，就开始专心钓鱼了。我没想到他竟然是个钓鱼的高手，一会儿我俩就钓了差不多二斤。

王梓对我说：“我小时候最爱钓鱼了，那时候家乡附近到处都是池塘和河流，我和小伙伴闲了就去钓鱼，有时候还捞鱼，包括稻田里到处都是，所以可以这样说，我是和鱼在一起长大的。这几年忙了，你们都不钓鱼，我也就没地方去钓了。我也不知道这里有这么一条漂亮的河，但说要比起我家乡的鱼，这边的鱼少多了。”

我问：“你家乡的鱼很多吗？”

“我们家可以说是鱼米之乡，到处都是水田河流，也就是到处都是稻米和鱼，那鱼的种类也多，鲢鱼鳙鱼鲫鱼鲤鱼草鱼鲇鱼，你要去钓鱼肯定大有收获。”

我惊奇地问：“真的吗？路有多远？”

“不远，开车八个小时就到了，有机会我带你去，那地方才是真正的开心。”

“那咱们说定了，我安排个片子我们一起去，你可以回家，我去钓鱼。”

“没问题，那当然更好了，我给你安排得舒舒服服的。”

王梓说到这里对我暧昧地一笑，我不知他是什么意思，但我能明白，他话里面是有话的。这个王梓！

我俩收拾完渔户开始往回走。王梓先去定好的地方，我拿鱼回家接阿佳一起去。

阿佳见我提着鱼回来，表现出少有的高兴，说：“你昨天没钓上今天怎么钓了这么多？钓鱼好玩吗？”

我说：“还行吧，昨天我钓的放了，今天拿回来了。你收拾一下吧，王梓叫我们一起去吃饭，还有我们单位的其他人。”

听说要去吃饭，阿佳脸色出现了难为情，她顿了半天说：“我不想去，我想收拾两条鱼吃，你去吧，都是你们同事我去没什么意思。”

我看着她这样的反应，也没有强求，便对她说：“那你自己收拾吧，我已经答应了，我走了。”我说完洗了一下手就换上衣服出了门，我在路上问自己，我算结婚了吗？

19

这是我结完婚第一次在外面吃饭。

我来到湘园火锅时看见大家都在，王梓、赵聪、刘诚、蔡薇薇，大家都在。菜已经上齐了，锅里冒着热气。这几年重庆人在全国赚足了钱，不知道这种吃法是谁发明的，既省油又省钱，还把人用一团火围起来，热热闹闹地坐在一起，我的婚姻也是由这个火锅燃起来的。

“你要什么汁子？”王梓问我。

我让大家都坐下，我埋怨他们应该先吃。

“嫂子没来吗？”赵聪问我。

“她说想早点睡，在家里待着。”

“那真不好意思，我们早点结束吧，省得她在家里孤单。”赵聪似乎懂事地说出这样的话，我看见王梓在那里偷偷地笑。

“没关系的，她那个人贪睡，就让在家里待着吧。”我拿起酒杯，对大家说，“今天先谢谢大家给我帮忙，很高兴见到你们。”

我们都举起了杯子，蔡薇薇也端起了酒杯，站了起来。

“谢谢你，郑老师，谢谢你给我帮忙。”

我的脸有点发烫。在大赛中我没有给她帮什么忙，无非就是把宣传片做得精细了一点而已，其次好像在整个过程中没有起到任何作用。包括她今天来我都有点诧异，知道肯定是陈诚带来的，也就没说什么，反正都是朋友嘛，在一起也没什么不可，特别是上次我们还在一起喝了酒，这么说起来也算是熟人了。

我举起酒杯，对她说：“别叫老师了，你不该谢我，实际是我该谢你，有你我们的节目才出彩。”

大家都笑了几句就开始了喝酒吃菜。

随着几杯酒下肚，气氛一下子热烈了起来，大家也都打开了话匣子，互相开起了玩笑，酒桌上推杯换盏。我看着蔡薇薇满脸通红，在灯光的映衬下，她的额头上泛着一层光亮，她是个非常漂亮的女孩，从肤色到目光，给人一种说不出的舒服感，特别是那种矜持后特有的妩媚，让人的心不由得微微发颤。

“你结婚了我们好失落呀，从你请假的那天开始到现在我们都没有在一起聚了。”赵聪拿起酒杯，给我斟了满满一杯酒，然后说，“你干吗要结婚呀，要结等着我们一起结好不好，你每天晚上温乡软玉的，你知道我们几个多难过吗？”

陈诚也端起了酒杯，走了过来，“你真是让大家难受，我们现在才知道，结婚对一个人的影响是多大，它影响的不是自己而是朋友。”

这几句话让我的心里非常难受，也让我产生无法言说的感动。我端起酒杯一饮而尽，是呀，就凭这几句让我心里舒服的话我也该多喝几杯。我给自己斟满了酒，挨个给大家举杯，在这样的一个氛围中，我不能少喝。

“弟兄们，我的心里你们永远都是排在第一位的，我知道自己再做什么，无论是三年五年还是十年八年，我都会和大家在一起，因为只有和你们在一起我心里才是最快乐的。我不会忘记你们，也不会离你们多远，因为只有你们让我心里最痛快。”我边说着话，边和大家碰杯，一圈下来，我喝了不少酒。

“郑哥，你根本不该闪婚，你看我们几个在一起多好呀，要闪我们也一起闪，来蔡薇薇，给老郑敬杯酒，他和嫂子都能闪为什么不能和你闪呢？”陈诚开玩笑着对蔡薇薇说。

我看着她端起的酒杯不知道说什么，突然说：“你小孩子懂什么，我们之间的事你莫插嘴！”

陈诚听了捂上嘴，搞怪地说：“知道了，蔡姐！”

蔡薇薇来到我的身边对我说：“郑老师，大家都叫你老郑我也叫你老郑吧，我比陈诚大，和你差不多，你看不出来吗？”

“我真的有点眼拙，没看出来。”

“我二十四岁了，听他们说你二十八岁了，女生心理年龄比男生成熟得早，所以我们是一个时代的人，但看不出来你还有闪婚的潇洒，我很佩服你做事的勇气，我敬你一杯，和你认识了三个月时间，你是我见过最有个性的人，不是夸你，你做事让我们感觉你像一个真正意义上的男人。”

我云里雾里地听着她表扬，不知这个人要干什么，她看了别人一眼，扒在我的耳朵上开玩笑似的说：“我喜欢你！”

20

我喝了很多酒，但却在当时感觉自己一直清醒着。因为，直到喝酒结束，我坚持要送大家回家。

出租车行走在街道上，两旁霓虹灯闪耀着五颜六色的光芒。我们都喝醉了，除赵聪在旁边不远的小区外，其余四个人都挤进了出租车。陈诚坐在前面，头耷拉在车窗的玻璃上，感觉没有办法抬起头，而王梓坐在后排的外面，我坐在最里边，蔡薇薇坐在中间，她把头放在我的肩膀上，似乎是有意靠着我。

王梓下车后，我觉得蔡薇薇还是那样靠着我，我担心陈诚回过头来，因为后排已经不挤了。我转过身扶她，她顺势又靠在了后面的垫子上，我突然感觉到蔡薇薇拉着我的手不松开了。我把她揽在怀里，也紧紧地抓住了她的手，我感觉自己的热汗一层一层从肌肤里渗了出来。

车到陈诚家的门口我还记得，我是看着他一步一倒地从小区门口迈进去的。

至于是怎么送蔡薇薇到家的，我确实一点都不记得了，只记得似乎到她家门口我们还抱在了一起，但一切都模糊了，我一点都回忆不起细节，是她主动还是我主动，是接吻了还是没有，说实话我真的记不起了，当然包括我是怎么回家的，看来我当时是彻底地失忆了。

凌晨醒来我发现自己躺在沙发上，电视机还开着，虽然声音调得很小。还有就是我的心脏跳得厉害，嗓子里像往出冒火一样。我在沙发上翻了一个身，很想喊阿佳给我倒杯水，但我却强忍住了，假如我昨晚喝死了，她现在还会安然地睡在床上吗？我硬是支撑着身体去厨房倒了一杯水，然后坐在沙发上喝，我一共喝了七杯水，才感觉自己的胃里好受了些。

我慢慢地想着昨晚的事，就是在那个时候我记起我和蔡薇薇之间的事情。我感觉自己一下子清醒了，我和她发生了什么吗，我只能记起的就是那一点点，其余的我实在是记不起来了，即使我使劲地揉搓太阳穴但实在是记不起来了。

城市的早晨非常安静，我站起身看了看窗外，现在是凌晨五点，街上偶尔有行人急匆匆地走过，窗外扑面而来的是新鲜的空气。我的内心充满了内疚和孤独，我是怎么了，是喝酒太多还是头脑里出现了不良的念头，为什么在这样的一个日子里我做出了这么浑蛋的事情。我突然感觉自己内心充满了酸楚，假如我的婚姻是幸福的，假如一切都是正常的，我会吗？肯定不会，如果一切都正常昨晚的聚会肯定会多一个人，即使不多一个人我的头脑也不会出现那样不良的念头，我对自己说，忏悔吧，请你忏悔！

我内心充满了孤独和歉疚，在窗边站了好长的时间。

我去洗完脸后决定把一切都抛掉，好好地爱自己的家，好好地爱阿佳。

我轻轻地推开了阿佳卧室的门，看见她像婴儿一样躺在床上，均匀地呼吸着，她的睡姿非常调皮，斜摆着双腿，半个身子露在外面。

我拉拉被子，给她盖全了。她有意识地将身子往紧里捂了捂，似乎感觉这样不好，又留出半边的被子来。我爬上床心跳得厉害，可能是因为喝完酒也可能是因为内心不安，还有就是我不知道她是否会在这个时候和以前一样拒绝我。

21

一切都好，她只是将身体往一边挪了挪，似乎要接纳我。我抛弃了一切心里的想法，将手伸过去揽住她的头。

她睁开眼睛突然像中魔了一般，大喝了一声：“你干什么？”随即就坐起了身子。

“我一个人睡不着，想你了，我们在一起睡吧！”我小声对她说，并边说边去抱她。

阿佳一下子甩开我的胳膊，像是被一个陌生男人侵犯了一般，然后往外冲。

我感觉到自己的尊严受到了侵犯，我一把拽过她，把她摁到了床上，并将全身压在她的身体上。

看着她对我陌生的目光，我对她说：“我是你的老公，你到底是什么意思？你看我是谁？”

她的力气很大，忽然就将我掀翻在床上，像一条受惊的野兔往外蹿。

我再一次把她拽在床了，说实话，我内心突然产生了一丝邪念，我怎么也要占有了她，既然你伤害我，那么就让我来伤害你吧！

我们的斗争就是在那时候开始的，我从来没有对任何一个女人使用过暴力，但今天我有了，我撕裂了她的衣服，一层一层从她的身上剥了下来，直到让她彻底的赤身裸体。屋里已经亮了起来，我已经能看清她的身体，也能看见她脸上痛苦的表情，这让我内心产生了莫名的快感，既然是我老婆给我伤害，那么看看吧，我能把你怎么样！

我起初是对她亲吻，后来开始用牙咬她的脖子、耳朵和脸。她痛苦地在床上扭动着，拼命把我从身体上往开推。

这样的防守和进攻至少持续了十几分钟，我感觉她的体力越来越小，我一把抓住她的双手将它们压在她的身下，她无法动弹了，但浑身还是鼓足着劲。这是个倔强的女人，我第一次领教了女人在维护自己身体的时候所使出的拼命劲。

我们都停了下来，互相用眼睛瞪着对方看。

我说："既然这样，你为什么要和我结婚？你尽到了一个女人的责任吗？"

阿佳说："你呢，你尽到了一个男人的责任吗？"

"你是无理取闹的，我们离婚吧！"我松开了她的手，躺在床上，浑身像泄了气一样。其实刚才我打算如果能和她好，我就把我所做的向她坦白，然后希望她惩罚我，之后我们再不分离，好好走我们的路。

"你说什么？"阿佳吃惊地问我。

"起床后我们去离婚吧，我们与其都这样痛苦地过为什么不分开让对方好过呢？既然我们的婚姻是一个错误，那么我们为什么不去结束它呢？"

我感觉阿佳忽然不对了，她转过身来，将身体贴在我的身上，用手摸着我的身体，但我能看出来她流了眼泪，说："是我不好，你来吧。"她把我往她的身体上拉。

一切都远去了，刚才的激情和心境在我的身体和脑海里没有一点残留，睡在我身边的这个女人和我之间已经没有任何关系了，她为了维系婚姻来委屈自己，那她为什么要嫁给我呢，我无法知道，但有一点是肯定的，她不想失去这个所谓的婚姻约束，她需要的是婚姻的概念。我躺在那里，觉得无法与她有任何交流，与其这样那么就让一切都冷静吧。

天已经亮了，我还在头疼，但我知道自己该起床了，我去卫生间冲了个澡。既然是你要维系这个无性婚姻我们就维系吧，你能做到我又有什么做不到呢。从卫生间出来我唱着歌去厨房收拾早点了。

22

天阴沉沉的，四野里没有一点风。太阳躲在云层后面，使空气感觉非常清爽。我在河边转了一圈，看了看别人钓鱼的样子，我从中吸取了不少的经验。一个和我聊得愉快的老头子还给我一瓶麝香米，让我打窝用，他对我说，鱼是需要诱的，没有不吃钩的鱼，只有不会诱鱼的饵，鱼种类不一样对饵的要求也不一样，想钓好鱼必须要对鱼有足够了解，根据鱼的习性下饵，投其所好，这样不但能钓到鱼而且可能还碰到大鱼。

我在那位老人不远的地方挑了一个钓点坐下来，并按他的要求做了一个窝。今天的天气既没有毒辣辣的太阳，也没有可恶的风，所以感觉非常惬意。我把一切准备好之后，就抛竿钓鱼。

“还在睡觉吗？”我收到了一条短信，发现号码似乎熟悉，但一下想不起来。

“没有，我在钓鱼。”

“钓鱼？怎么你也钓鱼呀，难得有雅兴，你和夫人吗？”

“我一个人。”

“一个人？你怎么不找个人陪呢？”

“呵呵，找谁陪呀，有鱼就行了，今天天气很适合钓鱼。你是谁？”

“我你都不知道呀？你猜。”

我猜不准。其实我已经感觉到是谁了，但我没有说破，在这个时候，我的心里实实在在是有点空虚，有个人陪着聊聊天也是好的。

我看见鱼漂动了，但我没有去理会，鱼总是经不住饵料的诱惑，但鱼竿却掌握在钓鱼人的手里，我不去抬竿，它就有可能从钩上溜走。但今天看来这是一条执着的鱼，它不停地把鱼漂顶起落下又顶起又落下。我看着这条执着的鱼，继续发我的短信。

“呵呵，你猜一下嘛，人家想让你猜。”

“那先说你是男的还是女的。”回发出这条短信后我自己都笑了，有这样无聊的男人对我说吗？其实人生中有时候人和鱼都是一样的，鱼虽然喜欢安静，但它却希望鱼饵是动的，往往在水里的鱼钩你轻轻地动一下，鱼会产生进食的欲望，人有时候也一样，你逗逗他他才可能和你交流得更深走得更近。

“哈哈，当然是女的了，你还问这个呀？你昨晚是不是喝多了呀！”

鱼上钩了，一下子把漂拉进了水里，我不提也不行了，我轻轻地把它提出水面发现是一条纤长的鲇鱼，这种鱼我以前是没有钓过的，我抓住它发现它身体非常的光滑，而且有一层黏膜，这是在北方长得比较漂亮的一种鱼，它身上有一些浅色花纹。我看着它嘴角两边细长的须子，感觉像是在风中飘动的女生围巾。对待这样的一条鱼，我决定放了它，因为，我希望它二次咬钩。

“我真喝多了，今天一点记忆都没有，你呢，怎么样？”

“还可以吧，今天就是头疼，你走了后我一直担心你，又觉得给你发短信不太方便，你没事吧？”

“没事，也就是头疼，今天胃里比较难受。”

“你应该吃点东西多睡一会儿，钓鱼很有趣吗？”

“还行吧，我也是刚开始钓的，觉得还有点意思。”

“你在哪里钓鱼，鱼池还是河边？”

“河边，就是上次我们拍过宣传片的那个地方。”

“是吗，那是个漂亮的地方，我一直记着，一直想去看看。”

鱼又开始咬钩了，我放下手机，轻轻地提起了竿，这是一条鲫鱼，它从水里一出来就不动了，我觉得这条鱼有点奇怪，后来才发现它的身上好像被什么东西咬伤了，我把它放进了水里，突然觉得我应该钓一条大鱼。

我没有回信息，蔡薇薇也没有给我再发，我一直看着鱼漂在水里浮动，我的鱼要钓到哪一天呢，我坐在岸上，一直想着这个问题，婚假要十五天，现在已经过了十天，还有五天，我该安排什么呢?

短信又来了，我没有去理她，我觉得和蔡薇薇的交往我更应该慎重点，毕竟我是一个已婚的男人，在人生的经历中我怎么去忍心伤害她呢，她应该还有很多的路要走。

但手机的铃声刺耳地响了起来，我拿起来一看，是个座机号。

“你怎么不回短信啊，是怕我来吗？”一个嘹亮的女声从电话里发出，我一听就知道是当年班里的一个同学，急忙道歉。

给我打电话的是田荣，我们在班里时怎么说呢，感觉一般，有一段时间常在一起吃饭，分开了也就不联系了，没想到来到这里还能想起我。

23

结婚后的田荣看起来比在学校要丰满得多，一副养尊处优的神态。那时候我们班的同学基本上分几块，大家开始一般都是以地域为纽带在一起生活，所以男女生的交往会打破这个界限。但在毕业的时候大家却发现都变了，关系好的往往是距离比较远的。而能够成为情侣或者情人的，也往往是相互比较远的。在最后的日子里，那些感情比较深的都亲密得不行，似乎少在一起待几分钟就是几分钟的损失。

我和田荣在中间有一段时间比较黏糊，当时大家都以为我们俩会有点事情的，但确切地说，我们那种拉手的事情都没有干过，原因很简单，她梦想的那种生活我给不了，而且她太现实了。

田荣家在一个中型的城市，父母都是国企职工，据说在她小时候国企效益非常好他们家是过过一段小康日子的，她各方面兴趣就是那时候培养的，她能画工笔画，能唱民族歌，会跳新疆舞，但随着国企改革，她的父母都下岗了，虽说家里的生活还过得去，但那种失落感让人心里很遗憾。我曾经和她走在街上，发现她只要看见个女人开一辆车眼睛就发绿了，对于这种我认为是小资情调的女人我选择了躲避。

现在她来了，我不知道她是否还和以前一样，对生活充满着无限的憧憬，对汽车洋房那么挑剔。

我站在酒店的大厅看见她从电梯里走了出来，浑身散发着名贵香水的那种气味，从穿着和气质看，她还真有点贵妇人的味道。这已经不是我们上学时看见汽车就双眼发直的小姑娘了，用现在流行的话说就是一个典型的熟女。

我走过去抱了一下她，然后对着她看了半天说："几年没见你变成这样了呀，看不出你的女人味是从毕业开始的呀。"

"呵呵，你现在也变了呀，有胆了呀。"她哈哈笑着捶了一下我的肩膀。

老同学还是老同学，我们虽然很多年没有见了，但碰在一起两句话就找到了当年同窗的感觉，从酒店出来，我们像一对情侣一样肩并着肩向前走去，根据她的提议，我们来到了一家西餐厅，她要了个贵宾间，我俩坐下来。

在媒体这么久了，和一个女人单独处在这样一个环境还似乎从来没有。这种地方可能我们单位女同事来得多一些，对我这种没有情调的男人，从来想都没有想过。朦胧的灯光，轻柔的旋律，西欧式的装修，红酒，比萨饼，刀叉，烛光，非常罗曼蒂克。

置身这样的氛围中，一切都暧昧得正常起来。我看着田荣脱掉了外套和围脖，一截白皙洁净的脖子和半片胸脯露了出来。女孩子还是要变成女人的，这样让人感觉更为舒坦一些，似乎以前所有的禁忌都打破了，而且让人觉得似乎也看透了，人生中那些我们在孩提时该隐藏起来的现在也敢展露了。

坐在她的对面，我看了她半天，故意露出一丝坏笑，然后说："那时候没发现呀，你的脖子是这么好看。”

她冲我笑笑，似乎有点怨气地说：“比你当年的女朋友好吧？在学校几年你就只顾着她了，把我正眼也没瞧过。”

“哪敢瞧你呢，你包得严严的，想瞧也瞧不上呀。”

“虚伪了吧，你心在哪里就在哪里，我现在可不是小姑娘了，什么都信你，那时候你俩的那个黏糊劲谁不知道呀，听说你旁边的邻居意见可大了，都找到学校里来了。”

“什么事呢，我怎么不知道。”说这话时我的脸上火烫得厉害，因为我的邻居的确有人反映到了学校，当然并不是她说的这么回事。

“现在还联系吗？”

“谁？”

“你的谭晶呀！”

“早没了，自从毕业后就再也没有联系过，人嘛，生活都有自己的圈子，有些该过去的就过去了。”我说这句话的时候，内心充满了伤感，因为本来我们是要结婚的，没想到一切都随风而去。

“呵呵，看来我们今天能相聚是有缘了，那你可得感谢我给你带来的缘分了，一定得抓住。”田荣说完这句话自己咯咯地笑了，我一下有点蒙，不知该怎么回答，幸亏服务生端着盘子上来了，我急忙招呼她先吃点东西。

24

这是我这几年吃得最舒心的一顿饭，只喝了几杯红酒就来状态，飘飘忽忽，信口开河。我们聊了很多，从各自的家庭到心情，谈心、调情、斗嘴，什么都说，一会儿工夫三个小时就过去了。

在聊天中我知道她嫁给了一个做工程的人，虽算不上开发商但也是个很能挣钱的，一年收入至少在五百万以上，她梦想的房有了，车也有了，所以物质条件都得到了满足。但她老公是个粗人，除了上床就知道给她钱，除此之外她从他身上什么都得不到，而且和一个没有文化的人待在一起，她有时候觉得自己很没面子，她告诉我，她这次来想到学校看看，她想回来上研究生。

人是需要情感交流了，她对我说："有时候一个人坐下来心里特别的空，觉得没有一个人来和自己沟通，我常常一个人站在窗户边看小区里来来往往的车，心里有种说不出的酸楚，我决定不过这样的生活了，我想重新回到校园里去，重新找回自己的青春和快乐。现在的我和以前不一样了，我现在有条件过我想过的生活了，我为什么不去过呢？

"呵呵，在学校太纯洁了，我给你说实话，我在大学几年连吻都没接过，你能相信吗？我是不是单纯得可以，我觉得自己上大学很亏，一天就盯着我想要的东西了，现在看起来自己当时真是太傻了，几年时光除了学校就没有别的了，现在和朋友在一起聊起大学的生活我觉得自己真是太苍白了。

"人活着为什么？是快乐，除了物质能给我们带来的，还需要精神，我也是一个需要精神的人，但在我最该玩的时候我却放弃了自己应有的权利，你觉得我冤不冤？”

田荣说出这些话的时候，似乎与自己一点关系都没有，在她的脸上洋溢着的是一个幸福女人的表情，透露出的那份从容和自信让人感觉既得体又到位，似乎内心有很多不快需要你来安慰，但又离心灵较远，从未伤到自己。

从餐厅出来我俩打了辆车，本来我要坐在前排，她却把我扯到了后排，我俩坐在车上，给人感觉完全是一对出门旅行的夫妇。车开到酒店门口，她拉着我的胳膊从后面走出来，很腻歪地和我说：“你老婆不给你打电话？”

我说：“没事一般不打，我比较忙，她能够理解。”

“看来她是比较贤惠的了？”

“还行吧。”无论是谁现在在我面前提起阿佳我都学会了轻描淡写，因为我不想提起她，她已经从我内心深处消失了，我再也无法给她一个属于她温暖的地方。

“看你幸福的，你常晚上加班吧？”

“是，我工作性质就是这样，没有办法。”我把她让进了电梯，向属于她的房间走去。

这是个三星级酒店的豪华间，房间的空间很大，铺着厚厚的地毯，壁柜里摆放着一些洋酒和饮料，还有很多小吃零食。

田荣打开电视机，又把声音调到最小，她坐在床上，将外衣重新脱去，很细致地做着自己手里的事情，似乎我根本不存在。

“刚才说我脖子好看，现在还看吗？要不要我把衬衣脱掉让你看个够？”

我不知道自己说什么，只能看着她发呆。

田荣咯咯地笑了，“玩呢，看把你吓的，这么多年过去了，你该经历的都经历了吧，还怎么像个小男生一样。”她从壁柜里取了两瓶水给了我一瓶，我俩边喝水边聊天，都说的是学校里愉快的事情，一会儿我觉得自己该告辞了，因为已经过了晚上十一点了。

我说：“你该休息了吧，你今天刚来，累了。”

她看了一下表：“哦，这么快呀，你呢，晚上不回去了吧，有这个胆吗？”

“我没事，但你这里只有一张床，我晚上睡哪里呀？”

田荣站起身，瞪了我一眼，语气重重地说：“你晚上睡地上吧！”说完就走进了卫生间，我呆在那里，感觉自己不知道怎么办。我透过卫生间的玻璃看见她把衣服一件一件地脱下来，然后就听到了哗哗的水声。

25

田荣披着浴巾从卫生间出来，湿淋淋的头发垂在肩膀上。她怕冷似的一下子钻进了被窝，然后把浴巾从身体里扯了出来，递给了我，接着说：“愣着干吗？还不去洗吗？”

我没有去洗，坐在她的旁边，用手拂了拂她的头发，在她的额头上轻轻地吻了一下，抓起了她的手，我对她说：“没想到你洗完澡后这么好看。”

“是吗，是不是以前一直觉得我很丑呀？”

“哪里的话，你在学校一直是男生晚上梦中的对象，谁敢对你有非分之想呀，都觉得你是只可远观的，没人敢对你下手，怕碰一鼻子灰。”

田荣听完呵呵地笑了起来，把我的手拉到了她的手里，向着我挤了一下眼睛，狡黠地歪了一下头问：“那现在呢，你还怕碰一鼻子灰吗？”

我笑着，把她的手举起来，和她十指相扣，然后赴过身体，全身都压在了她的被子上，开始亲她。

热浪从她的身体里渗透了出来，像蒸汽从她的口里发散开来。我闭上眼睛，已经很久了我没有和任何一个女性这样缠绵。我热烈地亲吻着她，与她厚热的嘴唇缠绕，舌头轻轻地叩开她的齿门，进入一个女人甜蜜的温润空间。我们经历着一个炎热的季节，太阳的光芒辐射着大地，所有的花草在热烈的空气里舒展开自己的枝叶，尽情地享受着这美好的温暖，雾气从地上蒸发开来，笼罩了一切。

我回到了曾经的校园，在属于自己青春的草地上打滚，那是属于我的世界。在那里有我很多快乐的往事，树木草地，湖水山石，一条绵延的小径曲曲折折，我从这条小径上无数次走过，今天我又重新回到了属于自己充满浪漫的大学时代，我像经历着自己的初恋，在激情和涌动中寻觅着那些逝去的时光。

很久没有这么随意地亲吻了，我像是温习自己曾经所有的功课，从她的嘴唇开始，细细地走过她脸上每一个部位，她的面颊她的耳朵她的眼睛，都是我留恋的土地。在每一块土地上我都细致地耕作，翻土拔草浇水耱平，流连忘返乐此不疲。

认真做任何一件事情都是让人劳累的，亲吻一样让我们汗水淋漓，我用手捧着田荣的脸抬起头来看她在我的热吻下红润的双颊，她的皮肤那样的细腻，凝脂一样润泽光亮，似乎是一件色泽适中的瓷器。这恰恰是一个女孩变成女人后特有的色泽，我细细地打量着这些，看着她的眼睛在沉醉中轻轻地睁开，露出洁净的瞳仁。她用舌头舔了舔自己的嘴唇，如一个小孩子刚刚吃完了糖果，希望还能尝到留在那里的甜味。

我们半天一句话都没说，就这样互相打量着对方的眼睛，希望从中找到那些回忆里美好的东西。

现在的田荣是我大学里的那个田荣吗？不是，肯定不是，那时候的她清纯却带着一丝追逐物质生活带来的铁锈味，现在她浑身散发的是一个成熟女人对生活的理解，她不仅仅在追求人世的温情，而且懂得在与人的交流中给予。

她伸出了手，轻轻地抚摸着我的脸，像是好多年没见的亲人，想把我脸上所有的尘土和沧桑都抚去，然后看清我在流浪的生活中留下的所有痕迹。

我在她的嘴上亲了一下，然后坐了起来，做出要走的样子。

田荣一把抓住我的手，脸上出现了惊诧的神情，急切地问：“你要干什么？”

我笑了笑，又重新俯下身去，在她的耳边哈出一口热气，我感觉她痒痒地颤抖了一下，我把她紧紧地抱了一把，对着她的耳根悄悄地说：“我洗澡！”

她用手攥成小拳头在我的胸膛上捶了一下，斜着眼睛瞪了我一眼，说：“讨厌，快去！”她把我从自己的身体上推开了。

26

我把水温调到冷水位置，开足了龙头，水流倾泻而下，身体马上被一种彻骨的冰凉浸透，我喜欢这种感觉。我站在水里昂起头，任凭冷水冲刷着我的脸。我需要全身冷静下来，热浪从我的身体里慢慢退去，我从刚才的激情中渐渐地退缩了，我的耳边只有水流的声响，其他的一切都远去了，我是一个什么样的人，上帝给予我这样一个女人是让我犯错还是让我超脱。

在这之前，我从没想过我会和一个女人做出有违社会伦理道德的事情，但现在却变了，生活给我一次又一次地提供了这样的方便，为什么在结婚之前我却没有这样的试探呢？在和自己的女友分手之后，我有三年的时间都是一个人孤独地走过。每天晚上蜷缩在属于自己孤独的空间里等待着。

我想到了阿佳。其实在这个时候我不该想她，但她却让我挥不开去，她是我社会意义上的老婆，但她却不给我社会性的婚姻，此刻我多么希望能够知道她在家等我回去，只要她能来一个电话，说实话我立马就走，但这是不可能的，我知道。

既然婚姻对于我只是一个概念，那么一切都去见鬼吧，如果这是一种负债那么我就要面对这种负债，我不能被它打倒，相反我要从它的强权下走出来，我要向它宣战。我是一个人，一个正常的被赋予社会意义的人，当别人要掠夺我作为一个人应该拥有的社会性的时候我必须要有自己的态度，一切都可以妥协，但原则是不能妥协的，如果这注定是一场战争，那么我希望这个战争中我是胜利者，如果不能胜利那么就让我来做一个悲壮的英雄吧！

我这样冲了足有十分钟，感觉自己彻底地清醒了，我重新将水温调了上去，开始洗澡。

温水慢慢地浸润着我的肌肤，我在这水流中感觉刚才僵硬的骨骼开始舒展起来，我给自己全身涂上沐浴液，我也洗去以前所有自己坚持的情感原则，我生活的是一个多彩的世界，为什么我要把自己打扫得那么干净呢，我怎么能在这个世界中保持单一的色彩呢？既然我也好似世界的一分子，那么让我融入这个激情的天堂吧。

洗澡间也是一个让人独立思考的空间，我待在这个狭小的空间里面，感觉身心绝对地放松。现在社会让人们能找到的独立空间太少了，所以我们应该在生活中找到能够让自己心灵歇息的地方。

在卫生间外还躺着一个女人，这个女人今天将会和我跨越人生中最重要的一条界线，我们从此将建立一种别样的关系，在这之前我们只是同学，但今天之后呢，我们会成为一种怎么样的情人关系，或许我们会有爱，或许还会有很多的纠葛，但我无法去预测，我能做的就是在今天让一切都开个好头。

我从不想伤害任何人，我只希望自己能给别人带来快乐，只有这样我的内心才能尝到属于自己的那份安慰，那么希望我们都快乐吧。

我现在心里还有一个人，我拉过手的蔡薇薇。假如她知道我现在正和一个女人躲在一个酒店的房间里即将发生一个男人和一个女人最本质的事情，她会怎么看待我呢，还会那样一如既往地对待我吗？

水流顺着我的身体将泡沫冲了一地，在这光洁的泡沫中间我立住自己的身体，我知道这个澡我已经洗得够久的了，所以我要在最快的时间里结束自己的程序。

想起蔡薇薇，我的身体和心里突然产生出一种难以名状的充盈感，我如果没有结婚，这次我们认识会有怎样的结局呢，或许我们会成情侣，或许我们会结婚，那样我可能就一天到晚和她在一起，我们会快乐吗？

如果一切正常我就不会有什么不快乐，会与她一起徜徉在属于我们的人生道路上，我会好好爱她，和她手牵着手肩并着肩，我还会出轨吗？不会，一定，那样我就会按照自己设定的道路踏踏实实地走下去。

想蔡薇薇让我的身体发热，我关掉了水龙头，从卫生间里走了出来。

27

不知道什么时候田荣已经将电视机声音关掉了，一个娱乐节目没有声音让人看起来怪怪的，似乎想喊又憋得喊不出来。

我掀开她的被子，感觉她故意捂得紧紧的。我只好拉了一点盖在自己的身上，因为给我的感觉她已经睡着了。灯光非常昏暗，我伸手抱着她，看着她睁开眼睛，嘴角露出一丝微笑，然后把头埋在我的胸膛。

“你洗了这么久呀，是故意的吧！”她的声音轻轻地从口里发了出来，似乎是梦呓一般。

我把自己的手放在她的胳膊上轻轻地抚摸着她，笑着对她说：“是不是？有那么久吗，好几年没见你了，我想把自己洗回我们在学校的状态，那样我们就可以补偿我们的过去了，你看这么多年我们没机会在一起浪费了多少宝贵的时间。”

田荣在我的肩膀上咬了一口，然后对我说：“我不要你回到学校里去，我喜欢现在的你，既大胆也细腻，那时候我对你有感觉但没现在这么强烈，今天一见到你，我就心动了，我想我今晚一定要留下你，我想和你说话。真的，我想和你说话，这么多年，你是我最想在一起说话的那个人。”

“你就不想别的？”我在她的耳朵上咬了一口，然后把她的头放在自己的臂弯里用手捋了一下她的头发。她的头发已经干了，柔软地散落在枕头上，像堆在那里的黑丝绸。我喜欢这样的头发，虽然是经过修理的，但质感非常的好。

田荣的眉头向上一挑，似乎嗔怪地对我说：“你说什么别的，什么别的，你这个坏人，你坏你坏你坏！”

我们开始在床上打闹，她使劲地揪我耳朵，然后装作咬牙切齿地说：“我没想到你现在变得这么坏呀，给我说实话，这些年你是不是学坏了，你是不是一天到晚一直在哄那些小丫头，你是不是经历了很多？”

我抱紧她，让她无法呼吸，然后对她说：“哪能呢？我都快忙死了，一天到晚像一个奴隶一样有干不完的工作，你知道的，现在什么事都不好做，特别做记者，外面看着很风光，但只要一进机房，一切都变了，坐在那里没白天没黑夜地劳作，似乎上辈子欠了谁的一样，往往稍不留意就得挨领导的批评。”

“那你怎么这么坏呀，逗得人心里痒痒的，似乎想和你说话又怕你把把柄抓住。”

“哪里的事呀，我跟你在一起感觉自己好快乐，所以就跟你乱说了，而且我从没想要怎么，你这么好，我逗你高兴还来不及呢。”

“真的吗？那你怎么逗我呢？”

“想知道吗？”

“当然想知道了，现在开始！”

“你先别急，听我给你讲个故事，如果你要是猜准了，我就给你说。”

“你说吧。”

“这是我从一本书上看的，你听好了，千万要细心地听。说有一只小白兔在路上走，突然发现了一个十字路口，她不知道是向左边走还是向右边走，非常着急，她看见了一只黑兔子，问，黑兔子哥哥，你知道向哪边走吗？黑兔子暧昧地说，小妹妹，你真想知道吗？当然想知道了！黑兔子说，想知道我就告诉你，但你知道该怎么做了吧！小白兔就褪下了自己的小花裙子，把自己交给了小黑兔。”

田荣在我胸膛上拧了一把，对我说：“你流氓，你和小黑兔一样是流氓！”

我呵呵笑了一下，说：“好了，你觉得我是流氓我就不说了。”

“你说，你说，挺有意思的，你说吧。”

我又一本正经地开始给她讲：“从小白兔身上下来，小黑兔给小白兔指明了道路。小白兔又往前走。走着走着，又到了一个十字路口，小白兔又不知道向左走还是向右走，非常着急，她看见了一只灰兔子，问，灰兔子哥哥，你知道向哪边走吗？灰兔子暧昧地说，小妹妹，你真想知道吗？”

“当然想知道了。”田荣声情并茂地学小白兔说话。

我也学着兔子的口吻对她说：“想知道我就告诉你，但你知道该怎么做了吧！”

田荣又捶了我一下，说：“下面的不要说了，就是小白兔给了灰兔子，下来呢？”

我说：“下来呀，下来灰兔子就给小白兔指明了道路。”

“这个我知道，再下来呢？”

“再下来呀，小白兔就回家了，过了几个月，小白兔，生下来一个宝宝，这个宝宝非常的可爱非常的聪明，小白兔不知道这个宝宝是黑兔子的还是灰兔子的，那你知道，小白兔生下来的是个小黑兔呢还是个小灰兔呢？”

“是小黑兔？黑兔在前。不对，应该是小灰兔，灰兔子离她家近。不对，都不对，应该是个花兔子吧？”

我笑了笑说：“你好好猜。”

“就是个花兔子，就是个花兔子，对不对？”

我没有理她，在那里偷偷地笑。

“就是个花兔子，花兔子，你快告诉我，告诉我，对不对呀？”

“你真的想知道？”

“当然想知道了。”

我学着兔子的口吻暧昧地对她说：“想知道我告诉你，但你知道该怎么做了吧！”

田荣迟疑了一下，明白是怎么回事，她一下子不停地用两只手捶我的胸膛，然后恨恨地咬我，说：“气死我了，我让你坏，我让你坏！”

我抱住她，把她放在怀里开始重新亲吻她。

28

这次我们的亲吻是非常的冷静，也非常的熟练。有了前面的经历和刚才的冷静，现在我们已经没有那份狂热了，在人的生活中爱有时候是可以用来解释的，理智的爱要比激情的爱长久得多，所以我们在激情过后开始了理智之旅。

“你把电视机打开吧。”

“为什么？”

“叫你打开你就打开呀！”

我拿起遥控器，看见了一个人从舞台后面走出来，这是个非常帅气的男生，在我打开电视机声音的同时，他伴着音乐的节拍开始了自己的舞蹈。

灯光朦胧了起来，鼓点的节奏舒缓而带有弹性，一个娇柔的小姑娘从后面走出来，他们在舞台上开始翩翩起舞，舞步柔和，动作流畅，在音乐的旋律中一切都缥缈如梦一般，世界在舞台中没有任何喧闹，观众在这梦幻的舞蹈中屏声息气，融入这幻影之中了。

“好喜欢你，好爱你。”田荣梦呓一般从口里发出微弱的声息。

我的意识中出现了幻觉，这是我钓鱼的那条河吗？我徜徉在广阔的岸边，在这里我路过起伏不平的小丘，迈过曲折幽深的凹地，我丈量着这滚烫的土地，留恋着这明媚的春光，这是自然的恩赐，也是上帝的杰作。这一切让人贪婪也给予人沉醉。山丘、平地、凹沟，芦苇、草丛、流水，置身于美妙的大自然，让一切不快都远去吧，世界是属于懂得享受它的人的，只有那些懂得欣赏的人才能拥有这一切。

田荣不停地用手臂环绕着我，又不停地松开。我们像两条从土地深处爬出来的小动物，在一起交缠，尽情享受着人类最本能的快乐。她的身体像沸腾的河流，涌动着向前流去。让自然作证吧，这条此刻属于我的河流。

我来到河边，溪水浸润了河岸，那些娇嫩的水草在这阳光和潮湿中生长得格外茂盛，雾气朝露氤氲旖旎，春色点点，柔情满园。我要做那戏水的鸟儿，在这隐藏的港湾中消遣，抖动着鲜丽的羽毛，细细梳理疲倦的翅膀，这里远离风声，却能让人看见波浪的涌动；这里没有季节的交替，却能让人感受到春色无限。让我做那浪上的小舟吧，在颠簸中响起桨声，轻轻地摇动起航的信号，升起梦一样的风帆，驶向灵魂的彼岸。

一条慌张的泥鳅从水里跳跃出来，爬进了岸边的淤泥，它在那里摆动着自己慌张的尾巴，水流、泥浆混合在一起裹紧了它的躯体，是泥鳅搅动了河岸，还是河岸挑衅着泥鳅？船在河流里振荡了起来，与岸边一起接受这波浪的拍打。那只鸟扇动起翅膀，开始了自己飞翔前的盘旋，河水在阳光的照射下湿润而温暖，芦苇丛中响起蛐蛐低沉的呻吟，它们在发出自己迷醉的歌唱。

田荣叫了一声，我忽然感觉她的嘴唇冰凉，她像昏迷了一样紧紧地闭上了双眼，四肢自然地伸展。我们共同经历了一次死亡的穿越，在迈出胜利的那一瞬间才真正感受到疲倦。

一滴眼泪顺着田荣的眼角流了下来，滚过她光洁的面颊落在床单上。我看着她慢慢地睁开了眼睛，满眼都是晶莹的泪光，她看到我在注视她，含羞地嘴角撇了一下，一把将我搂在怀里，轻轻地抚摸着我沾满汗滴的脊梁。

渐渐地，我听清了电视机嘈杂的音乐，我起身拿起遥控器关掉了它。房间里静了下来，只有灯管发出一丝嗡嗡的声音。

“你怎么这样呀，想让我死呀？”

“怎么了？我给你带来了不好吗，我是无意的。”

田荣摇了摇头，说：“没有，和你在一起好幸福，我从来没有这么幸福过，真的，从来都没有，在夫妻生活中我也快乐过，但和你不一样，你的从容和优雅是我从来没有体会过的，一个人的修养恰恰体现在细微之中，我感觉自己真的很幸福。”

“那你为什么还哭呢，我是不是伤着你了？”

田荣咯咯地笑了起来，她的胸脯在笑声中抖动得厉害，一边笑一边擦着自己的眼睛，看得出这次她又流了很多的泪，当然我觉得不是伤心的泪。

“傻瓜，我这不是泪水。”

“那是什么！我看着你流泪了呀！”

“这是一个女人的幸福，你不懂。”田荣说完，把我们用汗液淋湿的被子翻了过来，然后用脚蹬开重新盖在我俩的身上，她把头又埋进我的怀里，说，“好好抱抱我吧！”

29

房间里安静下来，我躺在床上，田荣将口里的热气哈在我的胸膛上，我抱着她，却怎么也睡不着。

对于一个刚刚结婚的男人来说我这样做是一种痛苦，但我却做出来了，我闭上眼睛，却又在黑暗中睁开，我无法在这个时刻身心舒坦地睡去。作为一个人我的思想里必须要为自己的行为负起责任。接下来我该怎么办，我向阿佳将这一切都坦白了吧，然后我们去离婚，让她去过属于自己的日子。但她会同意吗？根据那晚的表现，她不会的，她很在乎这个婚姻，虽然她并不是在乎我。

我该怎么办呢？继续这样和田荣保持一种情人关系，那对于阿佳是一种怎样的伤害呢？我在这件事上陷入了迷茫和痛苦。现在我最想知道的是她为什么这样对我，为什么不愿意和我在一起还要跟我结婚？为什么结了却又不愿意履行最起码的夫妻义务？

田荣动了一下，翻了一个身，她把后背紧紧地贴在我的胸膛上，又把我的手拽了过去让我抱着她。我们不是夫妻却异常地恩爱，除了跟自己的前女友这样亲密过，我再没有跟任何一个女人这样亲密过。在一个人的情感生活中我历来都信奉一个道德规范，专一是这个规范的核心。但现在我自己却违规了，而且和另一个不该违规的人一起违规。在这之前我们只是普通的学友关系，但多年之后我们却这么自然地走在了一起。我不知道自己会这样，我想假如一切都很正常，我会和她这样做吗？

回忆让人沉醉，我又记起陈大风给我意见的那个场景，那时候我对自己的生活是多么憧憬呀！虽然当时我对他们的意见心怀感激，但在内心里却是处处护着阿佳的，现在看来，在情感波动的时候，不仅仅是女人，其实男人的智商也是低等的。

阿佳现在在干什么呢？是已经入睡还是在灯下思考我们的婚姻？现在我真的知道了自己一点都不了解她，她像幽灵一样突然出现在我的面前，然后使用了魔法让我决定跟她结婚，而在这中间她飘飘忽忽，时而给我真实时而给我梦幻，让我从来都没有清醒地认识过她。

那我为什么和阿佳结婚呢？我是中邪了吗？我当时站在婚礼的现场，当着所有的朋友张嘴承诺，自己爱她，自己愿意娶她，但现在呢，我的承诺还在吗？我当时是爱她的，也包括现在，但她爱我吗？是呀，她爱我吗，这是我们之间最实在的一个问题，我一定要弄清楚她是否爱我，如果爱我，我一切都由着她来，如果不爱我，那么就让我在生活中好好赎罪吧。

今夜我本是不该留下的，我不该就这样轻易地对自己的情感生活自暴自弃，或许我还有该努力的余地。我内心充满了深深地歉疚感，默默地在自己灵魂深处忏悔，让一切都过去吧，就当我做了一个充满玫瑰色的春梦，我不会去怀念梦里的情景，让我尽快醒来吧，只要我能醒来，所有的一切都会灰飞烟灭。

我的身体开始发凉，从心脏开始，顺着血液流动的方向传遍全身，感觉自己慢慢地变成一具僵尸。是的，我该是一具僵尸，让这个夜晚变成一个恐怖的夜晚，让藏身这个夜晚的女人继续做自己的春梦吧。我抱着田荣，一动不动，对，我要做一具僵尸，躺在她的身边，让她清醒时惊恐。

这是个奇怪的想法，我被自己这个想法逗乐了，假如我真变成一具僵尸田荣会怎么样呢，她会吓昏过去吗？她招谁惹谁了，作为一个女人，一个健康的在情感上有追求的女人，她完全可以选择自己的生活方式，她并没有把刀架在我的脖子上让我就范。她只是动用了一个女人本该有的温情，虽然可以说她是个不矜持的女人，但矜持了又能怎么样，让自己埋葬在沉闷的生活中死去吗？

她是没错的，错的是我。是我在两个人关键的时候没有表达一个明确的态度，是我面对一个女人的热情时选择了占有。或许是男人都会这么做，但我呢，我这么做了就证明我是一个男人吗？我没有办法给自己解释，只能痛苦地思索。

30

夜已经深了，马路上偶尔有车经过。城市的夜晚在这个时候是最美好的，所有的喧嚣都淡去了，留下的是个恬静安详的世界。在城市里生活得久了，对喧闹越来越不能容忍，而对安静却越来越充满了向往。

田荣又翻过身来，一只手拉着我，另一只手的食指在我的胸膛上画圈，感受到我的难受，她咯咯地笑了。我抱住了她，让她安静了下来。

“怎么了，睡醒了？”我问。

“春宵一刻值千金，我怎么能用睡眠来浪费呢？我刚才好困，但就是眯了这一会儿工夫我清醒了，我的睡眠质量够好吧？以前我不是这样，晚上很久都睡不着，后来好不容易睡着了，但感觉一点都睡不踏实，以至于早上起床很迟，你看我的眼睛下面都有皱纹了。女人的容颜太重要了，我都担心自己一觉醒来，忽然变老了变丑了，我不知道怎么面对自己，所以我想我一定要抓住自己的青春，趁现在年轻，把失去的补回来。”

“怎么会一觉醒来就变老了呢，老毕竟是一个过程，我们每个人都会变老的，但谁都不会一下子就变老了。”我对她的话发表自己的看法。

“男人和女人不一样，男人有时候越老越值钱，但女人老了就成黄脸婆了，女人是需要男人来爱的，不像男人只要有属于自己的事业就行。”

我把手放在她的下巴上轻轻地用手背抚摸着她的脖子，脖子是女人身体中最重要的部分之一，它的光洁和质感实质上提升了女人身体肌肤的档次。田荣有非常漂亮的脖子，那时候我们都喜欢在后面谈论女生的特点，现在我没有什么顾虑了，我可以在这黑暗中细细地欣赏她。

听着田荣说男人的事业，我的心情有了一丝沉重感，我已经毕业这么多年了，一直过着一种半死不活的生活，在外面虽然说看着风光，但这其中的辛酸只有自己知道，那是用自己的辛劳和汗水换来的。我有时候碰上比较着急的电视片几天几夜也合不上眼。因为电视节目的性质就是这样，到播节目的时候，亿万观众在那里等着看，如果此时电视机像个黑洞一样什么都没有，那会造成什么样的后果？所以电视制作者最怕的是播出失误，用流行语讲就是开天窗。这种工作非常让我焦头烂额，不知道终点在哪里，也不知道前途在哪里？

我想到这里，不知怎么回答她，只能敷衍道：“女人也可以有事业呀！”

“女人不行，女人最终会回归到爱上，找到一个人爱自己懂自己，那才是她最大的事业，在这个世界上成功的女人太多了，但真正幸福的女人却不多，像很多女明星她们的事业很成功了，但爱没有着落，所以最后出家的出家，痛苦的痛苦……

“没想到你还有这么多的想法，我把你小看了。”

“也不是什么想法，这是我的感受。”田荣说到这里，似乎像记起来什么突然语气一变问我，“你怎么不睡，也是睡不着吗？”

她冲我睁了半天眼睛接着说：“我知道了，你一定是想你老婆了，对吗？还没给我讲你的老婆呢，讲讲吧，她漂亮吗？”

“还行吧。”我淡淡地说，我不想和她一起谈论阿佳。

“什么还行，肯定很漂亮，我知道你会找个漂亮的老婆，你不找个漂亮的老婆太委屈你了，肯定比我漂亮吧。”

我不想在别的女人面前贬损我的老婆，所以我犹豫了半天才说，“差不多吧！”

田荣的手放在我的胸膛上不动了，她静静地待了片刻，然后说：“你回家吧，她可能在家里等你。”

“怎么，这么快就不想要我了。”

她在我的怀里摇了摇头，说：“不是，我和你在一起很快乐了，我不希望给你的生活带来不必要的麻烦，我不是个不讲理的女人，我觉得我们这样已经够过分了，如果还让你不回家，那我真是没有一点道理了，虽然我也爱你，但你却是别人的，我们这样偷着快乐就行了。”

这正是我要的，我在她的额头上亲了一下，然后起来穿衣服，她帮我把掉在地上的衣服捡起来递给我，坐在床上看我一件一件往身上套。

我又抱了抱她，从门里往出走。田荣一下子扑了过来，从身后紧紧地抱着我，不停地说：“我不想让你走，不想让你走……”

31

我回到家时已经是凌晨两点。阿佳已经睡着了，我看着她蜷曲在沙发上，像一只在野外流浪的猫。我看了灯，她起身看看我，说了句回来了，就走进了卧室，并关上了门。

我一个人待在客厅里，看着茶几上凌乱的方便面袋、调料袋，以及没有收拾的碗筷，内心充满了莫名的酸楚和凄凉。现在我才知道我不是在一个人住的家里，我是在一个猪窝里，我是和一只猪生活在一起。

我躺在了沙发上，阿佳的体温还遗留在上面。我把手放在身下，试图留着这一点点家里仅有的温暖，但一会儿工夫，它们都消失了，我只有抱紧自己的胳膊，来尽量给予自己一点安慰。现在我知道了什么是距离，虽然我俩住在一个房子里，但我们的心却离得非常遥远，说实话我们比陌生人还要陌生，两个人像是在路上萍水相逢一样互相打声招呼而已。现在我内心充满了孤独感，比我一个人单身时还要孤独，我很后悔我晚上为什么要回来，如果不回来，和田荣在那里相拥而眠，抱着一个温暖的女人身体，是怎样的舒服。但现在呢，我却要一个人忍受这黑夜里的寂寞。

我为什么要回来呢？为什么？

我闭上眼睛在这个孤独的夜晚开始走进自己的心里。我是一个人，一个传统的普通人，我对属于自己的家庭生活是渴望的，所以我才选择了结婚，但我结婚的对象却是错误的，在这个错误发现的同时，我想着结束这个错误，但发现结束错误并不能违背我内心的那份道德时我妥协了，一方面在尽力弄清楚错误的根源另一方面却出现了另一个错误。但我并没有想放弃自己的努力。因为我爱我现在的家，我希望奇迹能够出现。

我躺了一会儿，决定起来收拾一下。

桌子的垃圾虽然乱，但并不是很多。我只用了一会儿工夫就全都收拾干净了，我又把地上好好收拾了一遍。

就在收拾的时候，我捡到了阿佳掉在那里的一个笔记本。

这是个新买的笔记本，我打开后发现就写了一页，一看开头，才知道是她写的日记。我从不知道阿佳写日记，这真是让我惊奇。

本来我是不打算看的，但实在是心里郁闷得很，我就打开壁灯，读起了她写的日记。

我不知道如何表达自己当时的感受，我整个身体像燃烧了起来一样，说实话假如没有我的出轨和前面的心理准备，我不知道自己如何来面对这难以忍受的屈辱。我坐在沙发上，让自己安静了片刻，我所有担心的都到来了。我所有的不愿意面对和不解都知道了。我首先让自己安静下来，我感觉自己的胸闷得难受，胃里隐隐生疼。

日记里除了写她今天的心情而外，就是写我，包括对我的诅咒，她觉得我是天下第一号傻瓜，以为自己还捡了个便宜，原来是一个婚姻的陷阱。她是因为父母离婚，爱她的人离开了她，她才选择和我结婚，但她却是那么爱着那个人，除了他她的心里接受不了别人，给我献出了自己的身体是她需要一个安身的地方，她没想到一个人在生活无助时竟然要付出这么沉重的代价，她后悔当初没有把一切交给自己爱的那个人。现在她名义上结婚了，但这只是没有办法的事，她希望我远离她，不要问她的一切，我们之间本来就没有感情的投入，只因为环境的变化而荒唐地结合在一起。

我感觉自己的心被人用刀割开了，汩汩地往外流血。

一切都释然了。她和我结婚只是为了找个安身的地方，她和我有了身体的接触只是为了让我能快点和她结婚，这一目的达到后现在她却厌烦我的存在。她心里有自己的爱人，却在她家庭变故后离开了她，而她却还爱着他，还后悔没把一切都交给他。

现在一切都清楚了，我感觉自己的心慢慢地打开了，我自结婚后从没有这么心里舒坦。既然把我当作傻瓜就傻瓜吧，在她心里当个傻子又能把我怎么样呢？现在我才明白了她妈妈当时打给我两万块钱的时候她为什么从我的手里要了过去保管了几天，那是在心疼她的钱。我闭着眼睛感觉从心里滋生出了一丝丝温暖，那是我内心所有的冰凉都退去了，现在我是属于我的，与家里这个女人无关了。我名义上是她的丈夫，她希望我不去追问她吗？那么我就不去追问了，让这一切都作为一个秘密。

我是她的丈夫，虽然是名义上的，但为她保守秘密我完全能够做到。我突然感觉我很累，我从卧室里拿出了一床被子，做好了长期准备，我头挨在沙发的垫子上就昏昏地睡去了，这是我结婚后第一次睡得踏实。

32

太阳从窗外照了进来，暖暖铺在客厅里，感觉惬意极了。我躺在沙发上，身体非常慵懒。我睁开眼睛细细地打量了一下自己的屋子，然后翻了一个身继续睡觉。这是我睡觉最踏实的一次，没有任何杂事干扰，现在我才感受到其实睡懒觉也是件非常舒服的事情。我在被窝里看了一下表，已经十二点了。

我没想到我会睡这么长的时间，现在我的心里非常平静，在生活中有时候做一个无事可做的人也是不错的，如果有钱我就过这种生活。但我已经睡醒了，不知道这会儿自己起来该做什么，还去钓鱼吗？天天钓鱼也不行呀，毕竟不是个正经的事。

既然无事可做那就继续睡吧，我尽量让自己全身放松一些然后继续睡觉。

我迷迷糊糊不知道又睡了多久，发现阿佳从沙发底下拿走了笔记本。后来她出来了，对我说：“你吃东西吗，要吃我就给你煮包方便面？”

“几点了？”我问。

“快两点了。”

“哦，你吃吧，我还有事。”

我回答完她的话就开始穿衣服起床，并掏出手机看时间，才发现手机不知道什么时候没电的。

洗漱结束后，我给手机换了块电池。

就是在这个时候我接到了赵聪的电话，那时候我还没顾上喝一杯水。

“郑哥，你在家吗？”

听他口气急匆匆的样子，我知道出了事情，但我不知道是公事。

“怎么了呢？出了什么事情吗？”

“今天领导给你打了一早晨电话，你都关机，我们播出出事故了。”

“什么播出事故，谁的节目，影响大吗？”

“昨晚的节目，是刘诚的，时间太紧了，做完节目已经错过播出的时间了。”

我的脑子像发面团一样膨胀了起来，我第一个反应是开天窗了，终于开天窗了。我走进电视台开始，一直知道这是个大失误，但却一直没有碰到，没想到在我的组里我终于碰上了一次开天窗。

“怎么搞的嘛？你们都是一些死人吗？为什么不早说，节目做不出来先打个招呼都不行吗？到底想干什么，这种失误能出现吗？”我感觉自己被气疯了，不知道怎么处理这件事，是不是我们前天晚上喝酒影响了呢？我内心觉得这件事与我也有很大的关系。

挂了赵聪的电话，我坐在沙发上喘粗气，这是一个严重的事件，虽然我在休假，但出现在我们组里，我可以不承担责任，但这种事带来的影响是无法估计的，更何况陈诚是我的兄弟，如果他受到严厉的处分也会从侧面伤到我，而且会让那些对我有意见的人找到一个打击我的机会，必然给我带来难以预料的影响。

“出了什么事了，严重吗？”阿佳站在我面前对我说。

我瞥了她一眼，心里烦躁得厉害，本来想狠狠地回给她一句，你管的闲事太多。但我还没说话，手机的铃声就刺耳地响起来了。

一看来电显示是杨柳主任的办公室电话号，我的肌肉在一瞬间僵硬了。为了做好接电话的心理准备，我站在那里深深地吸了一口气。她会怎样来训斥我？我不知道，但我要保护我的兄弟，有事我自然要扛起来。

“你在哪里？”她直冲冲地问我。

“我在家里。”

“你为什么不开手机？”口气和前一句一样地硬，没有一个字拖音。

“领导，对不起，我手机没电了。”

“没电是理由吗？你可以请假，但咱们要求24小时开机，而且你作为一个组的负责人动不动就关机，你说这样对吗，电话费每月不给你报着了吗？”

“对不起，我大意了。”

“马上到我办公室，通知你们组，我请王主任、大风书记一起开会。”她刚说完就扣上了电话。

33

我到办公室里的时候，看见人基本都已经到了，只有王主任的位置空着。陈大风铁青着脸坐在那里，看见我进来，他冲着我点了一下头。其他人都神情麻木，没有一个人脸上带着轻松的表情，办公室里静悄悄的，没有一个人说话。空气里充斥着凝重，像要崩塌前的冰山。我挑了一个位置坐下来，和大家一起等杨柳主任和王主任来。

办公室里无人说话，大家就这么静静地坐着，这是我在单位这么多年最难受的一次，我不知道身处这个场合该怎么样和大家交流。但我清楚地知道，这是一场痛苦的煎熬，我并不怕挨批评，而是怕挨批评的过程。工作了好多年了，我跟过好几个领导，但王主任是我内心里最敬畏的，除了他在工作中给予我们最大的支持而外，在生活中也最懂得帮助我们新人。

既然大家都不说话，我坐在那里就开始了一个人的臆想。在这样的一个单位工作，似乎没有什么上下班的时间概念。一天到晚都在策划、拍摄、编辑、制作，好像脑子从来没休息过。虽然有时候也比较闲，但并不代表自己的脑子就闲。电视节目的形态就是创新，离开创新就没有了兴奋点，但真正时时刻刻的创新是多么难呀，除了吃饭睡觉编导的头脑就没有时间停下来，那种来自节目的压力从来就没有消失过。

坐会议室里我的头脑突然就开始发涨了。我一下子回到了在单位平时工作的那个状态，似乎我也是刚从编辑机房出来，满脑子都是显示器上的画面，我还沉浸在镜头的剪辑当中。我闭上眼睛，让自己不要再想这些无谓的事，现在的我是一个休假的人，一个休婚假的人，我不应该还把自己埋在工作当中。

王主任踏着急匆匆的脚步从外面走了进来。他坐在自己的座位上一句话都没说，把手里的材料整理好之后才抬起头，在大家脸上巡视了一遍，然后说，看来今天是都准时到了，而且是都到齐了……

他话音还没落下，有几个人便会意地笑了笑，对于领导的幽默大部分人还是懂得让气氛轻松起来的。

我看了一下王主任的脸，并不可怕，看得出他今天并不会暴跳如雷。我也用余光瞥了一下刘诚，他呆头呆脑地蜷缩在椅子里无所适从，在这个时刻领导的每一句话都可能给他如坐针毡的感觉。

“今天叫大家来的目的我就不用说了，我们的节目播出出现了重大的失误，虽然在各种会上三令五申地强调过，但最后还是出现了这样的问题，这不是我想看到的，也不是大家想看到的。在我听到这个问题出现时，我也和你们的心情一样，心里非常吃惊生气，我们这样没日没夜地干活，目的是什么呢？不就是把活干好吗？开天窗对任何一个电视工作者来说都是一种耻辱。出了这种事，我先从自身进行了反思，最终觉得问题与我也有很大的关系，这段时间大家都是在超负荷地工作，我没有协调好也没有关心到，所以这件事我并不想处分谁，但我们的纪律一定要严格执行，这件事先从我身上处理，扣除我本月的奖金。”

会场一下子骚动了起来，几位年长的编导开始七嘴八舌地发表意见，觉得这样不妥，既然大家都有责任，那怎么说也不能先处理领导。

刘诚突然从座位上站起了身，给领导和大家深深地鞠了一个躬，然后结结巴巴地说：“领导，这次确实是我的失误，当时在机房我实在干累了，干完后忘了送带子，回家不知道怎么就睡着了，这个责任在我一个人身上，与您与大家都没有关系，你就处理我一个人就行了，你这样做我心里难受……”

王主任没有让他往下继续说，摆摆手让他坐下了。

“刘诚的想法很好，但这件事就这么处理了，过去的事就让它过去，希望从今天开始我们能够把精力全部都放在工作上，大家要互相帮助，不要各自为政，有问题及早地反映上来，中心统一协调。还有，考虑到我们最近事情比较多，人手少，决定聘用一部分临时上岗人员，我这里有六个人，现在分下去。”

王主任给每组分了两个人，我没想到我们组分了一个人叫蔡薇薇。

我正在为这个蔡薇薇是不是我认识的蔡薇薇发呆时，他点了一下我的名字，然后笑着问我：“你最近忙得怎么样？”

大家都笑起来，我不知道领导这句话是不是一语双关，但我还是微笑着对他说：“还可以吧。”

“什么还可以，蜜月就是蜜月。我觉得你也没出去，肯定是惦念单位的事，这样吧，你明天开始上班吧，等大赛结束了，我给你半个月假你再外面玩一趟吧！”

会议结束了，大家都起身往出走，陈大风看着我坐在那里还发呆，说：“还发什么愣呀，这种处理最舒服了吧，现在开始进入工作状态吧！”

34

我见到蔡薇薇的时候已经是第二天下午了。没清闲几天，我根据领导的安排又重新回到了工作岗位上，那样的新婚生活令我空虚，现在上班了我可以把自己充实起来。我用了一上午的时间就看完了这几天播出的所有节目和正在制作的节目。虽然我自己十来天没来单位，但大赛却进行到了一个新的阶段，PK 赛已经结束了，接下来要进行的是半决赛。经过海选，那些淘汰的选手已经都走了，现在留下的我们基本都能叫出名字来。

我把所有人的资料都整理了一遍，开始着手策划接下来的制作过程。半决赛的推广形式我觉得该变一下了，不能老沿着以前的路子，前面该煽情的都煽足了，该了解的都了解了，那下面呢，我们是不是要从选手自身进行深入的挖掘呢?

就在我深入思考的时候，我看到蔡薇薇像一只蝴蝶一样从办公室的门口飘了进来，她一下子变成了另一种类型。她全身紧紧地被一件紫色的连衣裙包裹起来，腿上套着浅灰色的长筒袜，穿着一双蓝色的运动鞋。我看了她的形象，心里突然有了另一种感觉，她好像从来都没有参加过选秀节目，而是一个邻居家的小女孩。见了我之后，她露齿笑了一下，然后把头一歪，我说：“我来报到了！”

“你不好好参加比赛怎么又跑来上班了？是不是觉得干活很好玩？”我尽量控制自己的情绪，在单位里我不想闹出什么不好的影响来。

“比赛和上班有什么区别吗？反正我是在寻找一种生活状态，更何况上班比比赛更能让我了解你和你们单位，你觉得不好吗？”

“干活是出力，比赛是出名，这两样当然是不一样的，你不会是觉得出力比出名更有玩头吧，这可是连小孩都懂的道理。”

“我需要出名吗？出名能怎么样？我喜欢怎么就怎么样，说实话比赛太累了，我这才第二轮，你知道我一天要接到多少电话吗？姑姑姨姨舅妈、爸爸的同学、爷爷的战友，简直都把我烦死了，我觉得连一点属于自己的空间都没有了，好像我参加比赛成了重大的国际事件似的，所以我决定放弃了，不赛了，我不赛给他们看了，听说你们要人我就来了。”

“呵呵，你可真够让你们家人受的，来工作可不是闹着玩，得把活干好，你来是新手估计也干不了什么，可能就是一些打杂的事，你有心理准备吗？”

“我来就是打杂呀，你还让我摄像？编辑？非线？你也别难为我了，我知道自己的兴趣在哪里。”

“在哪里？想当导演？”我边说边把一沓资料放进了属于我们组的档案柜，背着身子和她说话。

“我什么都不想……怎么，你是不是对我来这里特别不开心呀？你要觉得我待在你身边令你不开心我马上就走，再也不在电视台出现。”

“你真是奇怪，你来我有什么不开心的，你又不是来抢我的饭碗，再说即使你不来也会有别人来，怕什么，这是单位不是我家。”

“那你说好了，没人的时候我喜欢看到你在酒桌上的那个样子，不要给我装领导，我上学时老师说过了，装领导的人和装孙子的人是一个类型的，你可别觉得我是骂你，我也不敢骂你，但你不能限制我说话的权利。”

话说到这里，我觉得自己遇上麻烦的事了，看来这个蔡薇薇并不是我想象得那么简单，幸亏我与她还只是泛泛之交，要是有深层次交流的话我不知道她在我的面前会怎样放肆。我坐在那里点了一支烟，吸了一口，然后对她说：“你既然来了就好好干活吧，做电视其实也有意思，只不过稍微专业了一点，所以第一点要明白电视的经验是重要的，但最重要的是悟性，悟性有了一切都会到位，在这里你和刘诚比较熟，你就先跟着他吧，让他先带带你，然后哪里要缺人手你就到哪里去。”

“干吗要我跟着他呀？”

我抬头看了一下她的眼睛，我并没有责备她的意思，但她好像认为我是在责备她。

“好了好了，你说跟谁就跟谁，听你的。”

看得出她并没有要走的意思，坐在我的对面开始翻看我写的决赛策划初稿。

“见刘诚了吗？”

“见了，在机房里呢。”她翻了两页，抬起头冲我一吐舌头，然后说，“这是不是保密的？”

“什么保密，那只是组里让我拿的一个初步想法，什么还都不是，说白了也就是废纸，如果真要保密了那现在我就可以回家睡觉了。”

“这是你写的？你什么时候写的呀？”

“怎么了，昨天晚上呀。”

“你一个晚上写这么多呀，太夸张了吧，我的郑编导，这些东西都是从你的脑子里出来的吗？你也太脑残了吧，怪不得比赛的选手说你一天呆头呆脑的，原来你肚子里全是这些弯弯肠子呀！”

我感觉自己脸一下子发烧了起来，我盯着她的眼睛看，她似乎并没注意到我对她这句话的反感，还在那里自言自语。

见我一句话都没说，她才抬起头来，见我的脸色难看，一下怔在那里，急忙抬起手捂住了自己的嘴，“我说错话了，对不起……你认识我后悔了吧？”

35

和蔡薇薇认识让我后悔还谈不上，但让我觉得自己该谨慎起来那是千真万确的。我一下午都坐在那里想这个问题。这是个什么样的女孩呢，仅仅是单纯吗？从开始在我面前一句话都不说，到现在信口开河，似乎一点都没把我放在眼里，这是怎么回事？

我把组里的工作从头到尾做了一个细致的规划，预计再过一个半月比赛的前期制作就基本完成了，最多两个月后期也就结束了，到那个时候她也就从我们这里离开了，那时我们就如同路人了，再说，即使她不离开，只要我能够保持清醒的头脑，不要和她再有任何纠葛，我们之间也就什么事都不会发生，那样的话，今天所有的一切只不过是一个小小的插曲，像是在工作中我遇见了一个不懂事的孩子，无非在说话的时候无意识地冒犯了我而已。

我坐在那里想了想，假如那天我们没有喝酒，她还会像今天这样在我面前说那些话吗？或许不会，因为我们并不熟，她可能进来打个招呼就离开了，或许会，那我只觉得她是一个不谙世事的孩子，也不会放在心上。我就把她当作一个不谙世事的孩子吧，让这一切都过去，不要把每一件事都扯上关系，或许她本来就是无心的。

刘诚进来问我："这期节目用什么音乐？"我对他说："你和蔡薇薇商量一下吧，如果觉得我们过去的太旧也可以从网上下载一首，最好是那种能给人以力量的。"

他笑了一下说："那种配乐我们都用烂了，能不能换一个别的，比如像是那种很抒情的。”

“不能，就这样用吧，反正是配乐别玩新花样，我们宁可平庸也不要犯错误，这是定的，我们就按定的意思来，轻易不要改动。”

他给我吐了一下舌头，说：“呵呵，明白！”

我装作无意识地问了一下：“你和蔡薇薇是初中同学还是高中同学？”

他迟疑了一下说：“高中同学，怎么了，不像吗？”

“同学肯定不像了，要像的话那不就麻烦了吗？我尽量让自己的语气看起来平静一些，让他不要感觉我是有意要了解什么。”

他也笑了一下，然后似乎要解释什么，对我说：“我们是一个学校的，她比我高一级，在学校里的时候我们都知道。”

“哦，都知道？”我把他这三个字提了出来，希望他能够给我解释一下。

“不，不，不……应该这样说，是我知道她，她是不是知道我就不知道了。”他把手在胸前摆了几下给我说，似乎为刚才的话有那么点难为情。

“她在你们学校比较有名？”

“还行吧，那时候在文艺方面还算是比较可以的，有时候学校里搞一个什么活动她一般都是比较积极的，好像当时还在学生会当一个什么部长还是副部长的，有时候我们常能见着。”

“你们像现在这样来往是什么时候开始的，不会是这次大赛吧？”

他哈哈大笑了一声，然后压低语气对我说：“还真是的，让你给猜着了，就是在报名的时候我们认识的，我当时看着面熟一问才知道是我的校友，所以就聊了几句。她开始是陪同学来的，我怂恿了一下她就来参赛了，不过还行，马上都进入半决赛了，自己退出了，说怕淘汰了丢人，与其接下来被淘汰还不如现在主动退出，给自己留点面子，反正是玩嘛，怎么开心就怎么来呗。”

我说：“是这样，还是个有意思的人，你知道是谁介绍她来我们部门做临时工作的？”

刘诚的脸上一下子收起了刚才那种轻松幽默的表情，他摇了摇头，然后对我说：“这个我真不知道，可能是在比赛过程中主任看上了吧，我也不好说。”

他觉得我在那里沉思，他似乎是思索了一下，对我说：“我不行问问吧，看是谁介绍来的，以后在工作中我们注意一点。”

我摇了摇头，说：“不要打听了，打听让她知道了还会以为我们在意她的身份呢，不管是谁介绍来的，我们都对她以诚相待，她如果是想学东西，你就多教给她，如果只是想玩，你就尽量给派些不动脑子的活让去干，让她高兴就好。”

他点了一下头说：“好的。”又对我说，“没事的话，我去编节目了。”

“去吧，快结束了，我们的苦难日子快到头了，等大赛结束后我好好请大家玩两天，做好最后的冲刺！”我在他的肩膀上拍了拍。

36

开始上班后我就忙起来了，也没有和田荣联系。我看到吃饭的时候了，觉得自己这样做可能会伤她的心，所以就想给田荣打个电话。在生活中，我才感觉到和熟女交往要比和小女生在一起轻松得多。你不用为她操心，因为她懂得站在你的角度上来考虑，就像我和田荣自从那天分手后，她只给我发过两条祝福类的短信，基本没有来打扰我的生活。我们都是有家的人了，在生活中要有应付生活的准备和必需的时间。一个男人有了自己的家之后，怎么说他只有在自己方便的时候才能抽出时间安慰自己空虚的心灵，不然的话可能让生活乱成一团糟。

从这点上讲，田荣比蔡薇薇做得要好几倍。

电话只响了两下，田荣就接通了。我没想到她会接得这样快，似乎她把手机拿在手里就等我给她打电话。

“喂，你呀，好几天都没你的信了，你是不是掉在老婆的被窝里出不来了，也不见你的短信，连个招呼都没有了。”

“这两天开始忙了，大赛进入关键阶段了，我知道你是能够理解我的，特别是在最近一段时间，大概再过一个多月就好了，就开始正常了。你呢，事情办得怎么样了？”

“一切都很顺利，我第二天办完事情就回来了，在学校里我还遇到了我们的几位老师，那天他们正好在开会，也很开心的，我在家里收拾一下，过几天就过去。”

“你回家了？”

“是呀，我现在在家里，怎么了？不会晚上要请我吃饭吧？呵呵，没关系的，我会马上回来的，你把打算请我的次数翻个倍吧，反正我也够胖了，不怕吃，你就抽出时间陪我就好了，不过提前告诉你，你一定要做好准备。”

“你说哪里的话呀，我肯定会陪你的，以前没条件也没胆量，现在你给我机会了，我就可以大胆地在你面前表现了。”

“别贫嘴了，我知道你整天忙，我也理解，不过说实话，我会帮助你的，你有什么需要帮忙的，你就尽管说好了。”

“有你这句话，我可是高兴坏了，在生活中还没有谁说要给我帮助呢，这些年来都是自己一个人在打拼，我有时候感觉自己真的很累，但却好像又不能停下向前走的脚步，有时候都不知道自己这样忙着为了什么，难道仅仅是为了生活吗？”

“你不要这么看待，男人嘛，总都是有事业心的，你其实事业心很重，只不过你起点低了点，但这并不是一件坏事情，人和人是不一样的，不要比谁最后高过谁，其实，我认为生命真正的意义是谁走得更长。保护好自己的身体，然后有更多的人生阅历，到时候你就是一个强者。”

“几年没见，你还这么有思想了，看不出呀，你这都是从哪里学的？我得对你刮目相看了。”

“呵呵，也不是和谁学，做人嘛，都会有点感悟的，在生活中最关键的是有人能理解你说话的意思，这样就能够沟通好，你想呀，我能够和你沟通其实也是我的福气，这几年我有很多想法但不知道对谁说，和你说话我感到非常轻松。”

“是吗，那就说明我是你的知己了，你得好好地珍惜我呀，如果没我了，你说话就没人听了。”

“不是没人听，是没人听懂。所以我就来上学了，过来后还有机会见见你，这是一件非常好的事情，你一定不能辜负我。”

“呵呵，怎么能辜负你呢，我一定听你的安排，和你一天好好说话，把你的精彩言论记录下来，有机会了给你出书。”

“你也别先承诺了，还是等你做到了再说吧。你这几天一点时间都抽不出来吗？”

“怎么了，有什么事吗？”

“我也不管你忙或者闲了，这个事你一定要办到。你帮我在那边租套房子，环境好一点的，最好离你单位近点或者离学校近点的。”

“哦，我知道了……”

挂了田荣的电话，我的内心复杂了起来，她怎么让我租房子离我的单位近一些呢？我坐在那里，心里的想法很多，是不是我把房子租在单位的附近我们就可以过起小日子了，也就是我会在家外有家？我的内心充满了无限的凄凉，因为在这之前，我多么渴望有一个家，至少在我累了的时候有个温暖的地方，苦苦地寻觅了多年却一直是孤独地走着。但现在呢，刚刚结婚，我却面临着家外有家，生活真会捉弄人呀！

我给赵聪打了个电话，我说你对研究生院熟，在那附近给我同学租个好一点的房子吧。他什么都没说就答应了，这本来就是没什么可说的。

37

我拖着一身的疲惫回到了家里。从我上班后，这是我第一次早回家。我打开门，看见阿佳正在看一个娱乐节目，她张大嘴巴，坐在沙发上傻笑，我第一次看见她这个样子。我去卧室换了件衣服，刚打算去厨房收拾做晚饭，张吉的电话就打来了。

他上来就告诉我一个非常让人兴奋的消息，我们去年拍的一个专题片在他们课堂上来作为范例来讲解，教授给予了很高的评价，并透露，我们的片子今年要在全国获得大奖，已经入围了。

回想起来，他出去学习已经一个月了，在这期间我生活得一塌糊涂，也没有顾得上给他打电话询问学习的情况。从这次打电话来看，他在那边生活得不错。这家伙终于逮着了空闲的时间，可以放松地玩一回了。听说张吉来我们单位前在社会上，喝酒、打架、飙车什么事都干过，上班后才“改邪归正”了，他还算是个不错的人，虽说有时候工作上松懈点，但本质是好的，再者比较讲义气，人缘很好，大家在工作上一般都让着他，这使他的形象比较好。

我问他什么时候回来，他回答说，当时说的时候是半年，但现在看来不一定，要等培训班的最后安排。

我笑了笑，没有说什么。我知道，所有的培训班都是有期限的，他可能还想在培训结束后多玩几天，所以给我说了这样模棱两可的话，也算是给我提前打了个预防针吧，在工作中相处有时候得知道什么叫作心照不宣。

我挂断了电话，感觉心情出奇地好，本来是想做饭的，但却没有了食欲。我也躺在沙发上，陪着阿佳看电视。

她看了我一眼，没有说话，似乎我们之间从来就在心里面没有什么事情一样，她的脸色显得非常自然。

在这种氛围中我也像什么事情都没有发生一样平静地躺在那里。我好久都没有看其他电视台的娱乐节目了，因为本来就整天趴在监视机前看电视，好不容易闲下来我一般不看电视，除了自己的节目和比较有思想的专题节目，这种纯娱乐的节目我很少看，说实话我觉得这样的节目非常无聊，要不是为了生活不得不参与娱乐节目的制作，我早就离这种东西远了。但现在不行，我必须得参与。

现在正好，我可以看一看娱乐节目了。

天下的娱乐节目目的都一样，逗观众开心，能够吸引人的就是办得好的，而且为了办好各个电视台都投入了大量的人力物力，希望能够把观众的眼球持续地吸引过来，无论是明星脸还是观众的互动都离不开物质的刺激，这样就能够给人以极大的兴趣。

阿佳看的节目也就是这样，虽然说在节目的编导和节奏上是下过功夫的，但明眼人一看就知道没有什么想法，无非是让大家感觉一时的快乐。

开始我还看得蛮有兴趣，随着女主持人越来越无聊，我一下子感到索然无味，想让她重新换个台，但却没有说出口。是呀，在我们的生活中必须懂得包容，既然有人把节目做成这样，那肯定是有人喜欢看的，我强忍着视觉上的“污染”，继续往下看节目。

电视节目终于结束了，我看着阿佳挨个调台，电视机的声音忽大忽小，给人很不舒服的感觉，最终她停在了新闻频道，然后起身对我说：“你吃了吗，我给咱们弄点吃的吧？”

我说：“好呀，我没吃呀。”

她起身进了厨房。我这会儿确实有点饿了。看着她的身影进了厨房，我的心里有了一些内疚，其实她完全是可以做一个好妻子的，或许是命运吧，让她变成这样一个人，为了得到一个安身的地方，竟然和一个并不爱的人结婚。如果生命中没有遇见变故她肯定不会这样做的。

其实我应该在心里早就了解了这一点，虽然我并没有去面对。但我知道，她现在可能是内心最为复杂的时候，我应该给她一段时间让她好好地理清自己的心绪，让她重新能够找到自己生命和爱情的坐标，调整到一个正常人的状态。

现在，我突然发现我一点都不生她的气，让一切都早一点结束吧，让所有的人都回归自己的生活吧，我为她也为我自己祝愿。

38

我闭上眼睛听了一会儿新闻，我不知道阿佳在给我俩做什么大餐，等了大约有一个小时才见她从厨房里出来，手里端着两碗稀饭。然后又端了一碟凉拌的菠菜！我喝了一口稀饭，对她说："做那么多干吗，差不多就行了，在家里随便吃点就行了。"

阿佳看了我一眼，脸色露出了惊讶的神情，她说："没什么呀，就稀饭和菠菜。"

听她这么说我差点从沙发上掉了下去。这个用一个小时做饭的人就弄了个凉拌菠菜和稀饭，真是让我有点哭笑不得。我抑制住了自己嘲笑的表情，对她说："哦，很好了很好了，快睡觉了，吃多了也是浪费，你赶紧吃吧。"

我只吃了两口菠菜，不知道她是把盐贩子打死了还是把我们家盐罐子清理了，反正是菜咸得发苦，无法入口。稀饭还算可以，没有什么怪味，我就高高兴兴地喝完了，然后把碗放在茶几上，还坐在沙发上看电视。

过了半天，我看了看阿佳。她眼睛一直盯在电视机上，有一口没一口地吸溜着稀饭，而且过半天就会把筷子伸到盘子里。我见过吃饭细致的女人，但像阿佳这样的我还真是第一次，她不仅仅是细致，而且是无心，似乎像一个厌食的孩子，用这样的方式来完成妈妈交给自己的任务。我实在无法忍受她这种吃饭的方式，索性闭上眼睛，让自己心里平静一些。

我不知道自己是从什么时候睡着的，好像还做了一个比较幸福的梦，总之我惊醒的时候感觉心情特别舒畅。电视机的声音慢慢钻进了我的耳膜，准确地说我是被电视机的声音吵醒的。阿佳又在看娱乐节目，嘴还是冲着电视机大张着，脸上露着那种忘我的表情，稀饭碗还在手里端着，盘子里的菠菜已经吃完了，还剩下一些汁水在盘底里绝望地“待着”。她发现我被电视机吵醒了，赶紧哦的一声，一口喝完了碗里的稀饭，把电视机声音调小了。

我说：“你看吧，没关系的。”

她站起身来，把我和她的盘子收拾起来，然后搁在了厨房。

我起身给自己倒了一杯水，我有点渴。我本来不打算给阿佳倒水的，但最后我还是给她倒了一杯，我怕她吃咸菠菜万一吃出个什么病来，我还一下给人说不清，所以我为了使她能够安全一点或者尽量安全一点就给她倒了一杯水，希望她能喝下去，稀释一下她那一盘吃进肚子里的盐。

阿佳看着我给她倒水，冲我笑了一下，然后对我说：“我是不是吵着你了，我再把电视机声音关小一点。”

我也笑了一下说：“没关系，你看吧，本来不是睡觉的时间，没什么吵与不吵的。”

两个人共同生活在一个空间里，只这么偶尔有一句没一句地说话，谁都能够感受得到心里面的憋屈。这个平时就早早睡觉的新娘子今天不知道是哪一股神经发了慈悲竟然能陪着我待这么长的时间。看来电视这个东西还是比较吸引人。我觉得既然生活在一起了，如果分手是不可避免的，那么我为什么不能做得好一点呢？命运已经把我安排为她的老公了，那我这个老公为什么不能够表现得好一点。我应该在这个时间里谦让她，容忍她，好让她以后回忆起这段日子的时候不要因为我而难过。

“你今天在卧室睡吧！”阿佳对我说出了这样一句话。这让我非常吃惊。自从我们结婚以来这可能是她说得最有温情的一句话。

我说：“你睡里面吧，我没关系的。”

那明天不行再买一张床吧，反正书房里也空着，买张床你睡着就不难受了，人不能老睡沙发，这样对身体不好。

看来这个人做好了长期和我煎熬的准备，打算将这样的日子一直过下去了，我深深地吸了一口凉气，对她说：“没关系，我什么苦都吃过，这样的生活我还是能够忍受的，你不用关心我，一会儿你进去睡吧。”

阿佳看了我一眼，似乎欲言又止。我不知道她要说什么，但看着她的表情似乎不对。

电视已经开始播广告了，她还在那里直盯着荧光屏，似乎要从电视里找出个什么东西来。我看着她脸上有些焦急的表情，不知道是为了什么。现在马上零点了，不知道是什么原因让她还不去睡觉。

“你还不困吗？你今天是睡醒了吗？”

她冲我不好意思地笑了一下，说：“你进去睡吧，我等一下，我的偶像马上就要出来了，我看看他，看完了我就睡。你进去睡，好吗？”

看着她非常有歉意的表情，我的心里很难过，是呀，为了看偶像可以改变自己的生活习惯这种事很多人都做过，而我却没有提前理解她说话的意思，要知道这样我就不在这里打扰她了。我从沙发上起来，对她说：“你看吧，看完了早点睡。”

我从卧室里给她拿出了被子，对自己说，在卧室里睡上一个晚上吧。

39

好久没在床上睡觉了。这曾经是我的婚床，垫子柔软又有弹性，我盖上属于我的新棉被，这是物质生活带给我的享受，虽然我一向对物质享受看得淡，但此刻我还是非常惬意的。我关了大灯，拧开床头的小灯，我还不想一下子就睡去，从床头上取了一本书，安安静静地翻阅。在床上看书是我多年养成的习惯，但结婚以来，我却把这个习惯放弃了。现在我重新回到自己熟悉的感觉中，心里什么都不想，就安心翻阅一会儿吧。

我感觉阿佳站在我身边的时候我是有意识的，但我却没有睁开眼睛，我想知道她到底想干什么。就这样她在我的床前足足地打量了我差不多十几分钟，然后坐在我的身边，用自己的手轻轻地抚摸着我的脸。我装作熟睡的样子，做出受骚扰后很自然地摇了摇头，并用手背推了推鼻子的动作，慢慢睁开了眼睛。

阿佳看见我醒来，她收住了手，我感觉她不知道该怎么办。我抓住了她的手把她搂在怀里，然后对她说："外面沙发睡着不舒服吗，还是睡不着？"

她没有说话，摇了摇头。

我拧灭了床头上的台灯，把她轻轻地抱在怀里。

她出奇地安静，像一个不谙世事的小女孩，只是轻微地配合着我的亲吻。我们把所有在婚姻中出现的不快都忘记了，像曾经什么都没有发生一样，相互之间和其他任何恩爱的夫妻一样，在经营着属于我们的小日子。我们一起吃饭，现在也在一起过正常的夫妻生活，一切都很随意。

夜晚是那样的静谧，四周像是消失了一样，而我的卧室温馨迷人。我睁开眼睛能够感受到每一寸空间里都有属于自己的身体里蒸发出去的汗液，带着咸咸体温的微粒在空气里飘荡。这些只有在我的内心经历了很多不平静之后才能感受得到。我不知道接下来会发生什么事情，因为，生活到现在为止，我还是一个迷茫者，我不知接下来该干什么，因为我的队友不按常规出牌，所以我也无法左右我自己。

我希望世界就从这一刻这样进行下去，没有痛苦，没有心烦，没有思考和琢磨，让一切都复归于平静。世界上大部分人都能选择安静地生活，我为什么就不行呢，如果一切都从现在重新开始，我一定会忘记过去，重新开始我恬静安详的生活。

阿佳在我的怀里躺了一会儿，坐起了身，问我起来洗澡吗。

我说："你先去吧，我再躺一会儿。"

她冲完了澡，推开门，似乎和我又回到以前的感觉，她站在门边，看着我，对我冷冷地说："你睡吧，我也该睡了。"

"你上来睡吧，我去洗。"

"不了，我睡沙发，两个人睡在一起互相影响，谁也睡不好，你还是一个人睡吧，我习惯了。"她说完，就关上了门，给我的视线里只留下了一个冰冷的虚幻背影。

我的内心一瞬间被巨大的空虚和凄凉包围，我无法接受这样的生活。本来生活已经平静了，我已经能够习惯这种无性的婚姻了，但我刚刚给自己在生活中垒砌了一座堡垒，没想到一下子就被她轻易地击碎了。我的心里出现了一种彻骨的隐痛，使我在床上一点都动弹不得。我无法在这种感觉中生活下去，好像抱着自己的身体，趴在床上感受我心灵的委屈和酸楚。我这是怎么了呢？怎么像一个被人随意欺凌的小动物了？

我从床上爬起了身，坐在枕头上拧开了灯，安安静静地想了一会儿。这到底是怎么一回事呢？是随意的戏弄还是缺乏最起码的生活常识？我无法给自己一个准确的答案，我心烦得厉害。我点了一支烟，来熄灭自己心里的郁闷。

我拿出了手机，给田荣打电话。

没想到半夜里的田荣还是接通了电话，压低声音对我说："怎么了，喝醉酒了还是想我了？”

“我想你了，你什么时候来？”

“快了，你等着吧，我马上就把这边的事情处理完了，等我处理好了就过去了，你就这么心急吗，这么晚了还打电话。怎么今天晚上是一个人？”

我说：“没有，老婆在另一个房间。”

“啊！”她吃了一惊，然后说，“那你还打电话，快去陪陪她吧，在眼前的不陪，给外地的打电话，你也太不近人情了吧，好了，我挂了。”

还没等我解释她就挂了电话，我再打过去她已经关机了。气得我狠狠地在床上摔了电话，然后蒙头就睡。

40

婚姻是场债吗？既然我已经知道了我会不幸福为什么还要让自己深陷其中，这种妥协和忍让对两个人有好处吗？她到底是个什么样的人呢，为什么和我要过这种生活？前面折磨我的问题又重新回到了我的头脑。

被子里的我睁开眼睛，动用自己所有的智商来思考这个问题，但我知道我是一下两下想不清楚的，最终我只能回到已有的答案。所以我希望自己睡觉，睡着了，就什么都不用想了，但我却失眠了，怎么也睡不着。我开始想田荣，现在只有她能够给予我一个男人应该有的快乐，所以我应该好好地对她，让我们之间的感情来填补我的家庭生活吧。我回忆着刚才的话，听她的口气应该是在想我，本想和我聊聊，但听我说老婆在就挂断电话了，这说明她比较清楚如何处理好生活中的细节。我很后悔给她打了这样一个电话，假如这个电话阿佳听到了会对我怎么样呢？

就在我想得迷迷糊糊的时候，门被推开了。我看见阿佳从外面走了进来，这次我是清清楚楚地看见了她的表情，她阴沉着脸，一句话都没有，她先是在门口站着，然后向我跟前走近了几步，就像开始那样痴痴地看着我。

我的思路慢慢地清晰了，这个场景刚刚发生过，我没想到会发生第二次。她为什么要在黑夜里这么看着我呢，她是要真正地了解我吗，还是想和我敞开心扉地聊聊天，来好好地面对我们现实的生活？结婚这么久了，我们之间好像从来都没有两个人坐下来将自己的想法说出来。

我现在该怎么做呢？是起身迎接她吗，但一想刚才她睡觉时的冷漠我却没有动，既然你觉得我们应该坐下来谈那么你就主动吧。

阿佳又向我靠近了两步，她的一只手背在身后，似乎要给我递一个什么东西。

窗外的月光非常皎洁，透过窗帘的缝隙，整个卧室里我能够看得清清楚楚。阿佳穿着她平时的外衣，感觉是即将出门或者是刚刚从外面回来。看来她对这次谈话准备得非常认真，因为她都穿戴整齐了。

我继续闭着眼睛，偷偷地透过眼睛的缝隙细细地打量着她。她一直盯着我看，这种眼神我感觉不出是一种陌生还是一种柔情。但我觉得夫妻之间就应该好好地互相打量，没有深情的对视怎么能算做真正的夫妻呢。说实话，我们之间还没有这样长时间对视过，现在虽然她不知道我在看她，但这种对视是我们都需要的。

生活有时候给人的尴尬往往是我们从小说中读不到的，就像现在我给阿佳的尴尬，她从这个屋子里走出去了，现在她要重新回到这张床上，她需要的是勇气和我给她一个体面的台阶下。我知道只要我睁开眼睛冲她笑一下，她会一下子扑到我的怀里，然后我们会和刚才一样重温我们之间的甜蜜。

但我不想这样做，我觉得在人的生活中我们感觉自己做错了就要有勇气来承担这份责任，不能处处要别人迁就和忍让，这样不但对自己不好而且容易形成被人宠坏的危险。作为我的老婆，她应该在生活中学会体谅人。

我这样想着，看着她站在我面前犹豫。

阿佳又向前迈进了一步，现在她就在我面前了，她的手只要一动就能够掀开我的被子，也可以随意抓到我的身体。但我感觉她好像不是要来和我聊天的。因为她脸上的表情一直都很冷漠，几乎没有一点和善。

我突然想，她是不是要对我图谋不轨？

这个念头一出现我就知道完了，我聪明了几十年为什么在阿佳面前永远弱智，稀里糊涂结了婚，现在却要枉送了自己的性命，我想翻身而起，但身体却像中了毒一样一动都动不了。

阿佳忽然将我的被子掀开，她身后的手里亮出了我常用的那把水果刀。刀刃在月光下闪闪发光，我无处可躲，只能挣扎着去移动自己的身体。我抓住了她的手，可我感觉自己手上一点劲都没有，只能任凭她把水果刀扎在我的身上。

我的人生就要在这一刻结束了，我的内心产生了从没有过的悲伤。现在我才知道人在死亡面前并不痛苦，更多的是还有很多的事情放不下。我来到这个城市生活了这么多年，没想到什么都没弄明白的时候就这样离去了，说实话我不甘心。

我感觉我身上几个被刀捅伤的窟窿里往外流着血，但却没有一点点疼痛，浑身酥软，就这样我失去了知觉。

41

从噩梦中醒了过来，我的胸腔里闷得难受，感觉呼吸都非常困难，心脏在狂烈地跳动。天还没有亮，我把窗帘子全部拉开，外面朦朦胧胧一片，路灯在黎明中发着让人感觉无奈的光晕，远处的街道上基本没有行人，偶尔有车辆开过，过后使街道更显得沉寂。

我开了窗户，在这黎明时分，深深地吸了几口新鲜的空气，我寻思自己为什么会做这样一个梦呢？

这个夜晚，我前后睡了差不多四个小时，却在心理上经历了这么多，看来这张床本来就不该我睡，我应该在客厅的沙发上，那里才能让我感觉到心灵的安全。我把屋里的灯全部打开，又斜躺在床上重新把那本书从头看。这是一本灵异小说，从简介上看，是描写一个女孩非常爱一个男孩，后来她死了，但她一直放不下对这个男孩子的爱，想方设法让灵魂生活在男孩子的身边，然后给男孩子尽量多的关爱，但最后男孩子却在不经意间失手打碎了她的灵魂。我认认真真地看完了前面的简介，觉得是不是生活中真有灵异的事件发生，如果有，那么我刚才的噩梦是不是也算一例呢？

放下书，我感觉自己的身体一点一点地发凉，说实话我在房间里还有一点点的恐惧，我得罪了什么呢，让我做了这样一个奇怪的梦，除了我和田荣有了一点不清白外，在生活中我都是处处让着人，而且从不与人争执，有机会我还尽量去做好事情。我知道人生的大道理是很多人不愿意聆听的，好像谁都懂，但真正能做到的人没有几个。而我觉得大道理和小道理一样，只要努力能做到的一定去做，不论是让座还是扔一个烟头，我都努力做到最好，所以按理来说我不该做这样的噩梦。

我将卧室里的大灯打开，倚在床头上想问题。我感觉自己还没有弄出什么声响，却吵醒了阿佳。她打着呵欠从门外进来，看我开着灯在床上躺着，似乎很吃惊，她惊奇地问我："怎么，一夜没有睡吗？"

我口气淡漠地回答她，睡了，做了个梦醒来了。

"你是不是魇着了，我迷迷糊糊地听见好像是你在叫唤，是你在叫唤吗？"她又像一个刚刚懂事的孩子，说这话的时候感觉好像这个卧室里的人根本与她没有关系。

我好气又好笑，假如我真出了什么事，比如在睡觉的时候去了另一个世界，那她现在进来看见一具尸体会怎么表现呢？还会像现在这样一脸的无所谓吗？我不知道这个女人在他们家二十多年是怎么长大的，难道她的父母从来就没有给她说过遇见这种事情该怎么办吗？

“好像是吧，我也没什么感觉，惊醒了，现在好了。”我不想把我在梦里的一切都告诉给她，顺口随便说了说，这会儿我的心情已经好了，我不想和她多说话。

“那就好，刚才我在外面听到你的呻吟感觉好可怕，但我没敢进来，我不知道你怎么了。”

就是这样一个人，那证明她刚才根本就不是迷迷糊糊，证明我在被梦魇折磨的时候她根本就是清醒的，她只不过是不知道我怎么了，而且可能是被我的叫声吓着了，然后没有敢进来，这算什么人呀！

我刚刚到来的一点好心情一下子被她冲荡得无踪无影，和自己在一个屋里睡觉的人发出了可怕的声音她竟然无动于衷，这是一种自我保护还是一种麻木呀，你总该先弄明白是怎么回事吧，最起码能想到在别人需要帮助的时候来扶一把总可以吧。我感到自己被气憋得厉害，一句话都说不出了，然后我对她说：“你去忙吧，我没睡好，再睡会儿。”

“好，你睡吧，我给你把灯关了。”

天已经大亮了，对面的楼里我可以看得清清楚楚。有几家人开始在厨房里做早点。一夜没有睡好，头疼得厉害，本来不想去单位了，待在家里睡觉又没一点意思，和这样一个人面对我心里难受，最后觉得还是该起床去单位看看，然后把事情安排一下去钓钓鱼吧。

我洗了个澡，穿好了衣服，在镜子里看见自己憔悴的脸，心里很难受。我没有做早饭，直接去了单位。这天是我除了通宵加班外去单位最早的一次。

42

大赛快结束了，我整天忙得焦头烂额，所有的拍摄工作基本上都结束了，比赛结果也出来了，参加比赛的人和制作人员都知道了答案，只有观众还趴在电视机前等结果。我们已经全部将后期编辑安排了下去，一个人一天的播出任务，循环着做，已经能够看到空闲的曙光了，大家的热情都非常高。

恰恰在这个时候我却成了一个闲人，看来什么事情反复做最后也就不是个事了，当然也不用怎么费劲了。现在大家基本都是轻车熟路，有人还能在节目中偶尔出个彩，得到领导的表扬，我们当然心里高兴。

在这些人当中我最惊奇的要数蔡薇薇了，她通过一个月的学习竟然能够独立地进行后期剪辑，虽然说做节目仅仅是个套路，但熟悉电视节目的流程及编辑机的技术操作一般来说也需要两三个月，但她却在一个月里面拿下来了，这对我来说确实是有点意外。

王梓这两天也闲了，除了偶尔到机房串串门，就来办公室和我聊天。他说忙习惯了一下子闲了反而心里有点难受。他的主业是做摄像，但现在我也给他安排了一档节目让他去做，任务虽然不重，也算给他找点事做，让他不至于闲得无聊。

我请领导审看了当天的节目，打算回家好好睡上一觉。正在办公桌上收拾东西，看见王梓和蔡薇薇走了进来。他们两个人这两天似乎走得近了，好像姊妹一样，哥哥妹妹的，在单位的楼道里喊得火热。我觉得同事之间能够走近一点也是好事，特别像做电视这种需要几个人配合来做的事情，互相了解一点想法是必要的。

“你打算干什么去？”王梓问我。

“没事了，今天回家睡个好觉。你们呢？打算继续干活还是休息？”

“大家说累了几天了，节目也都不急，好长时间没放松了，想出去放松放松。”

我看了一眼王梓，然后说：“你们想干什么，吃饭还是唱歌，如果觉得想放松就去放松一下吧，你看着把大家安排好。”

“那你呢？不去吗？”

“我今天想回家睡一觉，这么多天了，累得够呛。基本上没有怎么睡好觉，今天就不去了，你们几个玩吧。”

听到我不去了，蔡薇薇从王梓的后面冲了上来，噘起了嘴，说：“什么意思嘛，大家忙了这么多天了就不能陪陪呀，做人不能这么官僚吧，我们还得继续干活呢，总该给一点鼓励吧……你不去，那还有什么意思。”

经过这一个月的接触我对蔡薇薇有了更加深入的了解，这是个不错的女孩，只是在说话的时候随意了点，工作为人都没有问题，而且是很懂得心疼人的一个人。我以前对她不好的印象已经扭转了。

最后我决定参加他们的聚会，和大家共度一个愉快的夜晚。睡觉嘛，毕竟是一个人的事情，和单位同事朋友的交流有时候比工作本身更为重要。在工作中我要永远和我的朋友们站在一起，我应该带给他们更多的快乐，让他们时时刻刻知道我守候在他们身边，和他们并肩作战，共享快乐。

蔡薇薇听到我不回家了，那种快乐一下子就从脸上洋溢了出来，跳起来抱了我一下说：“你们等着，我去通知大家……去唱歌了！”

43

接到阿佳妈妈的电话令我感到惊奇。经过这么多日子，我已将阿佳和她的家人在心理上放到自然的状态。我从没想过要给她的家里打电话，也没有想到她的家人会给我打电话。所以当对方告诉我她是阿佳的妈妈的时候，我张口就叫了声阿姨。看来阿佳的妈妈是生气了，她纠正我说：“怎么还叫阿姨呢！我赶紧改口说，妈妈好。”

岳母大人听到我叫妈妈的声音，在电话那头高兴地笑了起来，然后问我和阿佳的日子过得怎么样。我告诉她，我们很好的，一切都很平常。她给我叮咛了几句，并多次强调，阿佳还小，不懂事，让我要让着她，并对他们没能来参加我的婚礼表示道歉。她说前段时间家里有些事，但现在已经好了，只要我能和阿佳好好过日子，他们就非常高兴，还说有什么困难只管跟他们说就行。

我是成家了，在生活中扮演着很多的角色，除了是一个人的丈夫而外我还是两个和我父母亲差不多年龄的人的女婿。俗话说，一个女婿半个儿。我是不是也算他们半个儿子呢?

从我俩认识到现在，我从没听见阿佳在我面前提她的爸爸，包括刚才的通话中我一直在想阿佳的爸爸是个什么样的人呢，为什么到现在也没有给我打个电话，难道他和阿佳的妈妈不来往了？说实话，我希望这个男人能出现在我的面前，能够和我一起交流现在这个家庭中的一些事情。我什么都能够做到，只有在阿佳面前我才会感到无限孤独，我心里有很多话无人去说，夫妻之间无法交流，有个她的亲属交流一下也是可以的，但我现在却无法做到这一点。

晚上回到家，我告诉阿佳她妈妈给我打了电话。她突然从沙发上站了起来，似乎一下子明白了自己的生活中还有个妈妈。她问我：“妈妈都说什么了，她在那边还好吗？”

我看到她这样的表情心里非常纳闷，觉得好像她和自己的妈妈中间隔着刀山火海似的，只有通过我才能够联系得上。

“你这些日子一直没有给你妈打电话。”

她摇了摇头说：“没有，我生她的气。”

我没有和她再将这个话题进行下去，我不想知道她家里的事情，因为那样会让我心里多生出更多的牵挂，我们的生活已经这样了，如果再往深里纠缠肯定没有任何意义，到头来还会让我心里更为纠结，最好是从现在这个交往的层次上停止再不要深入了,那样,将来我们分手了一切都会淡去,就算是我经历了一场梦吧。

阿佳起初并不想给她妈妈打电话，因为她听了我的话后一直坐在那里发呆。后来看了看我说：“我想用你的手机给妈妈打个电话。”

“你为什么不用自己的电话呢？”我有点不理解地问。

“你借给我就行了，你问那么多有意思吗？”我看见她的脸上有了生气的表情，就将自己的电话递给了她。

她拿上我的手机后去了卧室，我心里很不愉快，有什么事情还要背着我。我侧耳听了一下，她在那边边哭边在说话。

这个电话打了足足有四十分钟，我在客厅里看完了一档电视节目，在她打电话的时候我产生了一种少有的烦躁，不知道是什么原因。我一边看电视，一边隐隐约约地听到她和她妈妈絮叨，后来她不哭了，却在那里笑，这个人真是让人莫名其妙，似乎她的情绪在一会儿就能产生很大的变化。

她从里面出来把电话还给了我，看得出她的情绪很好。我本来想问问她和她妈妈都说了些什么，但话到嘴边咽了下去，毕竟别人是母女，有些话可能不想给我说，如果说就不需要我去问。

我很随意地从她的手里接过手机，然后表情平静地坐在那里看电视，没有做出让她感觉我听了她电话的那种表情。

她出乎意料地给我从冰箱里取出了一个苹果，然后对我说：“妈妈希望我们抽个时间回一趟贵州，爸爸还说要重新在那边给我们办场婚礼。”她说完这句话，就坐在那里若有所思，然后又接着说：“还是算了吧，你也比较忙，以后有时间再过去吧，过两天我想回去，你先忙你单位的事吧，忙完了我们电话联系。”

我没有表达任何意见，听她把话说完。她见我没有回答，回过头看了我一眼，站起身来说：“就这样吧，你忙你的吧，工作重要。”

她就像前面所有夜晚一样留给了我一个冰冷的背影后就走进了卧室，今天唯一不同的是我听到她在里面把卧室门反锁上了。

44

晨光照亮了城市的街道，路上行人很少，赶早的出租车偶尔从道路上驶过。被清洁工刚刚打扫完的路面，干净整洁。太阳还没有出来，东边的天空一片青白。街边的商店和饭馆开始打开门，准备迎接客人。

这个时候在街道上行走，使人感觉清爽疏朗。空气清新得很，像被吸尘器过滤过一般，轻轻地钻进你的肺里。生活往往让我们忽略了本该享受到的美好，繁忙的工作让人无暇顾及这无价的晨气，只有那些退休了的老人才在这大自然的恩赐中活动着自己年迈的身体。

离火车到站还有一个多小时，所以我并不着急，与其在车站外孤独地等待，不如呼吸着这清晨的空气，领略这秋天的城市风景。我一边在街道的人行甬道上漫步，一边观察着早起人们的神色。人降临到这个世界上来真是千差万别，每个人想掌控自己命运却不知无时不被这个世界左右着。就像今天早上，我能够起这么早完全是为了去车站接田荣。在生活中除了单位有时候遇见这种接领导的事情外，我还真没有接过什么人。大凡朋友都是男的，他们下了车说个地方来就行了，用不着这么做。

我从来没觉得接人是一种态度，但现在我却有一点明白。生活往往是给那些懂得细节的人设计的，你想活得精彩就要在生活中寻找精彩。

田荣给我打电话的时候我并没想着要去接她，只是告诉她应该到什么地方，因为房子是我租的，已经找了家政公司按她的要求收拾了，我想告诉她地址，她过去就行了。没想到我还拿着钥匙，更让我没想到的是，她很生气地对我说："你不来接我吗？"

听了田荣的话我顺口说："我来接呀。"当然我从心底里还觉得很是纳闷，我真应该去接吗？

现在我要去接她了，是一个女人，这个女人和我之间有着某种说不清的关系。准确地说，是她要求我去接她的，而不是我自己想到的。假如我们仅仅是同学的话，她会这样要求我吗，她或许会说，你很忙，我自己去就行了，你把钥匙放在一个我方便拿的地方，比如说那个小区的物业室。而且她一定会感激我给她帮了这么大的一个忙。但现在她没有，她的口气里感觉是我应该做的，这样做了还不够，她还想让我接上她，像护送着一个尊贵客人一样送到房间里去，这样做才合情合理。

人与人的关系有时候会出现微妙的变化，这个变化往往在不经意之间，通过和田荣的交往这几天，我突然也明白了生活中发生的很多事情，有些同事之间在我觉得是无理取闹但在当事人看来却是合情合理，是不是他们之间也存在着不同寻常的关系呢？

从田荣开始打算上学到今天正式入学，在这个过程中我做了很多义务式的服务，作为同学这完全是应该的，但这个应该的过程中出现过许多不应该的事，连赵聪有一天都对我说，这个人是你过去的恋人吗，怎么这么让你上心？

田荣当然不是我过去的恋人，但现在已经和我超出了同学的关系，我们之间已经被偶尔的一次事件突破了普通同学的界限，我在和她正常的交往中已经不能很轻易地用普通同学的情感来处理相互之间发生的事情了。从现在开始我该考虑怎么来面对这个事情，但我却似乎又乐意这样走下去。

来了就好吧，毕竟在这个城市里又多了一个和我关系比较亲近的人，我们在一起最起码有个照应，在寂寞的时候又多了一个可以聊天的人。毕业这些年以来除了单位的同事以外也没有别的朋友，生活的圈子变得越来越大，但能够畅所欲言的朋友却是越来越少，这怎么说也是一种悲哀。

田荣发来了一条短信，说她已经快到了。我看了一下时间，离火车进站还有半个小时，或许是火车早到了吧，我回了条短信，就扬手搭了一辆车向火车站的方向驶去。

45

我没想到田荣提着这么沉的两个大箱子，看来真是打算在这里安家了。在出租车上，坐了一夜火车的田荣将头靠在我的肩膀上又昏昏入睡，和她在一起我从来都感觉不到陌生，我们似乎像是结婚多年感情依然很好的夫妻，既没有客套也没有尴尬，两个人在一起一切都是很自然的事情。

进了房间，田荣把各个卧室都视察了一遍，出来后一下子扑到了我的身上，双腿夹着我的腰，双手搂着我的脖子吊在我的身上，冲着我甜甜地笑，看得出她对租到的房子非常满意。

洗漱后的田荣和我躺在床上，像一对夫妻一样说着有关生活的话题。她觉得这是她除了家以外住的最好的房间。

我以前没来过这里，这些都是赵聪根据她的要求收拾的，看来赵聪在收拾房子这一方面是很有特长的。这好像是刚刚装修不久的新房，据说主人去外地了，房主要求住户爱干净，不能胡整。沙发、电视、煤气灶，所有该有的东西都有，除了床上的铺盖是购置的以外，其他所有的东西都是现成的。

现在这里已经是一个家了，没有任何迹象能看出这是一个独身的女人在租房住，这也包括现在在屋子里是两个人。我搂着田荣，很久没见了，细细地端详她，感觉还是像第一次见面那样新鲜。我不知道人在恩爱的夫妻生活中是怎么样的，但现在我的内心非常坦然，我什么都不用想，和我身边的这个女人说着最近的一些见闻，没有任何顾忌，也不怕她无缘无故地让我生气，也不怕她突然起身莫名其妙地走进卧室并且反锁上门。我们不会，似乎在心里怕另一个人突然离去，这种感觉是相互的，我们是很珍惜对方，让另一个感受到来自彼此的温暖，很融洽很和睦。

已经过了上班的点了，看着田荣枕着我的胳膊熟睡，我不想惊醒她，所以没有动，此时，我的内心充满了作为一个男人的自尊感和幸福感，看着她在我怀里安心的状态，我真的感觉自己找到了一种只有男人才有的强大感。现在我才觉得自己是一直渴望把心交给一个人，交给一个愿意把生命交给我的女人，这个时刻我觉得什么都不重要，能够给她一点点安全幸福就够了。现在我似乎有了，其实我却没有，从内心说我渴望这样，但这些却愚弄着我，让我没有办法踏踏实实守住，因为她本身不属于我，虽然现在她做出了给我的模样，那她醒来呢，是不是还会这样呢？

房间一会儿昏暗了下来，天空似乎阴了，看来又遇见了一个雨天。我盼望今天能下起绵绵的细雨，那样我就可以找理由不去单位了，因为今天我唯一的任务是要去商业街上拍一组人来人往的镜头和几个人的采访，只要下了雨，我就可以找到借口了。这样不是为了领导，而是为了我的同事，因为我从来没有在上班这件事上有过不良记录，所以今天我需要老天下雨。

田荣睁开了眼睛，对我妩媚地笑了一下，问我：“天怎么好像阴了？”

“嗯！”我在她的嘴唇上亲了一下说，“天也知道缠绵呀，他们也想出点汗，也想洗个澡，也想神清气爽地进行工作。”

田荣爬起身来俯在我的身上说：“缠绵你个头呀，那有你想得那么复杂，你就整天知道胡思乱想，我来咬咬你看你疼吗。”

她说着就拿嘴咬我的嘴唇，我急忙躲她，她却像一条缠人的小狗不停地从不同的角度扑了上来，我俩在那张床上开始了一场趣味十足的“咬人大赛”游戏。

高兴的时候总是感觉不到时间过得快，和田荣游戏结束，我累得在床上歇息，她将右臂搭在我的胸膛上舒心地俯躺着，她的面颊绯红，微闭着眼睛，嘴角上翘，慵懒的神情里流露着甜蜜和幸福。男人和女人之间有时候这种美好真的要用心好好地体会，你和她在一起感觉特别和谐的时候其实不管怎么做都很有感觉，人和人交往有时候不需要更多的投入，因为越是平淡的时候你越感觉到真实，在这份美好当中，作为一个普通的人其实对爱的要求已经得到了满足。

46

浓雾从四周升了起来，整个城市笼罩在一片朦胧之中。细雨不知道从什么时候开始飘洒了起来，给外面的窗户上挂起了溪流做成的“窗帘”。田荣在我的怀里，我抱着她，她将双手扶在窗沿上，我们俩透过窗户向外张望。

街上的行人匆匆走过，出租车像虫子一样穿梭，有人打着雨伞从超市里出来，从树荫如冠的大槐树下走了过去，像是经历了一次失踪。我们看见一对夫妻手牵在一起，从马路的中间穿过，那女的手里提着一袋蔬菜。

已经过了中午的饭点了，我的肚子确实是有点饿了，但这个时刻似乎并没有吃饭的感觉。田荣回过头来，用手轻轻地抚摸着我的脸，我们在这雨水的掩护中开始深情地拥吻。田荣喜欢在接吻的过程中细致地做每一个动作，她的嘴唇柔软而丰润，像是一位丹青妙手挥动着画笔进行工笔重彩。

“这样能吃饱吗？”我吻了一下她的眼睛微笑着对田荣说。

她出其不意地咬了我一口,我捂着自己的嘴唇,趴在床沿上,感觉疼痛得厉害。

田荣却蹲在地上大笑不止，这个疯狂的动作似乎让她开心不已。

她走过来对我说：“我看看，怎么样，没有咬破吧！”

我说：“你是狗吗，怎么不声不响地咬人？”

“呵呵，我就是狗，怎么了，想咬你了，我看你的嘴唇上有没有血，呵呵，现在知道，挺敏感的呀！”

疼痛过后我用手摸了摸嘴唇，似乎伤得并不是很重，但在田荣又做出亲我的动作的时候我心有余悸地躲开了，她并不罢休，死死地抱着我非要亲一次才算。

“好了好了，我们不要闹了，去吃饭好吗？”

田荣噘起了嘴，似乎想说什么却把头扭到一边，赌气地去了卫生间。

我不知道她是真生气还是假生气，但她的生气我却是第一次碰到，坐在床沿上我不知道该怎么对她说，因为我从来不会去哄一个生气的女孩，在这方面我是比较欠缺的，所以我只能坐在那里等着她从卫生间出来。

但出来的她却好像什么事都没有发生一样，她把头发束了起来，还淡淡地化了妆。看得出她这个人非常在意自己的形象，虽然只是和我在一起，她却把自己收拾得像一个贵妇人一样，使我感觉有点不协调。

“看你这个懒人，我去卫生间了，你就这么坐着也不把屋子收拾一下，你想让这里是个猪圈吗？你是不是一天在猪圈里生活？”她说着，就把床单抖了几下，然后认认真真地在四周压了一遍，并把枕头拿起来捋了捋，放到了床头上。看得出田荣干家务是一个高手，没几分钟屋子里就又回到过去的样子了，好像没有人动过一样。

就在我琢磨她动作的过程中，我看见她把自己的外衣拿在手里，对我说：“走呀！”

我问：“去哪里？”

“吃饭呀，你不是饿了吗？我们去吃饭，刚说过的就忘了？”

我说：“我还以为你要收拾衣服呢，没想到你要去吃饭，好的，我们去吃饭。”

我们两个人来到了门口一家火锅店，人非常多，我提议换个地方，而田荣却执意在这里吃，她认为人多的地方证明味道好，而且她非要吃火锅。在吃饭这个问题上我从来都没有意见，吃什么不就是为了饱吗，差不多就行了，所以我就陪着她在门口等了一会儿，服务员安排我俩坐在了一个拐角的位置。

我没想到在这里遇见赵聪，他坐在对面的椅子上我才发现。他笑着在我对面说：“你怎么跑这里吃饭了，是不是慕名而来的？”

“没有呀，我们是随便吃。怎么这里很有名吗？”

“在这一带这里算火锅做得最好的了，吃的人比较多，我也是慕名而来的，虽然我住得近，还没在这个地方吃过。”

“你今天没去上班？”我问。

赵聪的脸一下子红了，说：“哪能不去呢，早上去你不在，天开始下雨，知道今天什么事都干不了，我朋友让我出来吃火锅，我就偷偷地溜出来了，没想到在这里还遇到了你，你说我今天的运气多差呀，好不容易逃一次还被你逮着了。”

我笑了笑说：“在外面别不正经，给你介绍一下，这位就是我的同学，今天刚到，她还让我谢谢你给找的这么好的房子呢。”

赵聪一下子站了起来，说：“失敬失敬。”他握了握田荣的手，然后说：“郑哥天天念叨你。你不知道给你收拾房子的时候批评了我多少次，今天终于看见你了，看来郑哥真是有眼光呀，为漂亮的女士干活真是我的荣幸。”

田荣站起来似乎听得云里雾里的。

我急忙解释：“这就是帮你租房子的赵聪，我的同事，家就在这附近。”

田荣哦了一声，马上进入角色：“呵呵，我还不知道给我帮忙的人是谁呢，原来是你呀，真是这么巧呀，郑怡升早上还夸你呢，说你干活认真负责，交给的活干得很漂亮，今天见了你真是缘分呀，好了，那我现在就谢谢你，坐这儿和我们一起吃饭吧！”

“不了，我那边还有朋友，你们慢慢吃，没想到和你俩碰到了，我来打个招呼，你们慢慢吃我不打扰了。”他说完话，突然盯着我看了半天，脸色惊奇地问：“郑哥，你的嘴怎么了？”

我一下子没反应过来，问：“什么嘴怎么了？”

“怎么肿了，看着很严重！”

我用手摸了一下嘴唇，才感觉到嘴唇肿得厉害。我急忙说：“不知道什么原因，可能是上火了吧，我咋没发现。我转过头对田荣说，我的嘴肿着吗？”

田荣一本正经地点了点头。

“哦，我知道了。”赵聪站起身来，腔调拉得很长，说：“一定是你睡着了，被嫂子偷偷地咬了一口，呵呵，以后晚上睡觉要小心。”

他说完，笑着转身走了，留下我和田荣在那里偷偷地笑。

47

阿佳这段时间一直没有上班，而且更为可怕的是她再也不提上班的事了，似乎就要这样一直下去。在这件事情上我一时没有主见，不知道该如何跟她提起，她除了一天在家看那些无聊的电视剧和娱乐节目外，看不出有其他打算。有时候就连吃饭都凑凑合合，不是吃方便面就是随便糊弄一下。在这个方面我知道自己做得不够，但我没有其他的办法来做，因为我上班是没有点的，晚上一般下班很迟，有时候各种应酬也多，再加之现在有了田荣，所以基本上在家里就没吃几顿饭。

选秀大赛的工作已经到了尾声，再播出一周就全部结束了，所有人的节目基本上做完了，领导的意思是根据现在的收视率把决赛过程再重播一次，那样的话我们这些人正好有一个月的休息阶段。这段时间可以好好放松一下，同时还可以抽出心思来策划一档新的节目，所以大家都比较放松了。

那天我陪领导连着审完了两天的播出片，王主任很高兴，杨柳主任允许我提前回家。

一进门，我发现家里狼藉一片，才晚上七点多，阿佳就在床上死睡。厨房更是惨不忍睹，家里所有的碗筷及锅都摆了出来，都是用过而没有洗刷。茶几和餐桌上方便面袋、塑料袋、菜饼子、馒头、豆浆瓶乱七八糟摆得让人无处下脚。地上的纸片、袜子、鞋盒乱七八糟的，整个屋子让人感觉像是来过强盗一般。

我本来想摔门而去，但却觉得自己最起码该提醒一下。

我推开卧室的门，看见阿佳在床上和衣而睡。我不知道这个火该怎么发，我深深地呼吸了几口，觉得自己的心平静了下来，才走过去轻轻地对她说：“现在几点你就睡了，你总该把屋子收拾一下吧，你看乱得都无法下脚了。”

令我没有想到的是阿佳从床上翻身而起，随之就大声嚷嚷：“你看见脏了，你为什么不收拾？你以为你是谁呀，随便就能来指导别人，打扰人睡觉你知道是什么行为吗？你整天不在家能不能回来后不要打扰我，你是个人吗？”

我愣在了那里，不知道怎么回答她，看见她赤着脚从卧室里出去然后坐在沙发上摆出一副泼妇的架势，似乎要和我大干一架。

她接着又从沙发上站起来，对我说：“你算是个什么男人呀，你知道我今天一天都没吃饭吗？你管过我吗，操心过我吃吗？”

我说：“我很忙呀，有时候顾不上照顾你你总得学会照顾自己吧，你一天没吃吗，那你自己可以做一点呀，这些方便面不是已经吃了吗？”

“你真是好记性呀，那是我昨天吃的，天亮到现在我一口都没吃，嫁给你这种男人我真是倒了八辈子霉了，你以为我是你骗来做老婆的，你别想得美了，我从来就没有给你打算做老婆，我只是一时糊涂，你以为我会受你的气，你想得美，你做你的梦去吧。”

看着她这么不讲道理，我真无话可说，在单元楼里吵架，毕竟影响不好，我尽量使自己能够温和下来，压低声音对阿佳说：“门口就有超市，什么都有，你可以出去买呀，再说冰箱里也有东西，你可以做呀，你何必这样呢？”

看见我低声对她说话，阿佳的声音更大了。我感觉她有些语无伦次，接着说：“我以前还以为电视台的编导很了不起呢，现在知道还不是和社会上的人没什么两样，你看你的样子，猥琐狡诈尖嘴猴腮，你还把自己真当回事了，我瞎了眼睛嫁给了你，你也不拿个镜子把自己照照，看你有哪点像个人的样子。”

我感觉自己的头脑开始发晕，气得浑身发抖，我怎么能遇上这样的一个人呢，她怎么会这样想问题，而且会这样侮辱我呢？我真想过去给她两脚，但我知道自己做不出来。我吸了口凉气，让自己冷静冷静，既然这样，就赶紧离婚吧。

我一直等到这个泼妇骂累了才插了一句话，我说：“这么下去也没什么意思，你既然这样认为，那明天我们就去离婚好吗，我们各走各的路，你去找你的幸福好吗？”

阿佳见我这样说，更是气冲牛斗，脸都青了，她说：“离就离，你以为我不敢和你离，你有什么呀，你看你那个穷酸样，整天还一本正经的，我最见不得你的虚伪了，你觉得你不跟我吵我就会放过你，你想得美，你赶紧去死吧！”

我瞪着眼睛，看她噘出的嘴里往外泛着白沫，我想等她骂完了好好和她谈谈，明天两个人和和气气地分手，既然不能过这么拖着也不是个事，既然她今天把话挑开了我们就以此来分手吧。我这样一想，心里面一点气都没有了，恰恰有点心疼她，觉得她这样生气太伤身体了，我刚发现她有点歇息，打算和她谈一下，没想到她的声调又高了起来。

“离婚，离婚，你想得美，你以为和我说结就结，说离就离啊，我就那么好欺负吗？我告诉你，你太小看我了，我就是不离，我不会让你得逞，你想都别想。”

她这种出尔反尔的话，折腾得我心都碎了，我顺手从桌上拿出个酱油瓶子，我想一下子要了她的命，但我抡起来后却忍着了，对着她咬了咬牙，然后锁上门离开了家。

48

出门后我打车到了单位，发现大家都还没有回家，我没和任何人打招呼就进了自己的办公室，坐在桌子前我感觉自己都快要崩溃了。我打开电视机，摁到我们频道，正在播出今天审过的节目，我仔仔细细地看了起来，希望以此来让自己的心情平静下来。

这个时候我才感觉我的胃里隐隐作痛，整个胸腔里涨得厉害，似乎被石头和沙子塞得满满的，无法消化，无法蠕动，我伏在桌子上，让自己能好好地清醒一下，然后理清思路，做好对生活下一步的安排。

我关了电视机后，发现楼道里空空荡荡的，大家都下班了，我点了一支烟，狠狠地吸了两口，背靠在椅子上，将脚搭在桌子上闭上眼睛痛苦地思索。我这样的日子什么时候才能够是个头呢?

听到敲门声，我本来不打算答声的，但听敲门的人比较执着才将腿从桌子上放了下来说了声："请进。"

蔡薇薇推开门，脚步轻轻地走了过来，现在的她已经不像刚开始那样对我想说什么就说什么了，每一句话都带着探询和调侃。

她轻轻地冲我笑了一下，站在办公桌前面对我说："我知道你在，我看见你了，你不是回家了吗，怎么又来了？"

我故作轻松地笑着说："我走到半路记起有个稿子没看，怕明天误事，所以就回来了。”

“现在看完了吗？”

“刚看完，也不多，你怎么没回？”

“他们几个人去打游戏了，不让告诉你，我没去，在等你。”

“等我，等我干什么？”

“我遇见了生活中的大问题，想请教你一下，你帮我出出主意。”

“什么大问题，是终身大事吗？我可没好主意出。”

“说来话长了，我想请你到个安静地方，你好好帮我听听好吗？我觉得自己没人可说，这种事只能问你了，你就答应我好吗？”

我笑了一下说：“可以，但不许哭！”

“你知道有安静的地方吗？我一般去的都是热闹的地方。”蔡薇薇对我说。

“那就去热闹的地方吧，我们闹中取静。”我接过了她的话对她说。

蔡薇薇看了我一眼，嘴角抿了一下，然后说：“我知道个地方，既可以热闹也可以安静，你跟我走吧。”

和蔡薇薇单独外出，我这是第一次。我俩在台门口打上车，然后向她说的目的地驶去，我内心有些惶恐，怕遇见单位的同事，特别是赵聪、王梓和刘诚，我不知道他们看见我和蔡薇薇单独约会会怎么想，但在今天我必须得破例了，因为我的心里难受得厉害，我需要有个人陪着我说说话。

我们来到了一个酒吧，大厅里很吵，舞台上正由歌手和乐队在演奏，台下喧嚣声口哨声响成一片，我很少来这种洋腔洋调的地方，觉得这种文明与我内心相去甚远，我更喜欢喝点白酒，但置身于这样一个现代环境里我有时候必须得屈从。

蔡薇薇在吧台上问了一下，服务生就把我俩带到了一个包间里，里面像一个温馨的度假屋，门一关，外面什么都没有了，我没想到，在这样吵闹的环境里竟然有这么一个优雅的处所，使人感觉非常舒心。

我们坐下来，蔡薇薇说：“今天我俩就单独喝几杯吧，你可要好好喝，不能耍赖，否则就伤我心了。”

我问：“为什么？”

她回答我说：“等我喝醉了告诉你！”

我俩举起了啤酒杯，开始喝酒，我把一杯啤酒一饮而尽，因为今晚我想醉。

49

我实在不想回忆我和蔡薇薇的那个晚上。在这个世界上男人和女人到底是用一种什么样的状态在生活，是不是有一种奇怪的场来指导着我们，在肉眼看不见的地方主宰着我们的命运和情感？如果不是，那又该是什么？为什么我和蔡薇薇总是在我酒后发生那么多的事情。难道只有酒才让我们变成另一个世界里情感的依偎者吗？

当时我一直感觉自己是清醒的，虽然我知道自己是喝了不少酒，但那酒进入我的胃像是凉开水一样，特别舒服。在那个时候我本来是自己找醉的，所以拼命地往肚子里灌酒，没想到蔡薇薇先醉了。

她睁着迷离的眼睛，端着酒杯从桌子那边爬过来，将自己的酒杯举起来让我喝，我刚喝完了她杯子里的酒，她又往我杯子里倒满了酒。后来她索性骑在我的腿上，搂着我的肩膀不停地和我碰杯。

在和她喝酒的过程中我似乎是变了一个人，好像我们这样放纵是很平常的一样，我竟然没有感到丝毫不妥和陌生，用一只手搂着她的腰，另一只手和她不停地碰杯。后来我感觉我实在是喝不动了，就搂着她躺在酒吧的沙发上，两个人好像亲嘴了，再后来我就不知道了。

半夜里我醒来过一次，似乎是被蔡薇薇摇醒让我喝水的，但我确实太醉了，可能是因为我一直在喝酒的时候抱着她，让我的体力透支，所以感觉四肢无力，就没有怎么动，只喝了一口水就睡着了。

第二天我醒来时已经是下午一点钟了。阳光从窗户照了进来，感觉分外刺眼，我却心情舒畅，并不感觉怎么难受。

首先我发现这是一个女孩的闺房，里面还散发着淡淡的清香。看了一眼摆在床头柜上的相片，我知道自己是在蔡薇薇的家里了。我急忙翻身而起，发现自己的衣服完整地穿在身上心里面才稍稍地安稳了一点。

屋里没有人，房子很大，看起来不是一个人在这里住，是她和她的父母的家吗？我在客厅里转了一圈就一个人钻进了卫生间洗了一把脸。

身处在这样一个陌生的环境里确实有点无所适从，我坐在蔡薇薇卧室的书桌前翻开着她书柜上的书。看得出她是一个比较有品位的女孩子，除了各种时尚的影碟CD外，还有很多中外的经典音乐，书架上的书很多都是很有艺术品位的，哲学、文学、文艺学名著名目繁多，而且上面都有她点画过的痕迹。我感觉她应该是出生在书香门第，父母应该都是很不错的知识分子。

对于蔡薇薇我并没有想去怎么深入了解，从某种意义上讲，我觉得她就是一个刚从学校里毕业的小屁孩，虽然作为一个男人我的心有时候会被她无意地戳动一下，但更多的时候我只是觉得我是她的朋友，年长的朋友；特别是她最后在我们单位上了这么长时间的班，我对她有了一个更深入的了解，她是一个勤奋有灵性的女孩，对新事物的接受能力非常强，电视制作一般人都要一年时间才能够独立工作，而她却在两个月之内基本能独立工作，不得不说她在艺术方面有超人的天赋。

人在情感上真是个奇怪的动物。和蔡薇薇认识了这么长时间，在酒后又发生了那么多的事情，但我在看了她的书柜后对她有了另一种看法，而且在心里面生出了一丝似乎像是崇敬一样的东西，我其实一直把她当个小孩子看，但她并不小了，某些修养方面远远可以当我的老师，我在她面前以前那种像老师一样的感觉一下子从我的内心里面消失了，其实我们从来都是平等的，我为我以前的一些作为感到好笑。她只是比我小几岁，但她并不比我少明白道理呀。我翻了几本她做过记录的笔记本，感觉自己很惭愧，并在心里感到了一丝内疚。

50

从门外回来的蔡薇薇提了两大包菜品，兴冲冲地进了厨房。我想过去帮她一下，她看都没看我一眼就进去了，然后从厨房里出来对我说："你醒了呀，我可真服了你呀，睡得那么舒服，太让人羡慕了。"

"是吗？真不好意思，我昨晚喝得太多了，给你添了不少麻烦，都不知道是怎么到这里来的，我都不敢想自己是怎么了。"

蔡薇薇给我倒了一杯水说："喝醉了就别提了，反正我也喝得不少，是酒吧服务生帮我把你弄上车的，你要去宾馆，我这儿也没人就把你带来了，我爷爷和奶奶去北京姑姑家了。感觉还习惯吗，比宾馆总好点吧。"

"给你添了不少的麻烦，我心里很不好意思。"

"客气的话就别说了吧，你这人怎么这么见外呢？"蔡薇薇说着抓起了我的手，没等我反应就骑在了我的腿上，然后抱着我说，我好喜欢和你在一起。

我也抱着她，我们俩就这样静静地抱了一会儿，然后她趴在我的耳边对我说："你喝醉了说了很多话，我没想到你心里有那么多不快乐的事，其实昨天我是看着你不开心专门等你的，看来我猜对了，你晚上一直抱着我，你一点都没乱动，我喜欢你这样正人君子的男人。"

听了蔡薇薇的话，我的脸一下子开始发烫。我听见自己的心在咚咚地跳个不停，我真的是一个正人君子吗？我昨晚没有乱动是我有意识的吗？我是喝醉了，如果没喝醉我会怎么样呢？也许我会做个正人君子，或许我根本不会来她的家。在这个问题上是没有假设的，因为一切都发生了。为了掩饰我内心的不安，我亲她，从她的耳朵开始，到她的脖子她的脸，当我装作要亲她的嘴唇的时候，她却笑着跑开了。

然后她从柜子里拿出一套女式睡衣对我说："你去洗澡吧，满身都是酒味，我给咱们做饭，你今天尝尝我的手艺吧！"

"你还会做饭呀？"我吃惊地看着这个清纯的小姑娘，我无法相信她真的会做饭。

"让你吃惊了吧，告诉你我不但会做饭而且还很不错，我从小妈妈就告诉我，如果一个女人想幸福就先得学会做饭，因为只有自己了解自己的口味，而且我做饭不仅仅好吃，还很艺术，你先别听我炫了，赶紧去洗澡吧，洗完了我们吃饭，午饭都成晚饭了。"

蔡薇薇把睡衣递给我说："刚买的，我穿着比较大，你就将就一下吧。"说完就把我推进了洗手间。

看得出蔡薇薇的家境比较不错，卫生间里所有的东西都是名牌，而且非常精致，不论沐浴液还是洗头膏都是一个牌子，而且并不乱，就那么几瓶摆在架子上，显得整洁而有品位。我开大了喷头，让自己在这像暴雨一样的水流中来一个酣畅淋漓的淋浴，我喜欢这种感觉，就像大口大口地喝酒一样，首先让自己能够感受到生活的豪迈。

从卫生间出来，我感觉自己神清气爽，人可以通过沐浴达到一种清净的心态。坐在蔡薇薇家的餐桌前我感觉自己俨然是他们家的男主人，看着她笑吟吟地将一盘一盘菜都端上来，我有一种家的幸福感。

看着系着围裙把头发包起来的蔡薇薇从厨房和餐厅的门口出出进进，我的心产生了莫名的伤感，这样一个漂亮纯净贤惠善良的女孩以后会是谁的媳妇呢？她将会给一个男人带来怎样的幸福？她真的是下得厨房出得厅堂的女人呀。

蔡薇薇坐在我的对面，将围裙解下来，对我说："吃呀，还愣着干吗？"

我哦了一声，看着桌子上这么丰盛的东西，真不知用什么词汇来表扬她，只是笑着对她说：“我真是想不通呀，你竟然有这么好的手艺，你太令我喜欢了。”

她夹起一块鱼放进了我的碗里，对我说：“我就是喜欢做饭，这也是艺术的一部分，而且是离生活最近的艺术，可惜平时就我一个人，我做得多了吃不动，只要你愿意，有时间我会天天给你做，让你很快就胖起来，你看你瘦的，男人就应该胖胖的。”

51

大赛已经结束了，播出也结束了，我们重新开始做正常播出的节目，工作又重新进入了一个正常的节奏。按常规蔡薇薇应该离去了，但无论是主管的杨主任还是蔡薇薇自己都没有这方面的表示，有时候杨主任也会给蔡薇薇安排一档节目让她做，有时候她便在单位没有事情可干，几天也见不着人影，但过这么一两天中午我就去她家吃她给我做的饭。吃完饭我们会躺在床上看书，聊天，打闹，当然有时候我们也做一些亲昵的动作，比如相互抱抱，然后亲亲脸和额头，但蔡薇薇从不让我亲她的嘴唇。她告诉我，那样她会激动，她会管不住自己，我们会发生一些不愉快的事。当然她说的不愉快是有所指的，我觉得她把男女之间的事说成是不愉快的事确实是一种创意。

在上班的时候我和蔡薇薇说话比较少，她基本上没什么事不进我的办公室，有事也是公事公办，从不牵扯我们之间的事情。有时候在楼道里碰见我，即使没有人她也不多说什么，只冲着我抿嘴甜甜地一笑，然后像怕我会对她使什么不轨一样从我身旁快速地溜走。这让我从另一个高度领会到她的聪明和原则，这无论对我在单位的形象还是她在同事心中的形象都是很有好处的，在这期间，我们过得非常快乐也非常正常。

当然我去田荣那里的时间相对少了，一般也就是一周一次，有时候会在她那里过夜有时候我会打车回去，她基本不在家里吃饭，最多也就是从外面买回来坐在家里吃，她现在也比较忙，上学的时候我没看出来她的学习像现在这样认真，有时候为了一本书能跑遍全市的图书馆，从这个意义上讲她已经是一个合格的研究生了，前段时间她还买了一辆车，这样她就成为开车上学族的一员。有时候她也会打电话让我过去，我们会出去玩，离市区近的景点基本都转到了，她特别喜欢在晚上去野外的郊区里，她告诉我，现在非常喜欢听晚上的蛙鸣，喜欢各种鸟叫，她听说我爱钓鱼，但我们计划了几次野钓都泡汤了，一方面是我太忙了，另一方面她怕自己晒黑了。

我的日子就这样不紧不松地过着，现在我烦心的事情似乎一点都没有了，单位的工作，去蔡薇薇那里吃中午饭，然后可以躺在她的床上休息或者看书，在空闲的时候和田荣吃饭，谈论她的论文，我们打闹、上床、相拥睡觉。我不知道这种日子能过多长，但我就这样一天一天地走着，因为我无法主宰自己的命运，那么就让命运来主宰我吧。

阿佳开始上班了，听说是一家广告公司，我只是出于一个老公的义务问了问，在她的事情上我不想再参与更多，每个人都是要走自己的路的，希望她能够在人生的路途上选择好自己的方向，因为我觉得自己无法来达到她的要求，那么我现在能够做到的就是充分地尊重她了。

现在除了晚上个别时间，她也很少给我打电话，我给她的电话也是偶尔的，如果回家早我会做好饭，如果回得迟了我会给她带点吃的，上次吵架后我的心彻底地凉了，我只能在婚姻这件事上自己认为是前世的孽缘，既然让我来偿还，那我只能这样了。当然如果是我晚上不回家我也就记不起她，让生活回归于本来的状态吧，我们都无法在宿命的控制下来左右自己的人生，与其在强求中痛苦，我们为何不在自然中寻找快乐呢？

最让我难过的是屋里面仍然狼藉一片，有时候实在无法忍受，我会尽力将客厅收拾一下，至于厨房，我在做饭的时候努力让它能够干净，其他地方我就没有办法了，特别是阿佳的卧室我从那次吵完架后再也没有进去过，人无法代替另一个人生活，不要说是丈夫，就是父母也没有办法在这样的生活中长期忍受。我现在越来越相信轮回说，我想我们前世可能是两头猪，因结怨太多，今世又走在了一起，我们必须接受猪一样的生活，然后等待有一天喂肥了等人宰割。

既然生活这样安排了，那么就让我们这样过！

52

现在回想起来我真是过了一段轻松愉快的日子。每天上班工作，闲下来去蔡薇薇那里吃饭，或者和田荣一起打闹，总之，生活非常充实，没有丝毫波澜。

有一天快下班的时候我接到了蔡薇薇的电话，问我晚上可以迟点回家吗。因为我们在一起大多数是在中午，有时候下午我没事也就去她那里待一待，像一对恋人一样，这么久了我们都没有去突破相互设的防线，所以相对地说很是安静。所以她电话约我，我也没有多想就答应了，下班后直接去了她家。

让我奇怪的是她并没有像平时一样给我做好饭等我,而是坐在沙发上看电视，似乎像有心事一样脸上淡淡的，对我的到来一点都不像平时那样热情。细细想来我们之间交往这半年多时间，虽然不是天天在一起，但也基本是每周一两次在一起的，而每次都是她主动下厨，我在那里坐享其成。吃完饭我有时候也会去抢着刷碗，但发现，她在把饭做好的时候已经将厨房收拾得干干净净，而对于她家的厨房我都不知道怎么才能帮忙收拾，往往在我要收拾的时候她就从我的手里夺走抹布对我说："你坐下好吗，你陪我说话好吗，我喜欢你说话，我不喜欢你干活，这点活我一下就干了。"我不知道为什么她竟然那样的神奇，一会儿工夫，厨房客厅都收拾得一尘不染而且让别人一点都感觉不出她在干活。

对于她今天的反常我完全能够理解，我觉得一直给我做饭，而我却什么都不干，这样长期下去对她是不公平的，再说了，她不是我的老婆，没有给我尽这个义务的必要。

我把外衣挂在衣架上过去把她抱在腿上，咬了咬她的耳朵，在她的脸上亲了一下。她眼睛没有离开电视机，就这样让我抱着，似乎电视里的节目太迷人了。好半天她才转过头来，看着我说："你几天没来了？"

我没感觉到我多少天没来，但肯定是有一段时间了，我想了想差不多是一周吧。我说："怎么了，你生气了，这几天忙呀，你也知道，事情比较多。"

她突然一把把我抱得紧紧的，将头靠在我的肩膀上，似乎想把我抱碎一样。

"我好想你呀，你真忍心让我这么多天都见不着你吗？"她的眼泪在我的脖颈上滴落了下去，一丝冰凉滑过了我的肌肤。

"这几天忙呀，你知道我的工作就是这样的，你理解一下好吗？我怎么能不想你呢，我也是很想你的，整天不断地给你发短信，希望你一个人在家里不要寂寞，看现在我不是已经来了吗，你高兴点好吗？"我为自己这几天没见她深深地内疚着，心里面一阵阵酸楚，是呀，这样一个整天惦记着我的姑娘我怎么能够辜负她呢，最起码我应该每两天来看她一趟吧。虽然这只是个偶尔的违约，但还是让我内心里对自己有了一个叮嘱，以后一定每两天来见她一次，如果真是太忙的话，最少也应该每三天来见她一次。

我拭去了她眼角的泪水，拥抱着她，看着她漂亮的面容，心里涌上了阵阵的激动。多好的一个女孩，为什么要让我迟一步遇见她，如果是早几天或许我就不会结婚，我会和她在一起，天天陪着她，不让她流泪，不让她一天傻傻地等我，在她想见我的时候就能够见到我。

蔡薇薇双手捧着我的脸，端详了一阵子，轻轻地闭上了眼睛，将她的嘴唇递了上来，轻轻地在我唇上亲吻，这是笨拙的吻也是娇羞的吻，是试探的吻也是期待的吻。在这之前我与蔡薇薇从没有这种亲吻，她总怕自己冲动所以不让我亲她的嘴唇，我们在一起最多是相互抱抱亲亲脸和额头，然后她就逃似的跑开了，我们之间的交往更多的像是在过日子。但今天她却主动地来亲吻我，我知道，自己将面临一个重要的抉择。

看着蔡薇薇迷醉的神情，我无法抑制从心灵溢出的冲动，我细致地品味着她嘴唇神经末梢带来的那种甜蜜和温润，像面对童年曾有过的吮吸，深深地领略着这份来自她灵魂深处的纯真。

蔡薇薇在我的怀抱里变得越来越无力，像是昏厥过去了一般，突然倒在了我的胳膊弯里紧闭着眼睛没有了一点点声息，我急忙抱起了她，让她平躺在沙发上，我摸了摸她的嘴唇，感觉非常冰凉，我拥着她，听见她快要跳出胸膛的心脏发出激动的声响。我将自己的手放在她的头上，对着她的耳朵说，亲亲，我和你在一起，我也爱你……

53

我与蔡薇薇守着最后的防线最重要的原因还是在我，因为我不想去伤害她，我的婚姻是不幸的，但我已经有一个田荣做补偿了，我又有什么资格同时拥有一个蔡薇薇呢？在生活不幸的同时我又感谢上苍对我的怜悯，现在给了我两个让我感觉温暖的女人，她们都以生命中最重要的爱润泽着我的心灵，所以我不想在情感生活中出现让我无法收拾的局面，我觉得假如我和蔡薇薇迈过那条防线，对于她还有田荣是不公平的，同样我无法在这件事上宽恕自己，所以即使蔡薇薇想把自己全部都交给我的时候，我也只能是在激情中冷静地面对。

蔡薇薇慢慢地苏醒过来，紧紧地抱着我，把头埋进了我的怀里，她浑身像是要燃烧一样，炙烤着我。我抱着她，用手轻轻地抚摸着她的背，在这个时候我们说什么话都是多余的，我们就这样相拥着，一直感觉到黄昏的脚步慢慢地走近。

“你饿了吗？想吃什么东西？”蔡薇薇从我的怀里慢慢地钻出来，声音发颤，是对我说又像是自言自语。

我的手摸过她光洁的脖子，捻了捻她的耳垂，感觉她的耳朵里往出冒着热气。我对她说：“我不饿，一会儿我们出去吃吧。”

她听见我这样说，就趴在了我的身上，亲了一下我说：“我不想出去吃，外面那么多人，现在的世界太小了，我不想让你难堪，再说我也不想把我和你的时间浪费在大街上，我喜欢和你在一起，我真的很珍惜和你在一起的时光，你让我感觉幸福，让我有一种充实和归宿感，我就喜欢一天哪怕我们什么都不说，就这样地抱在一起。”

“傻瓜，你这么聪明漂亮，你一定有属于自己很美好的生活，和我在一起仅仅只是你生活的一个小小的插曲，你永远都是一颗珍珠，肯定有你镶嵌的地方，我们在一起给我带来了这么多的快乐，我不知道这一生怎么来对你好，我只希望你天天快乐，看着你快乐我就高兴……”

我的话还没说完，蔡薇薇就用手堵住了我的嘴，摇着头说：“你不要再说了，我不想让你这么说，我不想让你说我与你无关，我就是想和你在一起，你这样说我心里难受，我心里难受你懂吗？”

我急忙笑起来，把她的手从我的嘴上移开，对她解释：“好了，我不说了，是我不好，我们不管明天就管今天好吗？”

蔡薇薇从沙发上爬起来，拢了拢自己的头发，然后也把我从沙发上拽了起来，对我说：“今天没让你吃晚饭，我心情不好，所以没做，你不要着急，我一会儿就会弄好的，你等我一会儿好吗？”

“看着她像一个给老公道歉的小媳妇，我从内心一下子生出很多的爱怜来，我说：”今天破例一次好吗？我们从外面买点东西吃，你先坐一会儿，我出去一下，马上就回来。

她看了看我，点了点头，说：“好，那你就给我买点香辣虾吧！”

虽然不是周末，但饭店的人很多，我按她的要求找到了卖香辣虾的地方，发现人在排队，好不容易才轮上了我，服务员问我：“几位？”我说：“两位，买回去在家里吃。”她扑哧笑了一下说：“那你早说呀，我还以为你等桌子呢，带走的你可以提前买嘛。”我也觉得自己很笨，这么简单的事还让自己等了半天，只好笑着对服务员说：“我现在明白了，你帮我快一点装起来好吗？”

等我从外面买东西回来后发现蔡薇薇已经坐在那里看书，桌子上摆着两个凉菜，还有一瓶酒，她总是这样让你称奇，不知道她那双手是用什么做的，从来看不见她干活，却一瞬间能够把你想的所有家务活干完。

看着我回来，她站起身，从我手里将东西都接了过去，一会儿就从厨房里一样一样地端出来，她总能选择出最经典的盘子，使我一下子觉得整个桌子上马上就丰盛起来。这就是蔡薇薇，把吃饭当作艺术的一个女孩，让你感觉到生活充满了无限的乐趣。

蔡薇薇递给我一双筷子，然后说：“今天我们就破例吧，以前我从不在家里喝酒，今天就喝一次，我们说好了，两个人只允许说高兴的事，不高兴的事一句也不能提，咱们就把今天晚上当作我们生活中能够记起的一天，我们边吃饭边聊天，只能让酒助兴不能让酒把我们喝醉，今晚你再陪陪我不回家了好吗？”

54

吃完饭，我和蔡薇薇来到她的房间里，她习惯性地骑在我的腿上，用两只手搂着我的脖子，和我说话。我们俩似乎是早已习惯这种姿势了，也只有我们俩才能这样，当然这也与她身材的娇小有关，她的体重只有九十多斤，要换做田荣我是怎么也承受不了的。她喜欢这个时候盯着我看，而且眼睛一眨都不眨，往往弄得我不好意思。

我从腰上抱着她，就这样我们说了一会儿话。她还问我在结婚之前谈过几个女朋友，我说就一个。她说她不信。那我没办法让你信。蔡薇薇又说，她信，她觉得我说话不会骗她的，再说了谈几个又能怎么样了，她们都像烟一样地消失了，现在你的腿上坐着我。说完，她哈哈大笑，感觉自己是个胜利者，好像占了多大的便宜似的。

笑完后，蔡薇薇看着我说："你喜欢我吗？"

"我怎么会不喜欢你呢，如果我不喜欢你还会和你在一起吗，还会和你在一起这样吗？"

她问我："哪样，是抱着我吗？"

"当然不是了。"

"那是什么？"

"说实话，如果不捧着你，就怕碰着你。"

她一把将我抱紧，什么都不说，然后把头埋到我的怀里，很久很久。

后来她又开始重新来吻我，从我的脖子到脸到眼睛到嘴唇。我今天觉得她非常地奇怪，破例让我出去买饭，在家里破例喝酒，有两次破例地亲我。

我抱起她的头，对她说：“你怎么了，平时都不让我亲你嘴，今天怎么三番五次地来亲我，你再这样我可就忍不住了呀！”

她咯咯地笑了一下，将脸给我递了过来。晚饭的时候我们喝的酒并不是很多，但现在我们俩似乎都有了一点醉意，她的脸在酒精的作用下白里泛红，细细的绒毛在灯光的映射下诱惑人犯错。我一下子把她放在床上，直接去亲她的嘴唇。

我并不想和她接吻，我只是想使坏而已，但没想到她却和平时不一样，和我的嘴唇深深地交织在了一起，我们真正意义上接吻了，而且是深吻。在我内心深处我知道会有一天和蔡薇薇接吻的，我一直想把这个时间推迟推迟再推迟，因为接吻后我不知道接下来我们会怎么去发展，我不想因为我的不幸生活把她给牵扯进来，我希望哪天我真正成了一个独身的男人，再和她进一步交往，让她知道我是喜欢她的，和她在一起是我所希望的，但我却无法来左右事情的发展，在今天不经意间，我们就迈过了这一步。

灯光迷离起来，屋子开始旋转，我告诫自己，不要陷进情感的漩涡，我应该带领她一起蹚过这生活的泥潭，我们的未来不能是在今天开出花朵，那样我们就成了情感的奴隶，像举重运动员抓起来再也放不下，最后非要砸伤自己不可。所以我一边贪婪地吻着蔡薇薇，一边给自己说，不要玩火，不要玩火，你无所谓了，但你要为她。

渐渐地我感到了不对劲，蔡薇薇的手伸进了我的衣服，那是一双柔弱无骨的手，给我带来了无限惬意，我在这个时候突然清醒了过来，我慢慢地转过身，将我和她的距离拉了开来，我尽量让她感觉自然，以此来消除我们之间的尴尬，就这样，我最后抬起了自己的身子，把她从床上抱了起来，看着她，对她悄悄说：“宝贝，我们留着好吗？”

突然她的眼角流出泪水，我纳闷地看着她，不知道发生了什么事，急忙给她道歉：“宝贝，对不起！对不起，宝贝！我说错了，好吗？”

蔡薇薇睁开眼睛，看着我说：“你真的这么好吗，你真的这么好吗？为什么我出现了你还要结婚呀，为什么你只给我一个这样的影子呀？”

她一边啜泣一边对我说。

蔡薇薇明天要走了，要离开这里，她想今夜把自己交给我，那样她再也不会与我联系，因为我们注定不会在一起，那么就和很多普通的感情一样结束我们的命运吧，但我不能那样做，我不想伤害她，如果人的感情只是身体的话那么就让这没有灵魂的东西喂狗吧。虽然她要走了，但我觉得我已经让她够难过的了，为什么还要继续让她难过呢？

听到她要走的消息，我的心脏好像被人使劲地拽了一把，但没有办法，命运捉弄我但我不能把它报复在一个爱我的女人身上，我拥着她，我对蔡薇薇说：“小妹妹，我无法来回答你，如果你真的是喜欢我的话，让我像酒醉了那天晚上一样，好好地抱着你睡上一夜吧！”

55

送走了蔡薇薇，我中午基本上是无事可做。有时候下午没什么重要的事我就回家睡一会儿，有时候会和刘诚赵聪一起出去在外面吃顿便饭，然后在沙发上躺一会儿，总之我感觉离开了蔡薇薇后我的心一下子空空的，是很劳累的状态。

在家里我和阿佳已经适应了这样的日子，我也不怎么做饭了，一般都是吃完饭回家，有时候偶尔回家早了我就随便地糊弄点吃的东西，凑合一下，她也在外面吃，有时候也回来吃袋方便面或者凉皮子等零食，看得出，她并不喜欢吃主食，更喜欢这种小吃。我已经对她的生活习惯适应了，有时候看着屋子太脏了，就把实在无法忍受的东西收拾到垃圾桶里拿出去倒掉，如果发现有发霉的东西，我会彻底地清理一次。家里的窗户永远开着，我怕不这样做，有一天我会感染上某种流行的病毒。

这是我的生活，还是生活本来就是这样的？我知道自己无法改变这种现实，所以在这个时候只能选择妥协和忍耐，我无法解释自己在家庭生活中怎么一下子表现得这么懦弱，身上曾有的破釜沉舟的胆量没有了。假如是恋爱，我肯定会掉头就撤，不可能转身再看。但现在是婚姻，我感觉自己无论抽身离去有多么遥远，也依然改变不了我作为阿佳老公这一现实，更让我难受的是她是我的老婆，结婚证不仅仅是标签，更是套在我灵魂上的一副枷锁。

我从柜子里翻出结婚证，看着两个人偎依在一起幸福微笑时的神情，我无限地愤懑：骗子！骗子！两个骗子！

女人，一个懒惰、自私、冰冷、胡搅蛮缠的女人，明明自己选择灭亡，还要拉上一个无辜的人垫背，而倒霉的我就是那个垫背的人。

又是一个雨天，天空阴沉低垂像被塞进了质量低劣的破棉絮，让人感觉压抑窒息。雨时有时无地从天空落下。在这样一个阴雨天里，使人对什么都没有兴趣，慵懒而倦怠。我起床后将屋子收拾了一下，复又躺在沙发上打盹。单位没有什么事情，又碰了这种天气，外拍肯定做不了，所以我也就没有到单位上班的打算。

阿佳从卧室里出来差不多快十点了。我看到她蓬头垢面的样子心里面有说不出的反感，她坐在沙发上后我憎恶地闭上了眼睛装睡觉。我完全能够想象出她坐在沙发上的神情，目光呆滞，面若死灰。说好听一点是一尊手法低劣的雕塑，说难听一点是从古墓中走出的腐朽僵尸。像这样一具空洞的冰冷的行尸走肉上帝也能委派到世界上来，看来低劣产品并不是人世间独有，老天也犯这种错误。我的内心充满了对她的诅咒，把自己脑海里能够组织起来的恶言毒语全都放在了她的身上。

屋子里并不敞亮，这种阴沉的天气使我昏昏沉沉，无意识地又睡过去，这期间我还做了一个梦，懵懵懂懂在公园的椅子上谈情，开始觉得对象是初恋女友，后来俩人抱着亲吻的时候那种强烈的程度却变成了田荣。一切都梦幻一般，后来看见一个人站在树荫下，似乎受了很大的委屈，我走过去询问，才发现是阿佳。她哭红了眼睛，说自己迷失了方向，怎么也找不到回家的路了。我的内心突然产生了强烈的内疚，手牵着她向家走，却发现田荣在后面追了上来，我拉着她夺路而逃……

在奔跑的时候我突然醒了，发现自己心跳得异常厉害。

我睁开眼睛，发现阿佳痴痴地盯着我看。从她的目光里我发现了一种诧异的神色，在那一个瞬间我忽然产生了一种奇怪的感觉，这个女人是我的老婆，无论怎样说都是我的老婆，我应该从内心对她多一些呵护。不管将来我们是否能够长相厮守，我都应该对她好一点。

“你怎么了，魇住了吗？”她问我。

见我没有回答，她又问：“你是不是身体有什么毛病，我刚才发觉你的全身一直都在抖，好像呼吸非常困难。如果你有病，你就跟我早说，我们想办法治疗，若治疗不了，我就得早有个打算。”

前半句话还听着顺耳，听到后面，我的心开始降温，我不知道怎么来回答她，更让我奇怪的是我听完她的话一点都不生气，只觉得异常可笑，真是奇怪，怎么会有这样一个人和我生活在一起，她从小到大接受的是什么教育？

我笑了笑，当然我不知道是在笑自己还是在笑阿佳，无论是怎样的表达我都得回答她，我对她郑重地说：“我从小到大没生过什么大病，每年的体检也很正常，你需要打算的话就早打算吧！”

“那就好，我只是担心。”她说完这句话把头摆到了一边，然后站起来说，“快到中午了，你吃什么，我给咱俩做点。”

我说：“随便！”

她看起来倒像是个贤惠的人，给了我一个背影便走进了厨房。

56

在生活中，当不如意的现状无法改变的时候人只有选择妥协，我对此深有体会。好吧，既然我无法改变上帝给我安排的不幸，那么就让我在这个不幸之中以苦为乐，看着她哪怕有一点点的进步都会让我从内心涌出一些暖意。只要她这个人是可以改变的，那么在这个世界上我就得担起这份责任，因为上帝已经把她派给我了，我又有什么理由来推卸和退缩呢。

我虽然在沙发上没有动，但是从那一刻起内心却树起了一道希望的屏障，我想只要有一天这道屏障变得足够坚硬，我一定用自己全部的生命来完成我的理想，那就是和她一起打造一个属于我们的幸福世界，我将放弃我以往对生活所有幻想，实实在在地经营这个世界。

那一瞬间，我甚至非常内疚我的出轨，觉得自己难道就这么经不起生活的考验吗？

我以前是无法理解在婚姻的不幸中作为个体的自暴自弃，总觉得他们怎么能不去做改变自己命运的努力呢？等真正踏进婚姻之后才发现，一个人如果对生活没有责任和承担，很难在婚姻中有所作为，这就像一个善良的人手里抓着一个即将坠落悬崖的失足者，稍一松手他便会粉身碎骨，但对方却对此浑然不觉，还在那里不可理喻地反对和埋怨。是牵手还是放手？这就是纠结的婚姻。婚姻的不幸还在于两个煎熬的人中有一个是明白人。

我一直自负地认为在和阿佳的婚姻中我一直是那个痛苦的明白人。现在她走进了厨房，证明和以前相比她已经有了一种持家的意识，虽然只是一点点的变化，但对我来说也是可喜的。只要有变化就会有希望，我对自己说。

很久以来，只要回到家中我就感觉自己的灵魂不在，有时候我好不容易找回意识，却发现肉体已变得麻木，没有任何的感觉，整个肉体内一片寂寥，没有心脏的跳动，也没有血液的流动，甚至也没有饥饿这种最正常的反应。现在，我望着厨房的门，开始感觉到自己的内脏有了温度有了重量，全身的肌肉一点点地开始收紧，从腰部到四肢的力量开始提醒我，我的肉体在，我的灵魂也在。

让过去见鬼吧！我狠狠地对自己说。

我在沙发上使劲地舒展了一下腰身，然后一个鲤鱼打挺翻身而起。外面的雨已经停了，似乎天有些放亮，雨后湿润的空气从窗户里飘了进来，一下子就钻进了肺里，让身体从上到下都非常清爽。世界就是在一瞬间变化的，人心也可以在一瞬间变化。我把沙发收拾整齐，打算开始享受生活给我带来的这一线生机。

厨房门哐地一声打开了，阿佳像是发怒了一样从厨房里面出来。她的表情异常严峻，冲着我的脸语气生冷地说：“你出去吃吧！看着我木然地待在那里，她大声地重复了一句，你出去吃饭，听见了没？”

“怎么了？你没做吗？”我语气异常平和，因为，我希望我能够把自己刚刚营造起来的氛围延续下去。

“别啰唆了，”她突然开始歇斯底里，冲着我喊，“凭什么我给你做饭，你有什么资格让我给你做饭，你这一辈子还想让我给你做饭，你是谁，你走呀，我讨厌你！”

我的精神屏障在那一瞬间又顷刻倒塌，竟然脆弱得不堪一击。我只感觉自己的血液涌动而起，像火山的岩浆从头顶喷发。我真的无法控制自己，浑身的肌肉抖动不已，我虽然给自己说别冲动别冲动，却还是扬起一脚踢飞了茶几，然后摔门而出！

57

阴云凝结起来，小雨又开始淅淅沥沥地下了。四周一片苍茫，城市笼罩在氤氲的水气之中，街上的汽车像是迷失了方向的蚂蚁，在刮雨器反复的动作中寻找着前进的方向。

离家而出的我站在马路上，一会儿上衣就湿透了。在这个时候我真感觉自己无处可去，特别想在雨中大吼几声来排遣内心的郁闷，在偌大的一个城市里，我却找不到一个让自己能够待得舒心的地方。更让我难过的是，除了同事，没有人来和我共同分担痛苦，即使一个让我能够痛痛快快倾诉一场的人都找不到。我内心的郁结绞得肠胃一阵阵裂痛。

我给田荣打了一个电话，本来想去她那里坐坐，没想到她说和朋友在外面。我在雨中走了片刻，雨滴的声音转移了我的注意力，我踩着雨水，顺着水流的方向一直向前走去。起初我还能感受到灌满雨水的衣服粘在身上异常的冰凉，但渐渐我的身体就麻木了，什么都感受不到了。

一个人在情绪极度颓废的时候，有时候连自己都无法知道自己在想些什么。我当时就是这样，从小区出来一直到艾依河边，足足走了四公里的路，但我却不知道自己是怎么走来的，而且在路上到底想了些什么。但我意识到的时候已经来到了河边，看着岸边被雨水搅拌的泥泞，我内心出现了一种少有的冲动。这里是我平时钓鱼的地方，我知道它下面有一个暗窝，少说也有两米深，那一瞬间我忽然想跳进去，我想让自己这个从没有涉过水的旱鸭子试试水温。

我一直没有发现阿佳跟踪我。当我无意中回头的时候才发现她撑着雨伞向我走来。雨小了，零零星星敲打着水面，不经意间荡起了波纹，一圈圈向外荡去，随即就归于平静，瞬间又被新的波纹追赶。我在这个时刻，并不想搭理她，内心尽量坦然。因为我不知道她跟我来的目的。

那个时候，准确地说，我在湿透的衣服里已经冻得牙齿打战，平常感觉敏感的地方好像并不长在我的身上。我现在确确实实无事可想，那我总得想点事吧，所以我在想，她是什么时候跟踪我的？跟踪我的目的是什么？是侦察我还是关心我？

看到我发现了她，这个刚才还发神经的人突然像什么都没发生那样冲着我咧嘴笑了起来。

“我还以为在这么缠绵的雨天你要去会情人，没想到竟然来到这里，你是想跳河还是想在这里回忆你初恋的美好？”阿佳边说边向我这边走来，从她的身上看不出一点刚才吵架的痕迹，似乎更像一个在雨天给自己老公送伞的端庄媳妇。

在她的笑容下，我有一度觉得自己真是被她的这种瞬间柔情感化了，但接下来回头一想，她什么时候都是这种姿态，看似正常却会翻脸无情，她情绪的变化有时比闪电还快。我瞬间升温的血液又在瞬间冷却下去，我不能再骗自己了。她和我此生是冤家碰头了，想躲开看来是不可能了，我的生命因为她将变得惨不忍睹。突然我的鼻子开始发酸，感觉眼泪像潮水般涌了出来。

准确地说，那一刻我的大脑一片空白。

我站在河边，她也站在河边。

我的视线模糊了，同时我的听觉也同样迟钝了起来。我用力把阿佳推入水里那一个瞬间，我是听到了她发出一声惊恐的叫声，但让我感觉好像是从很遥远的地方传进我的耳朵的。

世界在我的眼前骤然发亮，像是一颗原子弹在水面上爆炸，一切都被映得银光闪闪，我的视觉在那一刻出现了特异功能，不仅能看清芦苇的脉络，而且发现了水面竟然和丝绸一样光滑，映照出了完整的天空。阿佳并没有如我想象的那样会在水里扑腾几次，而是像一名优秀的跳水运动员那样，只是溅起微小的水花便消失得无影无踪。

我的心在那一个霎那间突然不在了，感觉自己的身体非常轻微，重力消失了，我只是在岸边轻轻地一跃，就像是顺手投递的一个石子，我把自己掷进了水中……

58

那是我见过最宽广的天空，生活在拥挤的城市我早已忘记了我的世界里还有一个这么宽广的天空。我的视野也显得异常宽广，像头上长出了无数的眼睛，一下子把四面八方都看得清清楚楚，平时那些阻挡我视线的东西都不见了，城市坚硬的楼房、冰冷的马路、穿行的车流一一都从我脑海里遁去，我的耳朵是个清净的世界，一切美好接踵而来。

我不知道这个过程持续了多长，随后我就感觉自己的身体异常沉重，接着巨大的水流吞噬了我，像是某种重金属一下子把我压在了下面，我在窒息中刚张开嘴便被它压得喘不出气来，瞬间我感觉自己的身体膨胀了起来，我的五官和整个河流融合在了一起。

人生是什么，我一直都在思索，我不知道和我一样面临痛苦的人是怎么在生活中艰难挣扎的，他们是否也会和我一样突然选择这种方式来结束自己这种无法忍受的煎熬。我一直在想，我是一个怎样的人，在面对挫折和困境的时候怎么去选择一条能够跨越的通道。可在这个时候，我却这么做了，我把自己的老婆推进了水里，继而结束自己的生命。

这个世界总是暖和的。那是在我醒来那个时刻真正体会到的。雨已经不下了，我倒在岸边，整个身体裸露在河边的淤泥中，开始是耳朵听到了风声，慢慢地我的视力也恢复了，我只感觉身体似乎能流出水来的地方都在流水。

看见我醒来，阿佳从我的身边坐起，她用手抹了一下眼睛，走过来踢了我一脚，说："你想弄死我就弄死我干吗还自己寻死，没出息……弄死我你也选个好方法，我是校游泳队的！你想死再跳进去吧，我回去了。"说完我看见她跌跌撞撞地从岸边爬了上去。

看着她的样子，我突然笑了出来，真的，我感觉自己突然浑身非常放松，烦恼没有了。我终于报复了她，让她也痛苦一下。我掉转了头，继续在泥地上躺着，感受自己的身体逐步恢复知觉。有水流从我的身体上流过，像一条蚯蚓。是，是一条蚯蚓，异常凉爽，也异常绵长。接着两条，三条……无数的蚯蚓在我的身体上蠕动，那种感觉无法形容，美妙！真的，是一种美妙，一种让人无法言说的美妙。我感受到自己的灵魂又重新附在身体上，能听到所有的血液开始欢快地流淌，在血管里冲撞，舞蹈。我回来了，我的生命在河滩上开放。

天空真蓝呀。你真正见过城里有蓝色的天空吗？下过暴雨后的天空可真蓝，像草原上的蓝天，云层在一点点地化去，像被这天空融解了。那个感觉，真是一个美好。空旷、辽阔，一点风都没有，四周一丁点的声音都没有，像是万物都屏住了呼吸，万千只眼睛一眨不眨地盯着你。

我该起来了，我知道自己该起来了。

我不知道别人是否和我一样有一种感受，突然觉得自己在这个世界上变成了一个陌生人，似乎没有一个认识的朋友，没有亲人，没有家，不知道自己从什么地方来的，想去什么地方。我在岸边站起来的那一瞬间，这种感觉非常真切，我突然很想笑。我应该笑，至少我觉得自己在那一个瞬间是多么傻呀，一个人来到这个世界上，怎么就能这么轻易地放弃了自己的生命呢？我的生命是属于谁的？我的生命是属于谁的？在问自己第二遍的时候，我突然禁不住泪流满面……我为什么要这样，我难道没有第二种选择吗，为什么我是这么的傻呀？

我重新坐在河边，看着河水安静地蠕动，我不由自主思考这段时间出现的问题，人生呀，为什么会是这样。我问自己，你是个什么样的人，你到底是个什么样的人，为什么有一天你会选择这样的一种方式来跟自己过不去，为什么，为什么……

59

我并没有感觉到冷，可我的身子开始发抖。有风轻轻地吹了过来，冰冷一层一层从我的心脏往外传，我第一次发现寒冷是从心开始的，渐渐地我知道自己坚持不下去了，因为我的手和脚已经麻木了。我得回家，虽然我极不情愿，但我只能回家，这个样子能去哪里呢？这样去见人还不让别人笑死，一个大男人就这样，这不是让朋友笑掉大牙吗。过去的就让它过去吧，你能怎么样呢，既然生活让你不能切割，那就自我切割吧。

在路上我尽量低着头，但还是迎来了大家不同寻常的目光，有人看到我的样子，发出窃窃的笑声。他们会怎么想呢，觉得我是不小心掉到了水里，还是觉得我只是淋了大雨。我想他们肯定不会想到，刚刚发生了一场谋杀事件，这个走在路上的人既是凶手也是自杀未遂者。他们知道会怎么样呢，还能笑得出来？我把这件事告诉他们，会得到怎么样的回答呢，有人会相信吗？他们肯定当作一个笑话来听，抑或根本就不会相信。人的眼睛只会对生活的表象留下印迹，无法看透生活的本质。笑就笑去吧，由你们笑吧，因为我知道你们都曾经哭过，可能还有哭不出来的，生活对人是公平的。我用湿淋淋的衣服裹着自己的身体，迈着步子向家里走。

其实人生有些事情只是玩笑，生活的玩笑。只是这个玩笑有时候开得大了一些，就像今天，房间里什么都没有变，依然是老样子，我踢歪的茶几还在地上摆着，屋里的一切都没有变动，除了地上多出来阿佳脱下来的湿衣服外，其他什么都没有变化。

我真抑制不住笑了，生活呀，你这个玩笑未免太大了一些呀，差点搭上了两条人命呀，如果一切发生了，那会是什么样呀。我的心里突然酸酸的，感觉有泪流了出来。我什么都不想了，我脱掉自己身上的衣服，让我重新回归生命吧，我的生命属于我自己。

我坐在沙发上，内心突然生出莫名的内疚，我今天做的事对吗？一个人在伸手打算把另一个人推进水里的那一瞬间是怎么想的呢？

我是怎么想的，我当时是怎么想的呢？无论我怎么想都想不起来了，只记得阿佳的身影在我眼前一闪就飘入了水中，接着无踪无影了。

我笑着，我知道自己笑着，但我的眼睛里流出来的全是泪水，这个泪真是流得奇怪呀。这个事件让我更知道了一个人生的秘密，一个人在内心没有痛苦的时候，眼泪也会不由自主地流出来。是的我的内心没有痛苦，真的没有。我以前的痛苦一点都不在了，我不知道它们是从什么时候消失的，但却一点影子都没有了。在生命面前，人生有些不愉快和不开心显得微不足道，但我们在没有直面生命的时候，却把它看成了天大的事情，人啊，为什么我们要表现得那么无知，而有时候却把自己标榜成一个聪明或者有智慧的人。在上帝面前，我们是多么弱小，他就是个玩笑，或许连玩笑都够不上，却让我们拿生命去付出，做不值得的事。原谅我吧，我的亲人，那些惦记过我的人，我向你们认错。虽然这种人可能没有！

60

床已经被阿佳占了，我只能蜷曲在沙发上，抚摸自己冰凉的身体，我觉得人应该感激的事物太多，比如我的沙发，假如当时我买的不是这种布艺的材质，我就不会有现在这种温暖的感受。人有时候做的许多事情都是给自己留着后路，买这个沙发的时候我没想到自己会很长时间在它上面睡觉，但我却选择了它，因为我感觉它很亲切，现在觉得这个沙发和我是有缘的，因为它要陪伴我，陪这具冰冷的身体在我疲惫和无助的时候帮我度过难过的日子。

我用毛巾被把自己包裹起来，想安安静静地睡一个痛快觉。

人活着最难受的是感情，在我一个人孤独地走过无数个日日夜夜时，我曾经渴望自己能拥有一份属于自己的感情，我将什么都不计较，努力去生活和呵护，但这份情感清清楚楚真真实实要我面对自己的时候，我才知道，老天爷是多么会安排人，他给你的永远是一个外壳，你抱着欣喜打开它后才发现里面的东西只不过是一个不如意的玩意儿。舍弃它吧，觉得辜负了上苍，太遗憾了；拿着吧，却是一个累赘，抑或会将你绑架。我知道自己有两种选择，但哪种选择我都无法下定决心。

老天爷，我只有顺从你了，就让一切都随缘吧。

我是睡着了，经历了一天的折腾，心灵和身体的疲惫让我无法继续进行更深入的思考，这一个瞬间我什么都不想了，让自己在沙发上躺在上帝的怀抱里，安静地休息。

迷迷糊糊地，一个人钻进了我的怀抱，我感受到来自另一个躯体的温暖。我不知道她是谁，我也不知道自己是在梦里还是醒着，我的意识已经离开了我的身体，我就这么沉沉地在沙发和梦里陷落进去。有时候人对生命本身的渴求并不是清醒地感受生命的存在，而恰恰是在不经意间听从生命的摆布，就像我在那一瞬间我已经没有了欲望，没有了意识，就像这么下去，下去……

我不知道自己为什么睡得那么沉，以至于把阿佳流在我脸上的泪水还当做是自己在做梦。半夜里迷迷糊糊地感觉是她拥着我说话，但我确实是累得厉害，翻了个身就又昏昏沉沉地睡去。直至快天亮时，她从我的身边离去我依然没有睡醒。

我醒来，太阳已经从窗户照进来了。我发现自己盖的毛巾不见了，而换成了厚厚的棉被，那一刻我体内有了一种温暖的感觉，还是两个人好，最起码有个最基本的照顾。我伸了个懒腰爬了起来，我觉得应该好好地收拾一下自己，我褪完衣服进了卫生间。

冰冷的水流从喷嘴里激荡而出，汹涌地喷洒在我裸露的肌肤上，那种感觉是我这些年来第一次经历，男人就该在矛盾和夹缝里生存，若是只在平坦中行走，那这一生还需要选择我来走过吗？睡一觉过去不就行了吗。

用冷水冲了一会儿，我又将水温调高，蹲在喷嘴下面，任凭烫肉的水流从我的身体上冲刷下来。我闭着眼睛，双手捂着耳朵，我除了洗澡水没有感受到任何身体以外的东西。本来我打算什么都不想，先把这个澡洗完，但脑海里却不由自主地想起昨天的事情。一幕一幕像电影的画面从我的脑海里闪过。渐渐地晚间我睡觉的一些细节清晰了起来。阿佳钻进了我的被窝，她抱着我……她在哭……她说了什么话我想不起来了，我只记得她还主动来吻我，被我拒绝了……天快亮的时候她出去了，她好像在什么时候开门出去了……她去了哪里？

她去了哪里？

我在脑海里搜索了半天，这个人没有早上出门的习惯，早起也是少的。我想可能是我听错了，她早上怎么会那么早出门呢？

我站起来拉开卧室的门冲了进去，里面空空的，和往常不一样的是她这次将自己睡过的床收拾得整整齐齐。我穿上衣服，坐在客厅里等了很久，打了几次电话，都是关机。她真是走了？我有了一种不祥的感觉。但我不知道她去了哪里，是回家了还是出走了。

我只想知道她去了哪里。

61

天开始凉了。最明显的不是气温的变化，而是城市里的树叶变得黄灿灿的。每天下午，透过窗户，我看到单位办公室外小公园里的花草树木开始变幻着不同的颜色，那真是再美好不过。这个城市的秋季非常短暂，每年这个季节，我都会扛着摄像机和同事朋友们跑到野外，拍一些风光片来珍藏。然而，今年的秋天，让我感觉异常孤寂。在阿佳离开我之后，他们似乎都有了不可言说的秘密，一个个似乎都有了自己的事情，我知道这个最美丽也最短暂的季节每天都在悄悄地从我眼中溜走。

男人，特别是结过婚的男人，在内心深处非常孤寂的时候，发现自己身边竟然连一个说话的人都没有。我内心有很多东西，我想给一个人说，但当我和朋友们在一起的时候，我却发现自己不知道要说什么。我不能对他们说我很难受，我不能哭，我只是晚上一个人回到空荡荡的房间里躺在沙发上不停地抽烟，除了抽烟外，我剩下的就是无休止的失眠。

人有时候最不能把握的是自己，我曾尝试着回归以前的生活，但无论怎么努力都做不到了。现在才明白，行走中，如果我们那一脚已经是迈出去了的，就不会收回来，即使你收回了脚步但不可能收回心灵上的痕迹。如果当时不是那么草率地结婚，那我现在会是什么样子呢？就这么短的一段时间，我经历了多少？我感觉经历的比我活了这么多年任何时候都要深刻。这种深刻是深深地嵌入我的心灵的，我无法摆脱也永远无法逃避。

有时候在半夜，我特别想找一个人说说话，哪怕是吵架也行，但没有谁能是我此刻的聊友。我在夜深人静的时候，拿出自己的手机，把通讯录从头翻到尾，又从尾翻到头，一个人都找不到。真的，那种感觉让我觉得已经失去了自己。我不断地问自己，你怎么了，你怎么了，你是不是在生命的旅途上把自己丢掉了？如果真是，你是否能够找回你自己呢？我无法回答，也回答不了。

这种日子我知道自己会过很长的时间了，我只能这么静静地等待一个能够改变心情的日子出现。有时候我会静静回想我和阿佳在一起的那些日日夜夜，常常弄得自己发笑，同时我的内心充满着无限的酸楚。这是我草率结婚的代价还是老天的刻意安排？我不知道。既然一切已经发生了，就让我接受吧，无论是何种原因，最终都落下了这个果。

我曾试图找过她。开始是通过给我介绍的李海峰，他也多方面打听了，说回了老家，以前的朋友都联系不上了。我也去过她上过班的单位，她竟然没有一个深交的朋友，大家和我一样，只是有她的手机，而这个手机却打不通。我想，她最该给我留下几句话吧，我把屋子里能翻的地方都翻遍了，没有。这个时代真是奇怪呀，一个人突然说消失就消失了。现在，我才知道，我是多么蠢呀。结婚了，竟然没有和他们家里建立联系，就像她对待我们家里人一样。只有一次和她妈妈通话，过后还把电话号码删除了。其余每次和她妈妈通话，竟然都是通过她来联系，用的都是她的手机。我有时候真的好内疚，我想了好几次去她的老家找找她，和她把一切说清楚，但一想她的表现和她决然的离去，又觉得这样值得吗，不是天天盼望着分开吗？那现在分开了还为什么要纠缠？就让双方都自由吧。让一切都用时间解决，等到需要彻底解决的那天再见面也不迟呀。

痛苦、矛盾、犹豫，我每天都折磨着自己，既觉得就该这么办，又感觉不知道怎么办。人啊，在感情面前显示出来的是无法比较的肤浅。

62

其实，我是有一个地方可以去的，那就是田荣那里。爱就是爱，不爱就是不爱。我和田荣有爱吗？准确地说我们之间不是那种规范的爱吧，我俩在一起更多的是需要，从心灵到肉体的需要。在两个成年人之间发生的这一切，我不知道自己怎么去解释，但该发生的都发生了。我不是圣人，我不会装正经。我是个男人，和所有的男人一样，需要女人的温柔和爱。同样我并不是标榜自己多么高尚的人，有时候我也会做出对不起老婆的事情。我已经做了，并不觉得自己多么卑鄙。但我不知道为什么，在最需要和人交流的时候，我没有去她那里，而且对自己的感情经历也没对她说。应该说这段时间是我最难受的时候，特别是在很多的夜晚，我是那么寂寞。但我不知道自己为什么不想给她打电话，或者去找她，而只是一个人承受着这一切。

我是不想让她知道吗？

有些人注定是在快乐的时候相遇的，或者说两个人只是为了快乐而存在的，在情感经历痛苦的时候她未必能给你带来力量和安慰，如果你违背这个原则的话，可能结果就是分道扬镳。在田荣的面前我从来没有提过生活里面最难过的事。我们从认识到发展都是学校里情感的延续，觉得特别的事情在相互之间好像是多余的东西。包括我的婚姻，与我俩有什么关系呢？

一切都过去了，时间可以消除人的烦恼和痛苦。过去了这么长的时间，我感觉自己终于从那个氛围中出来了，终于可以重新定位我自己，可以重新回到现实中了。人有时候经历的事情像做梦一样，懵懵懂懂的一下子就过去几年时间。我和阿佳也就两年吧，在这两年中我无法让自己清醒，感觉一直是在酒醉后的迷幻中度过的。现在回想起来，真是无法用语言表达当时的感觉，为什么生活竟然是这样一副面孔，给你带来痛苦的时候，你连个申辩的机会都没有。当你感觉绝望的时候，它突然又华丽地转个身子从你的情感中消失得无踪无影，这难道真是上帝开的玩笑吗？

走在去找田荣的路上，我不由得这样想，想着想着，我忽然自己先笑了。和阿佳在一起的两年时间里最大的收获就是感觉自己记忆力衰退，很多快乐的和痛苦的东西，经过了就忘了，而且有很多东西忘得很快，最主要是那些让我不愿回忆的细节，现在脑海里更多的是对生活的假设。我常常想，假如我没有遇见阿佳，也没有和她结婚，我现在是个什么样子呢？会每天和田荣待在一起，还会和蔡薇薇在一起，抑或我会碰到另外一个人和她结婚？这些都有可能。那我现在会是一个什么样子呢？我会幸福，还是会一样的痛苦，还是比以前要更痛苦？我知道自己找不到答案，因为生活和情感没有假设，对于婚姻更是无法一言说尽，在当时我不是感觉阿佳也是非常好吗，那为什么会有后来的结果呢？所以我不愿意去回过头再想这个问题，因为它没有答案。

开始并没有想要去田荣那里，一个人在街上走，慢慢地溜达到了公交车站，看见一辆公交车过来就鬼使神差地坐上了，不知道去哪里，走走才发现是可以去找田荣的。既然是鬼使神差那么去走吧。在车上看着大家拥拥挤挤地上下车，觉得生活其实是蛮精彩的，我何必把自己囚禁起来呢，这大千世界有看不完的花花绿绿，我的眼睛为什么要盯着一个小屋子呢。在车上想给田荣打个电话，问问她在哪里，但人多觉得不太方便，就没有打，可下了车觉得这样上去直接找她有些不妥，万一她不在或者不方便呢？

于是我就给她打了个电话，田荣说她不在家。我心里有些失落，觉得自己很是无聊。在街上走，突然想起来赵聪也住在这里，应该没什么事吧。电话一接通他就说好久没和我聊了，让我去上次那个火锅店等他。我说，两个大男人吃什么火锅呀？赵聪说，我们得弄两个美女陪吧，女的都爱吃火锅。我笑了笑，可突然觉得自己找不到那家火锅店了。

城市变化快呀，门牌做得一个比一个漂亮，上次还醒目的牌子过了一年就被埋没了，好不容易才找到，我刚进去坐下赵聪就进来了。

“你今天怎么跑到这里了？”赵聪一进门就说。

“闲的，过来侦察一下看你干啥着呢。”

“呵呵，没事，没节目了就在家待着，最近也不紧张，我还想弄个好一点的策划呢。”

“咱俩今天不谈工作，你叫的女人呢？”我对赵聪说。

“什么女人？哦，呵呵，我是说把你的同学叫上呀，就在这里呀！来我给打电话。”

“你有她电话？”

“有呀，常在这里碰上，现在很熟了。呵呵，老师，你这个同学很不错呀。”

听了赵聪略带暧昧的话，我的心里一阵阵发麻，他们现在很熟了，他们是不是常在一起，我突然觉得脑子里涨涨的。

63

女人是天底下最奇怪的动物。那天见了田荣我不得不这样感慨，和我近在咫尺却偏偏远在天涯，我们是同学，还曾经走得很近，但那天我却产生了不一样的感觉。对，是距离。像是突然间来的一道屏障把我俩隔了起来，把我们所有的过去都割裂了。似乎现在的田荣和过去的田荣本来就是两个人。开始我认为自己可能是情绪不好，让三个人都快乐不起来，我努力不去想不该想的，但三个人吃得很是沉闷。后来我发现问题不在我这里，是在田荣那里。看起来她没有一点食欲，却从没有放下手中的筷子。或许可以这样说，她的注意力始终集中在她面前的盘子上，眼睛里没有我也似乎不去关注赵聪，一边小心谨慎地从锅里拣菜，眼睛里却什么都没有，看着像是专心致志地吃饭，但心思全然不在这里，好几次，赵聪都聊出来很俏皮的话，她竟然一点感觉都没有。她怎么了？

坐在她的对面，我细细观察这个突然陌生的熟悉人，想从她的身上找出问题的实质来。已经很长时间我们没见面了，看着她今日的造型和气色，和以前比很不一样。那个恃才傲物、充满激情和无畏的阔少奶奶形象没有了，她很自然地打扮起了自己，像是一个极其普通的邻家小媳妇，恬静还带点心事，似乎因为刚刚经历了一点不愉快，使她看起来多少有些不开心，在朋友面前并不想表现出来，但一切又很自然地带到她的脸色和情绪当中了。我从来没见过她这么温顺过，在以前，她即使不说话，也在眼睛里带着属于她的那份自我和傲慢。她怎么变成这样了，是遇上了什么事情吗？

赵聪拣了一筷子菜放在盘子里，像是忽然记起什么来，哦了一声，我和田荣都注意到了他的脸色，他呵呵一笑说："总觉得今天缺了什么，想了半天没想出来，原来是忘了上酒了。呵呵，不该缺的东西绝对不能缺，你们两个人也不提醒我一下，吃饭还是该喝点酒，生活光有美女还不行，还得有美酒，呵呵，酒色财气，各有各的好。"

"什么酒色财气，你可注意了，这四样东西，都会把你带进堕落中。"田荣总算说话了。

"古人有时候就是喜欢说反话，无酒不成宴，无色事难办，无财靠边站，无气……无气……呵呵，老师，气指的是什么？"赵聪边笑边结巴着，把话题递给我。

气是什么？是生气，是义气？还是气量、气度？我不知道怎么来回答赵聪，主要是不知道怎么把他这个气接下去，也就冲着他笑，看他怎么来圆场。

他又突然像记起来了，说："对！人活一口气，无气什么都没有了，虽然气是放在最后的，但这个气是最基本的。呵呵，来我们先喝上一杯，顺顺气。"

酒已经被服务员打开了，我本来是不想喝的，感觉心里面有什么东西堵得厉害，又觉得不喝酒冷场，就端了起来，和他碰了一下。田荣也把杯子端了起来，我们三个人将酒杯碰在一起。

我绝对不是个酒鬼，但得承认一点，酒这东西真是奇妙。三杯下肚后，我的舌头突然就变得软了起来，或许说我的注意力已经不再过多考虑别人了。我从认识赵聪说起，说他的聪明，说他当时的幼稚，说他身上吸引人的地方。本来在工作和生活中，我比较喜欢他，因为他是个比较懂事的人。我想人际交往中没有人不喜欢懂事的人，特别在我们所处的社会环境中，懂事确确实实是一种能力，或者说是一种至关重要的能力。懂事是一种成熟，有时候更是一种磨炼。它能让人在互相交往中感觉舒服，而且更能让人说话和做事少一些谨小慎微。社会生活特别是在丛林法则下，人际关系有时候像一只凶恶的老虎，随时都会张开自己的血盆大口，让你稍不留神就被无情吞噬。

赵聪的脸色在酒精的作用下，微微泛着红光，他本来就是个性格随和的人，年龄只小我一岁，有多年社会闯荡经历，这让他在现在这样一个单位工作能得心应手地处理好和大家的关系。酒一开喝，我自然是不会装正经，他们两个人也都了解我，我只要端起杯，杯杯都见底。气氛越来越热烈，田荣虽然没有和我们喝一样多，但也没少喝，这会儿，她才表现出和往常一样的热情，笑容灿烂，但话依然很少，偶尔插一句，频频给我和赵聪斟酒。

火锅里冒着热气，这个时候，已经吃到位了，我和赵聪天南海北地说着一些不着边际的话，中间我们还提到工作，但我不想说工作了，因为生活中有时候你会发现最重要的是生活本身，是那些别人都看不见的付出和无奈。有很多东西都是说不出来的，它深深地根植在你的内心，谁也帮不了你，即使自己也无法把它理清楚，只能默默地忍受和承担，像是与生俱来的一样，在心灵的一隅严严地包裹着，只有等待时间去消磨和稀释。很多时候，不是我们自己封闭自己，是无法打开自己，像是一尾被关进水缸里的鱼，知道挣扎是徒劳的，只能放弃努力，静静地等待那个近乎渺茫的逃生机会。

64

人的习惯一旦养成就成了生活。这句话我不知道是从哪本书上看来的，面对我今天的生活状况可以说非常准确。以前我不想回家，现在我依然不想。阿佳离开后屋子并没有由此而干净，我已经习惯了这种猪窝生活。现在我才明白，人的生命中有很多东西都不是无缘无故的，你现在的生活都是你从前选择的结果。细细想来，我的工作，我的婚姻，还有我现在的这一切，都是自己从前撒下的种子。

坐在客厅的沙发上，看着屋子里的一切，突然有一种感觉，从产权意义上讲这个房子是我的，但从家的角度来说我最多能占到一半。和阿佳生活了近两年，虽然我们之间很难言说幸福和快乐，但是家是共同的。现在她走了，我的家随着她的离去也消失了，在这里只留下了房子，没有人，再干净的房子也不会成为家。人可以动手让房子干净起来，但干净的房子能招来属于我的那个人吗？也许能！我就来把这点小希望努力地做大吧。

我决定动手收拾这间房子。

记得有一次录制了一期访谈节目，来了一位传统文化学者，他有一句话让我印象非常深刻，他说，你所处于的生活是你内心的一面镜子，反映着你内心的状态，所以人要改变生活必须从自己内心来改变。那时候，我生活处在最纠结的状态，对这句话理解不了，事后还想继续请教，可再没机会！现在我突然对这句话有了一点点理解，当时我整天埋怨阿佳吗？假如我不去埋怨，从自己做起，就像现在这样，从收拾屋子开始，给她温暖和关爱，处处迁就她在乎她，那我们现在会怎么样呢？

不就是收拾房间吗？我为什么非要让她收拾呢，这样的事我不是没干过，也不是干不了，再说站在她的角度，我主动收拾一下房间又能怎么样呢？突然间我明白了一个真相，从一开始我就做错了，不是先付出，是先索要了。是呀，人家都嫁给你了，你还要从她身上天天索取呀。每个人都有生活的习惯，她的生活习惯就是那样，你可以改变她，但不能把她的坏习惯当作她的情感，但结果我让自己的情感变坏了，家也随着消失了。

想起这些心里有些难受，和一个人生活了两年时间，却没有心甘情愿地付出过一天，这不能不说是一种悲哀。这对别人和自己都是最大的不幸，现在看来，我的婚姻本来就是一个错误，在错误的时间遇上了错误的人，致使我的生活脱离了正常的轨道，最终导致现在这种结果。

男人分担家务本来就是天经地义的事情，更何况做家务竟然如此有趣。从厨房开始，再到卧室、书房，最后我开始整理客厅。把所有的事情干完，我看了一下表，我用时刚刚一个小时。一个小时，在沙发上看电视打发了，在床上睡懒觉打发了，其实无数时间我就这样白白地打发了，但我却竟然吝啬地不能拿出一个小时来打理我的生活，这是什么人呀！而我却在家庭生活中一直扮演着这样一个可憎的角色，这么长时间竟然无从察觉，可悲啊，真可悲！

我躺在沙发上，我已经习惯晚上在沙发上睡觉。我发现了一条真理，当一个人没有贪念和妄想的时候，自己开始缩小，整个房子里，有沙发这么大的地方就足够了。厨房自从阿佳离开后我几乎就没进去过几次，而卧室对我也一点作用都没有，我需要的就是能放下我身子这么大的一块地方。

最近我一直失眠，白天除了工作之外，很多时间都无所事事，而晚上，心里面的事情便纷至沓来，觉得很多事情需要我来思考。可到了第二天，所有想过的事情却忘得一干二净。我觉得自己有点可怕。

本来我有点困了，但这一刻我突然觉得自己必须在今天晚上拿出个结果，必须对当下的生活做出一个选择。

烟盒里剩下两支烟，我点燃了一支。

我接着又抽了另一支。

田荣在这个时候给我打来了电话。她一般很少晚上给我打来电话，因为她是个聪明的女人，偶尔发个短信都要问一些实质性的问题，比如说：节目交了吗？给某某人回电话了吗？那口气俨然是我的同事或者朋友，从不说一句有温度的话。我看来电显示是她的名字，本来是打算不接的，后来觉得不妥，又给回了过去。

“这么早就睡了？”

“我看了一下表，都差不多十一点了，还早吗？”我说，“我刚在洗澡，还没呢！”

“呵呵，你这是怎么了，迷上洗澡了呀，平时也没发现你这么讲卫生。”她的口气虽然像是开玩笑，但说出来明显有点挖苦。

我装作没听出她的弦外音，也沿着她的玩笑说：“我一般洗澡不让女人知道。”

“别扯了吧，好像有人专门喜欢看你洗澡似的。说正经的，听说你离婚了？”

“没有呀，谁在你面前诅咒我？”

“你能不能说点正经的，这事跟我有关系吗？”她的语气里透出一种责问，似乎像是对我进行审判，我听着有点不舒服。

“没有，不仅仅是和你没关系，和所有的人都没关系。”我说这句话的时候口气是有点硬。

“那就好，我也就不内疚了。说实话，我一直想对你说，你在情感上，或者说在对待女人上该好好地检讨一下自己，人都是相互的，和谁在一起都该多点关心，既然是有缘在一起就多抽出点时间尽义务吧。”

我听她说这句话，心里就更不是滋味了，这明显的是埋怨我对她做得不够好，好像我现在离婚她有点幸灾乐祸似的。

我回了她一句：“习惯了，还没学会。”

“那就好好学吧，你会明白我说的话。”她这句话又说软了。

我也觉得不该这样对话，就对她说：“一定的，我一直听你的话。”

“你听我话吗？”她顿了一下说，“你自己琢磨去吧。我今天想给你说个话。”

“什么话？”

“你能不能不把我们之间的事告诉别人？”

我没有告诉别人呀！我突然有些恼火，“这不是不信任我吗。”

“不是这个意思，我是说，你以后不要把我们的事告诉别人，不要告诉给任何人！算你对我的承诺好吗？”

她一说完我就明白意思了。我笑了一下，又笑了一下，我又轻轻笑了一下对她说：“你的意思是我们俩的事别让赵聪知道？”

“对！”

“那你明说不就完了吧。”

“都一样吧，你不恨我吧？”

“恨！”

“我伤害了你？”

“不！你伤害了我的同事。”

“老大，他是个男人，我都没什么，他还受伤害，你就别操那份心吧！好了，不和你说了，他来电话了。”

我放下电话。这个女人！不，可能所有的女人！

没有第三支烟再燃了，我坐在沙发上有点累。任何人都有生活能力，只是有大有小，同样，每个人都有情感痊愈的能力，就让一切都用时间消解吧。我躺在沙发上，心里决定了，让一切都再见，回到我结婚前，从头再开始吧。

65

第二天，我起了大早，不知道从哪一天开始，我已经睡不了懒觉了。城市的早晨有一股烧焦的泥土气味，那些扫完马路的清洁工蹬着三轮车收工了。到处都能够碰到晨练的老人，在这个时候你能体会到一个城市的休闲。但一会儿工夫，一切都不见了，路上的车和人似乎从地底下冒了出来，大家都在匆匆忙忙地赶路，开始一天忙碌的生活。

一个人如果把问题看透后也就是那么回事，这一段经历对我的人生不知道会产生多大的影响，无论怎样我都得来面对，生活本来就不是以人的意志为转移的，更何况我是做过努力的，既然现实变成这样了那就让我无条件地接受吧，我只希望和我有过情感纠葛的人能够好好生活，让所有的不快都过去，放下心灵的重负开始新生活吧。

这两年来我从来没感到过像今天这样清爽，整个身体像是卸下了一副担子，可以自由自在地奔跑和跳跃，在路过广场的时候，我还躲在一群跳舞的队伍后面扭了会儿秧歌。

到单位后看见空荡荡的办公楼，我来早了。

现在我必须找个事干，我不是负责人，无权决定单位的事情，但最起码我该有所行动，从我扮演的角色来说，我完全可以拿出一个策划案来，如果被上级赏识，或许，我就能有所作为，即使被枪毙掉，至少对我来说是在琢磨一件事情。

在电视台上了这么多年的班我一直都在思考一件事情，这个所谓娱乐化的时代到底会把我们年轻的一代引向哪里，每每看到监视器上混乱的画面我心里就开始发虚，做节目是为了好看，但看完了呢？这如同一个迷茫的人突然发一阵疯，快乐是快乐了，但对迷茫有帮助吗？如果不改变这种方式，那么我们这群所谓的编导最终将在这种无聊和空洞中愚蠢地消失。

我想做一档娱乐节目，不反对又跳又闹，但跳过闹过之后至少还能回过头再看，或者说能给观众和制作者留下一些思考和记忆。融入常识性的娱乐节目已经过时了，给人感觉过于牵强和生硬，那么，我们能不能换一种思路，让历史人文的东西来创造娱乐？

我所处的城市自古以来就是兵家必争之地，历来就有塞外战场之称，可以这样说，每一个村庄都流传残酷而浪漫的英雄故事，如果我们一一挖掘出来，不仅是一份宝贵的历史故事，而且也可能成为艺术创作的素材，过上个百八十年，价值自然就显现出来。

办公室陆续来人了，我将电脑关掉，开始一天正常的工作，最近节目收视率下滑，原因很多，领导让大家找其中最重要的问题，并开始安排重播前段时间精彩的内容。办公室管理没有了，人也就松散了，除了个别人身上有担子外，大部分人都“放羊”了，干活的就是干活的，天塌了有大个子顶着，要追责任，那还得有个资格，所以大家无事了就聚在办公室里闲聊一会儿，女的一会儿就出去逛街了，男的也不知在干什么，不到十一点，办公室就都没有人影了。王梓临走时问我中午干什么，我说我有事。他看张吉在那里打游戏，也叫上走了。在所有的同事里面，他是最了解我的，也是最懂我的，我一般不出去吃饭，那证明我肯定在写策划案了。

大家一走，整个空间又交给了我，我那会儿虽然没写，但心里面是一直琢磨着的，思路并没有断。这个策划案本来是我一直思考的一个项目，由于家庭原因，这两年也没静下心来好好地打磨，没想到，现在来写，却是一件非常轻松的事。不到下午两点，我的草稿已经弄好了，只需要把前后理一理，就能送上去了。我坐在凳子上伸了一下懒腰，心里油然生出一份成就感。

王梓打来电话，问我怎么吃饭，需要送上来吗。我问他在哪里？说和赵聪在步行街转，才打算吃东西。我说等过来一起吃吧。

我们在离单位不远的地方会合了。王梓问我：“弄到什么程度了？”

我答：“已经出了模样。”

“下午还弄吗？”

“不了！我们吃完饭去钓鱼吧！”

赵聪问：“你在弄什么？”

我笑笑，说：“写一个钓鱼的策划案。”

66

好久没钓鱼了，好久没被河边的风吹了。

王梓、赵聪，还有我，三个人来到艾依河边。秋季的阳光朗朗地照着，芦苇和水草非常茂盛，正是一个鱼肥草美的季节。每年的这个时候正是这个城市最迷人的时候，无论是摄影的还是旅游的，都从全国各地赶来，领略塞上江南的风光。短短几年间，这个城市像是吃了高蛋白，一下子长得胖了起来，它的丰满让生活在这个城市里的人们有了一种身处大城市的优越感，特别是城市的规划非常协调，城在湖中，湖在城中，使人们在塞北高地也能领略到江南的水色天光，在这个城市生活，如果没有什么心事确实让人能感受到生活的惬意。

沿着河边，我们三个人在垂柳下悠闲地迈着步子，寻找可以下杆的地方。虽然不是周末，但钓鱼的人还是很多，我们尽量不去打扰别人，希望找个空旷的地点。

鱼漂落入水中，三个人点了烟开始留意水面的动静。

可能是天气闷热的缘故，半天了，鱼漂一动不动。王梓认为这里没鱼，提着杆子顺着河边寻找鱼群去了，留下我和赵聪在原地安静地等待。

没想到这个季节，太阳依然能晒得草叶子叭叭作响，几只蛐蛐在草丛里跳来跳去，发出嘟嘟的叫声。赵聪看着没有动静便搬了块石头坐了下来，见我身边没有石头，也搬来了一块，对我说：“你坐着钓吧，这会儿太闷了鱼不开口。”

“按理草边还可以，今天没风，估计是缺氧。”和赵聪比起来，在钓鱼方面我经验还是丰富一点。

赵聪说：“我觉得钓鱼是有意思的事，其实根本就不是人在钓鱼，是鱼在钓人，咱们几个在单位待得好好的，若没事可以出去喝喝啤酒打打牌，风不吹日不晒的，跑这里来受罪，还不是鱼把我们诱惑来的。”

这个说法很有意思，人钓鱼更多的是一种心情，宁静恬淡地活那么一会儿，钓不钓到鱼对大多数钓鱼的人来说都是次要的，与其说是鱼在钓人，还不如说是人被自己的心情钓着，是一份追求执着的状态。

赵聪见我不说话，突然像是记起什么说：“昨天你没喝多吧？”

“没有呀！我好着呢，感觉晚上很凉快，走了走路。”

“你不会是走回去的吧？”

“是呀，我现在比较喜欢走路。”

赵聪突然笑了两声，对我说：“那么远你也走呀，是最近有什么心事？”

“我能有什么心事呢？”我也笑着对他说。

他犹豫了一下，很疑虑地对我说：“郑哥，你和田荣就仅仅是同学关系吗？”

我故意用眼睛看了看他，很不解地说：“我俩有什么不对吗？”

“我是说，如果你们现在没什么关系，我就下手了。”他很不正经地对我笑着说。

“下吧，现在我们就是同学关系。”我很平淡地对他说出了这句话，突然觉得心里空落落的，有点难受。

“你的同学，我得让你知道……”

突然上鱼了，一条差不多二两的鲫鱼从水里被我提起，摆动着银光粼粼的尾巴，从水面上朝我的怀里荡了过来。

67

领导看了我的策划书后，很快就召集了策划部和各制片人开会讨论，讨论会我也参加了。会上我突然有种被抽空的感觉，大家七嘴八舌，一会儿工夫便都显示出了各自惊人的策划才华，没发现我的同事们竟然一个个都是策划大师，无论是在节目的形态还是内容上都有一定的高度和水平。很快，我的策划书便被大家抛到一边，我经过几年的思考而形成的东西根本不如大家即兴发挥得好，整个会场眉飞色舞，几乎每个人都说出一到两个让人感觉非常可行的节目形式，最后却一个都没有定下，当然，我的策划书似乎被大家遗忘了，只是在散会的时候，大家习惯性地捏在手上离开了会场。

这个会让我开得非常郁闷，却怎么也想不通，这么一群富有才华的人，怎么总是把节目做得半死不活呢？这么多的想法为什么在节目的具体制作过程中却没有一个人来展现呢？每次节目改版后，节目的形态就很少改变，一直僵化到死。

会后，我在办公室里待了片刻，觉得无聊，便想出去走走。

一出办公楼大门，王梓就追了上来。

他神色也比较阴沉，问我：“讨论会上结果怎样？”

我说：“能有什么结果，给人的感觉好像都是大师，开始还说了几句我的策划，后来大家都玩自己的策划能力去了。”

“你们一开会我就想到了，现在每个人都得过且过，谁愿意为节目着想，每个人想的都是自己的利益，如果这个节目开播，很多人都得付出更多劳动，但未必能在这上面取得收获，说不定还费力不讨好，只能想办法把这个事情搅黄。”

我惊讶发现王梓看问题看得透彻，没想到我出道这么多年，在很多方面都迟钝得厉害，自己心里想的总和现实有些格格不入，而且总想把工作做好，但很多时候却往往弄巧成拙。

我心里有些失落，问王梓：“你笑话我的愚钝吗？”

“笑话，我为什么笑话？难道你真认为你愚钝？”

“你估计我交上去会是这样一个结果，为什么还不拦着我呀？”

“为什么要拦你呀？”

我有些莫名其妙，用眼睛看了他一下。

王梓笑了笑，接着对我说：“我怎么能拦你呢，你该交上去，而且应该开这个讨论会，虽然结果是这样，但至少达到了三个目的。第一，证明你整天都为栏目着想，虽然我们几个按部就班，似乎没做什么大事，但我们也是整个栏目的参与者，我们也有看法和想法。第二，通过这个事情，就会明白现在中心的一个状态，或者说大家集体的心态，他们需要什么，不希望什么。第三，这个是你的成绩，虽然在今天不了了之，但我们不能认为永远不了了之，或许后面改版的时候这个就是个方向，对你也是一个参考，可以从中发现一些问题，其他人的意见我们完全可以作为对你策划的这个节目的参考，让这个节目形态更成熟，那到用的时候自然更有把握一些。”

我的心情突然好了一些，我怎么只把他们的发言当作是对我策划的不屑呢，怎么没想到这些人说出的话恰恰有很多地方，对我也是好的建议和帮助，我完全可以把很多地方借鉴过来，让我的节目更有看点。

我笑了笑，对王梓说：“你带笔了吗？”

他也笑了，说：“没有，干吗？我们去找个地方你再记吧。”

“行呢，今天策划没通过，我就请你们几个吃个便餐吧，一会儿你通知大家。”

“我已经给大家说了，今晚我们几个人聚聚，咱俩先过去吧，我订好桌子了，正好现在你把想记的记一下。”

看着我的心情好了，王梓的脸上挂满了开心和喜悦。

我俩打了一辆车，离开了单位。

68

不知是哪本书上看的，说中国人的生活就是吃饭。我个人觉得这个话非常有道理，饭桌有时候反映着一个人的生活，他的心情、朋友、状态，可以说把一个人一年吃饭的过程总结一下就可以看出这个人一年的生活。

回过头看我这一年的饭桌，就能知道我这一年的生活。

我和王梓坐在桌子上，一会儿就来了张吉、刘诚，我问赵聪呢，张吉说，在家呢，说稍微迟点来。

我们四个人开始让先上凉菜，边聊天边开始小酌。

张吉说："你们最近发现赵聪有点怪吗？"

"怎么怪？我怎么没发现。"王梓问。

"每天上班准时，而且回家比较早，我还发现，从不像以前挂在QQ上。"王磊说。

我说："这是好事呀，证明人家学好了，怎么说是怪呢？"

张吉说："他是学好，我觉得是学坏了，估计是在泡妞，在单位一天心不在焉，如果是学好，也不会早早回家。"

刘诚一直没说话，看了看我，然后说："赵哥每天都不停地发短信。"

王梓笑了笑，端起酒杯，向我伸来，说："你们一天都是咸吃萝卜淡操心，管人家泡不泡妞，都多大的人了，早就该找女朋友了，来我们喝酒，一会儿来让他坦白。”

我刚把酒咽下肚，刘诚提醒我：“郑哥，好像你的手机在响呢。”

从包里拿出手机，看了来电显示，我脑子里突然嗡嗡作响，我先给大家嘘了一下，让他们别出声，我说是王主任。

接通手机，王主任劈头就问：“你们在哪里吃饭呢？”

我当时就蒙了，他怎么知道我们在外吃饭呢，就没敢隐瞒，直接说了地方。

紧接着，他又说：“你们换个大桌子，我们这边有四个人，一会儿就到了。”

挂了电话，我愣在那里，感觉这个人说话怎么和平时不大一样，不但知道我们在一起吃饭而且说话没有商量的余地，感觉好像我们必须和他一起吃饭似的，而且还要加四个人。

我问张吉：“你俩出来碰到王主任了吗？”

张吉点了点头，说：“碰见了呀，他还问是不是和你俩吃饭去，我还叫了他，他说是晚上有事呢。”

我突然明白了，我说：“让服务员赶紧来一下，重新点菜，可能是主任要来，让换个大桌子，把酒杯都收拾了，再泡个菊花茶，刘诚出去喊服务员。”

王梓站起来说：“地方就不换了，这个可以了，不然让王主任觉得我们一天花天酒地。”

我看了他一眼，笑了下，还是王梓想得多。

刚把桌子收拾完毕，王主任带着杨柳主任，还有两位美女主持人进来了。

我们四个人站在那里，请领导和来宾落座。杨柳主任冲服务员问，还有好一点的雅间吗？但被王主任制止了，说就我们几个人，这个地方很不错了，可以看看外面的风景。

大家坐下来后，杨柳主任说，你们一天生活得不错嘛，一个个挣那么点钱，还出来喝小酒。

我急忙解释：“下午出来正好碰上王梓，两人觉得好久都没聚了，明天也没什么事，就出来随便坐坐。”

王主任说："你们这样好，单位同事有时候应该这样聚聚，咱们的工作性质就这样，忙了就把工作弄好，闲了就玩好，不是常讲劳逸结合吗，你们这就是劳逸结合。"

杨柳主任说："以后这样的活动，别忘了我和主任，让我们也参与到你们这个圈子里来，不要嫌我们老了，呵呵。"

"你常说你老，我可不老。"主任故意逗她。

"好好，是我老，你们都年轻。"

看着她频频点头认错的样子，主任笑了起来，我们几个人也笑了起来。桌子上的氛围一下子轻松了，大家开始的那种拘谨感也没有了。这时候服务员已经开始上菜，杨柳主任还向服务员要菜单看，被主任制止了。

"都自家人，他们点什么我们就吃什么。"

有领导的饭局就是不一样，这个场面超出了我们的预料。大家开始频频给领导敬酒，几圈下来，我就感觉头有些晕了。在电视台这么多年，和领导、主持人在这种小范围的聚餐机会不多，即使有我也从来不是主角，大多数时候，话都说得很少，更不要说谈自己的想法和喝酒了，但今天不同，我是桌子上最早的召集者，所以开始敬了大家一圈，后面又给领导和主持人敬了一圈，感觉晕晕乎乎，话莫名其妙地多起来。

酒一喝多，你发现放下架子的领导也是蛮可爱的，出洋相、耍赖，和其他人也是一模一样，后来大家提议唱歌，整个雅间充满着欢快的笑声。

这桌饭大家吃得很是开心。

饭毕，杨柳主任要送主任回家，被谢绝了，说来车了，让她再陪陪我们，自己就带着两位主持人走了。王主任一走，杨柳主任对我说："今天高兴吗？"

我说："大家都玩得很开心。"

她笑笑说："领导怕今天在会上打击你的情绪，专门来慰问你的，让你把那个策划好好地完善，现在做可能还不是时候，但有机会。"

"我根本没当回事，本来就不是个成熟的东西，大家的意见很好，我很受启发。”

“哈哈，看来你变聪明了，以后有些事就这样看待，表面看起来是坏事情，有时候往往是好事情，我跟了他这么多年，还没见他这么重视过一个人的策划，今天的聚餐单位埋单。”

“早知道我们点点上档次的菜了。”我顺口开了玩笑。

杨柳主任说：“档次不在菜，在吃菜的人！”

听完杨柳主任的话，我感觉今天对我来说真正是上了一课。

最后，我送王梓回家，在路上我突然记起赵聪最后没有来。王梓说：“是我给发短信告诉他这边的情况了，赵聪觉得和领导吃饭难受，正好家里有事就不来了。”

我觉得他应该来感受一下这种氛围，但我没对王梓说。

69

回到家快十一点了，我精神上的兴奋劲还没有消退。从喝酒的状态上来说，我今天喝得比以往要少，再加上酒桌上的热闹，酒精都挥发了，除了内心被一种肯定后的喜悦外并没有什么醉态。坐在沙发上，我喝了一杯白开水，看着屋子里被我收拾得很是整洁，心里想，活着就应该这样努力地过，没有什么不快乐的。

我从书架上拿来一本小说，很久没这么悠闲了，那就重新活吧，我第一次走进卧室，斜躺在床上看书，就这么不知不觉睡着了。

我是在半夜惊醒的，屋子里的灯亮着。我不知道自己为什么会无缘无故地醒来。我的睡眠一般不好，但如果真睡着了后却会睡得很实，一般不会醒来。但我却在半夜醒来了，四周非常安静，我估计也就是刚刚过了午夜。虽然意识像被凉水浇了般异常清醒，我却不想从床上爬起来，即使将灯关掉这样的小动作，我都不想做，我唯一希望的是，能够重新闭上眼睛，安安静静地睡到天亮。

一会儿我又迷迷糊糊地睡着了，似乎做了一个梦，在梦里，被人追赶，然后逃到屋子里锁上门。追我的人在门外，对我说，你开开门，我们有话好好说。我使劲地顶着门，听他在门外对我口气变得越来越软。我对自己说，不能上当。他却在门外不停地敲门。

真的有人在敲门。我从睡梦中隐隐觉醒。

我想肯定是有人喝醉酒了，走错了楼层。我躺在床上没有理，如果他不离去，我才打算告诉他敲错了门。

等了半天，敲门声又响了一次，声音极细极轻。

这次敲过之后，便长久没了声响。

我从床上起来，爬在猫眼上看了一下，楼道里的灯亮着，门外没有人。我转过身，从茶几上端了杯水喝了一口，突然发现有些不对，我急忙跑过去拉开门，整个楼道里空空荡荡的，我细细地在门边检查了一遍，希望发现一些蛛丝马迹。

是有人敲错了门还是……

阿佳？

有可能是她！

我披上衣服，向门外冲去。

半夜的小区，灯光显得异常惨淡，平时窄小的楼间距看着也空旷起来。我一直跑出小区大门，街道空空荡荡，一辆出租汽车驶过来，看我没有打车的意思又向前驶去。我蹲在马路边上，胃里难受得厉害，不由得坐在那里呕吐起来。

阿佳，刚才敲门的是你吗？如果是你，半夜你去了哪里？我坐在路边，不由得泪流满面。

回到家，我在沙发上坐了一会儿，经过出去折腾，我已经完全清醒了。想了想觉得是自己发神经，怎么说阿佳也不会半夜回来敲门，如果她回来肯定会在白天，她晚上一般都在睡觉，而且她这个人基本不参与夜生活，不喝酒不唱歌。一瞬间，我又怀疑是自己产生了幻觉，那敲门声那么细那么轻，怎么会是敲我的门呢？或许是敲隔壁的门或者是楼上的门也完全有可能。

打算把自己的过去放下，通过这件事看来，其实内心并没有真正地放下，我不知道自己为什么会对这样一个人牵肠挂肚，在一起生活了两年的时间，几乎没有快快乐乐地度过一天，有的只是压抑、痛苦、纠结和矛盾，这样的生活我一直盼望着结束，现在结束了，我又回到了属于自己的那种自由的单身状态，可我的心却并没有放下，还在牵挂着她，我为什么要牵挂她，我们已经没有关系了呀！我对自己说，你和阿佳已经没有关系了，忘了她吧，你应该忘了她。

室内的灯光白得耀眼，我躺在沙发上，一点睡意都没有。我什么都不想，只想这么躺着，在光亮中这么体会时间的流逝。这种感觉在结婚前我一直都有，极度空虚和无奈。不知道从什么时候开始，我变成了一个虚度时光的人，脑海里在那个时候闪过无数的事情和想法，但第二天发觉没有一件有意义的事情留下来。我突然感觉，自己是不是已经得了某种心理疾病。

现在，我相信自己是产生了幻觉，是自己想得太多了。我关掉了灯，重新闭上了眼睛，既然是胡思乱想，那为什么还要想呢？

70

我生病了。早上我睁开眼睛的时候，发觉自己在沙发上动弹不得。整个身体像是灌了铅一样，沉重地摊开着。让我奇怪的是浑身没有感觉，哪里都不痛，既没有发烧的症状也没有中毒的感觉。

我强打着精神爬了起来，没有口渴感也没有饥饿感，连平时每天早上起床想上厕所的感觉都没有。在地上走动，我无法端正自己的身体，到厨房烧水，步子都是歪歪斜斜的，似乎腿上的神经出了问题。

这个症状我以前没有过，但我知道我得了重感冒，原因是晚上睡着了没有盖被子，忘了关窗户。我挣扎着喝了一杯水，事实上我不想喝水，虽然我的嘴唇和嗓子干得厉害，但却一点都不口渴。本来想吃点药，但却懒得动。我的潜意识里想，还是好好生一场病吧，或许生一场重病我会真正地从过去走出来。喝完水，我又躺在沙发上，准确地说我不是睡着了而是昏迷了。

在这中间我不知道自己醒来了几次，也不知道自己又昏睡过去几次，我只是迷迷糊糊地睁开眼睛，然后又昏昏沉沉地睡了过去。我从来没有做过这么多的梦，似乎几十年的事情一件一件地从我的脑海中经过。梦中一切都非常清晰，但只要我一睁开眼睛，却又像泡沫一样破碎了。人对死亡是没有恐惧的，从这次经历让我体验到死亡是怎么回事。准确地说，每一次闭眼睛我都是死亡了一次。那时候心里什么都没想，意识已经脱离了躯体，在那一刻，整个身体浮飘飘的，没有任何痛苦可言。浑身的疼痛持续到下午了，我挣扎着睁开眼睛，发现嗓子已经冒火了，几乎说不出话来，整个身体像被车轮碾过，没有一块地方是自己的。

我挣扎着拿起电话，才发现自己竟然没有开机。幸亏现在这个时代有手机呀，不然我这种情况就是死了也没有人会知道。

王梓来的时候，我感觉自己好了很多。第一眼看着他进门，我不由得想去抱他。

“怎么一下子成这样了呀？”王梓的脸上流露出吃惊的表情。

他给我带来了药，又从我的柜子里翻出来一些，建议我去打针，我告诉他：“我还没吃药呢，先吃点药试试。”

感觉自己的情况比较严重，我服用的药剂量比较大，他劝我多喝些水，一杯水下去我就不想喝了，但我还是挣扎着喝了一些。

我又昏睡了过去，等我再次睁开眼睛发现天已经黑了，王梓给我熬了稀饭，我强打着精神起来喝了一点。感觉比早上好多了，就让他回家。起初他说要留下陪我，我觉得自己没事，更何况他家里还有老婆和孩子，就让他离开了，安慰他我有什么情况再给他打电话。后来他走了。

我一直躺着，很累很困，浑身一点力气都没有。

昏昏沉沉地又睡了一觉，再从床上起来的时候，我感觉好了一点。窗外天已经黑了下来，我喝了一杯水，觉得应该出去吃点饭。这时候王梓打来电话问我情况，我告诉他，已经好多了，让他不要惦记，我自己能照顾自己了。

我没有吃药，决定出去打一针。我的身体还是比较健康的，一年中很少有这种头疼发烧的事情，一般情况一年会有一次感冒，来时很严重。我不喜欢吊针，浪费时间，而且感觉往血液里滴水本来就是一件冒险的事情。说实话，这会儿我的心情非常沮丧，内心非常孤独的。我突然有些想蔡薇薇，这么长时间了，她去了外面，不知道一切都好吗。

我拿出手机，想给她拨个电话。我知道她的手机号早换了，但我还是找到了她的旧号码，拨了出去。

让我惊奇的是，这个号码接通了。

71

在等待电话接通的过程中，我有点冒汗。第一遍，无人接听，我又打了第二遍。

“还记着给我打电话呀？”熟悉的声音，陌生的口气，但是是蔡薇薇。

“天天想着给你打电话呢，不知道你在外面怎么样。你走了也不来个电话，是不是混好了把我们都给忘了。”我虽然笑着，但心里却有种想哭的感觉。

“好着呢，其实一直是想打电话的，但怕影响你们，也就算了。”

“哦，你什么时候回来？”

“我在北城！”

我突然头有点发晕，感觉站立不稳，一下子不知道给她说什么。

“我刚回来。”蔡薇薇说。她和我说话的口气那样的平静，似乎我们曾经只是很普通的朋友，似乎两个人之间发生的一切都像是我一个人做过的梦一般，这种感觉让我的心疼。我站在门口，扶着墙，感觉心里堵得慌，不知道和她说什么。

“出来坐坐吧！”这句话不是我说出来的，但却从我的嘴里蹦了出来。

“我累了，不想出去了。你在哪里？”

“我在家呢，刚打算出去吃饭。”我回答说。

“你怎么现在才吃饭呀，一天也没个点，你要不嫌远的话过来吃吧，我这里有饭。”蔡薇薇对我这样说，但口气里依然平静。

“你一个人？”我不知道自己怎么会问出这么一句话，出口后想打自己的嘴。

“两个人！你是不是希望我是两个人。”她的口气里带着不高兴。

我急忙解释：“我不是这个意思，我感冒了，怕你有家人和朋友在，不方便。”

“怎么感冒了，不要紧吧！”她问道。

我说：“不要紧。”

出了门，我打了个车。城市的夜晚灯火辉煌，路上的车流在路灯的映射下鱼贯而行，夜风从车窗里吹了进来，让人的头脑清醒。我将胳膊放在窗户上，任凭凉爽的风划过我的身体，感觉脑子轻快了许多。说实话，我的内心里感到一种无法言说的孤独。阿佳走了，我努力忘却，但总在有意和无意之间活在过去的婚姻当中，她的离去让我一直处在一种不真实的感觉中。婚姻和爱情最不一样的地方就是婚姻对人的折磨是从骨头开始的，每动一次都伤之极深，没有办法轻易地从情感上打发。

我的心绪很乱。在生活中我一直努力用简单的心理压制烦乱的心绪，有时候能做到，有时候却做不到。

往上爬楼梯的时候，我的心绪仍然是乱的，不知道见了蔡薇薇说什么，我们之间会怎么发展，包括现在我都不知道自己和她属于哪类情感。和她的联系是昏昏沉沉的，从没想着要给她打电话，但却在病中无助空虚的时候打了，而且接通了。更让人不解的是她却从外面回来了，这难道是天意吗，这真是天意对我的安排吗？

站在楼梯上，我心里难受矛盾得厉害。我该就这么上去吗，这一上去后面又会发生什么呢？

我不知道该怎么走，是现在上去还是转身回去。在人生关键选择的时候，我往往缺乏最基本的判断，在机会和选择面前，我是个优柔寡断的人，不知道为什么大脑里一片空白，所有理性的思维统统不见了，像是处在思维的真空中，无所适从。

楼上有门打开，随着脚步声，一层一层的楼道灯亮了起来。在这个楼梯里，除了蔡薇薇我不认识任何人。但我还是觉得站在一个陌生的地方很尴尬，从楼上下来的人如何看待我呢？是觉得我是小偷还是觉得我是身体难受？不管怎样，引起别人的注意都是我不愿意做的事情。我顺着楼梯慢慢往上走。迎面下来一个胖女人，她迈着迟缓的步子，一个台阶一个台阶往下挪，眼睛盯着我看了半天。这种多事的女人在各个地方我都能看到，我尽量将头低下来，让她看不清我。我站在蔡薇薇的门口，一直等那个女人的脚步声从楼道消失后，我才开始敲门。

72

和蔡薇薇在一起，我的病一下子好多了。差不多半年没见了，她变了样子，或许是有意识把自己打扮得成熟了几分，她的头发从两鬓垂了下来，使脸看起来圆了一些。可能是在家的缘故，她很随便，穿着一件嫩黄色的连衣裙，趿拉着一双塑料凉鞋，感觉像是一个周末刚刚睡醒要收拾家务的家庭主妇。

我进门后，我感觉她都没有正面看我一眼。就开始给我找药，端水，然后跑进厨房将饭菜端出来。平时注重厨艺的一个人今天却搞得很简单，就一盘清炒莲花菜，还有就是洗了几根黄瓜。我端起米饭碗，吃了一口，觉得真香。在这个世界上，有一个秘密谁都知道，那就是人的胃口是饿出来的。几天不吃饭，见了粮食还挑三拣四，那不是智力有问题就是骗自己不要命。我吃了一碗米饭，才发现，她一直坐在我的对面盯着我看。

我笑了笑，对她说："生病，一天没吃饭了，吃相有点难看！"

"我还以为你会说我做的饭很好吃！"

我使劲地点点头："就是，就是饭好吃，我的吃相才这么难看。"

"郑怡升，真诚一点，你饿就饿了，别给我说好听的，我喜欢听好听的话，但我也喜欢听真话。"这句话她随口说出来了，很正常。

是很正常，但我感觉有点不正常，虽然我点着头笑。我脑子里找那不正常，第一次她叫我的名字。在单位我的名字只有大领导一个人叫，其他人要么叫我老郑，要么叫我郑哥郑老师，从没有人喊我的名字，这名字对我来说已经陌生了。其次，她说话的口气很随意，但话里有话，是在说我只给她说好听的吗，一直没有对她说真话吗？

我喝了一口热水，感觉有汗从额头上冒出来。我没听见这句话，看着碗对她说："今天饭真好吃，我只能吃这么多，刚刚好，我来收拾一下。"

"你坐着休息，把电视打开看吧，我来。"她说完就端着碗筷走进了厨房。

看着她的背影消失，我才感觉有点不大对劲。这个人出门一段时间了，似乎有些变了，一点都不像过去，身上那种单纯消失了，给我的感觉是她不像一个月以前的她了，她开始展示出自己的个性和存在感。

从厨房里出来，她端着一盘小西红柿，对我说："刚回来，家里什么东西都没有，你就随便吃一点吧，明天再出去买。"

我说："很丰盛了，我在家里从来不吃小零嘴。"

"这不是小零嘴，常吃水果对身体好，你以后要养成吃水果的习惯。"她拣了一颗小红果给我，然后自己也往嘴里塞了一颗。看着我在看她，歪了一下头，对我说："怎么了，我说得不对吗？"

我习惯笑着面对眼前的不自然，对她说："没有不对呀，水果能让人美白，特别是女孩子，我们男人有时候该省就得省。"

"你才说错了，男人更应该保养，男人最具魅力应该在四十岁，更何况你才三十岁，你该好好善待自己。"

看着我杯子空了，她起身给我添了水，在我旁边坐下来，似乎有话要说，却又站起来，从衣架上拿出了包："给你什么都没带，这里有两包烟你抽吧。"

她从包里把烟掏出来，我扫了一眼，发现是极品，心里突然有种怪怪的感觉，对她说："你买这么贵的烟干什么呀？"

"这烟贵吗？"她把烟又拿出来打量了一下说，"就两包烟能贵到哪里去，是朋友给我的，我顺手带回来了，让你尝尝。"

蔡薇薇站起来，给自己倒了一杯水又说："开始也不是给你带，后来想也没人给，就给你了。"

蔡薇薇是个聪明的女孩，但在情感的表露中她也一样会有自己的纰漏，刚才这句话我明显地感觉她要掩饰自己内心的矛盾。我抓住她的手，让她坐在我的身边，她把手抽开了，然后冲我笑了一下，说："今天你生病了，我们就不聊天了，你好好休息，明天我们好好聊聊吧，其实我有很多话想给你说。"

"什么话，现在不能说吗？"

"还是明天说吧，你浑身发热，吃点药吧，你回去住还是在这里住？"她站起身来，给我倒了几颗药，递给我。

"这会儿好多了，我想听你的事情。"

"不行，听话，我们之间就不客气了，你不想回去就住下吧，睡客房，我给你收拾一下，我也累了，先休息了。"

她走进了房间，一会儿就去洗澡了，又给我安顿了一句后就走进了自己的卧室，我听见她轻轻地关上了门。

一个人坐在房间里，我喝了一杯水，随着身体里出了冷汗，我确实好多了，还有点胸闷，浑身有了力气。我又抓了几颗药吃了下去，虽然剂量有些大，但我想这点药也不会把自己吃成什么病吧。我不想去客房，就斜躺在她家的沙发上，关了灯。脑子里起初是些乱七八糟的东西，但一会儿工夫，我就在药力的作用下睡着了。

73

我是被蔡薇薇推醒的。虽然是躺在沙发上，但蔡薇薇家的沙发比我家的沙发要躺着舒服一些，所以我睡得比较沉，不知道在做什么美梦，但我醒来感觉那个梦不是让人心情沮丧的，可能还有点惬意。那会儿，我感觉自己彻底好了，头脑异常清晰。

蔡薇薇看着我，问："你感觉怎么样？"

"几点了？"

"马上四点了。"

我坐了起来，不知道这个姑娘半夜三更把我推起来有什么事。我估计她可能是睡不着，想和我聊天吧。我接过她给我端来的水，美美地喝了一口。

"你睡不着吗？"我问蔡薇薇。

"你没事了就好，不是我睡不着，是你的手机吵了一夜。"她把我的手机抓手里。

我好像迷迷糊糊地听到自己的手机在响，不知道什么原因，却懒得动，后来，就没有感觉了，还以为是在做梦呢。

“你要没事了就看看吧，我想给你关掉，又怕有什么紧要的事情。”她把手机递给我，进了卫生间。

一共有六个未接电话。我看有赵聪的，再翻，还有田荣的。这两个人半夜不睡觉，在玩什么花样呢。我把电话给赵聪拨了回去，一下子就接通了。

“我是田荣，赵聪在医院呢。”声音很低，而且带着哭泣。

“他怎么了，你们怎么跑医院了？”我感觉问题比较严重，赶紧追问。

“我一下说不清楚，他看起来很严重，你赶紧过来吧，我不知道该怎么办。”田荣说着在那边哭了起来。

我问了地方后就穿衣服往出走，蔡薇薇看我紧张的样子，问是怎么回事。她也披上衣服，要和我一起去。

在出租车上，我大致给她说了一下赵聪和田荣的关系。赵聪她熟悉，而且在上班的时候关系还比较好，但她不知道田荣，听到田荣是有家室的人后，她一下子不说话了，我不知道她是想起了自己和我，还是同情赵聪，总之，一路上她再没说话。

赵聪躺在医院急诊室的病床上，脸上没有一丝血色，惨白惨白的。看见我来了，睁开了眼睛，嘴角还笑了一下，我心里不由得难受。他的浑身全是血，手臂上的伤口已经包扎了，整个人像是一具尸体，躺在那里。田荣蹲在他的身旁，牵着他的手，似乎怕他会溜走一样。看着他整个人虚弱的样子，我责备的话一句都没说，只是安慰他，让他好好地休息，没有什么事过不去的，也老大不小了，不要这么孩子气。

到了门外，我问情况，田荣才抽抽搭搭地给我复述了一下事件的大致经过。

本来什么事情都没有，下午两人吃过饭，还去公园里划了一会儿船，整个气氛都很好。回到房间，还商量着吃什么饭，后来有人打电话，俩人就出去和赵聪的同学吃了饭喝了点酒，也不是很多，大家提议去唱歌，因为田荣要论文答辩，就和赵聪回来了。

田荣把他们下午整个事件给我说了一下，感觉像是向警察交代问题一样。

“我没有想到他会这样，睡觉前都好好的，他还和我开玩笑，说要是哪天我不给他打招呼离开他，他到天涯海角也要把我找到。”田荣说着就哭起来了，“我们是聊了一会儿才睡觉的，我半夜醒来发现不见他了，去卫生间一看，发现他……”

看着她又哭了起来，蔡薇薇过去拍着她的背，给她擦眼泪。

“我只是告诉他，我毕业后就去外地读博士了，希望他能好好记住我，不要把我忘了，他是我喜欢的人，我们在一起本来就不是认真的，能给对方留下好的印象就行了，我没想到，我睡着后他会做傻事……”她哭得异常伤心。

陪田荣说了一会儿话，我本打算留下了照顾赵聪，田荣不让，蔡薇薇也拉着我走，赵聪知道我感着冒，也劝我回去休息，明天再来，我就从医院出来了。

在往回走的车上，蔡薇薇紧紧地偎依着我，她把头搭在我的肩膀上，一直没有说话。下了车，我们上楼梯的时候她才对我说：“知道我为什么叫你回来吗，虽然你该留下来陪，这是人之常情，但留下田荣可能会更好，让她在生死过后好好地想想吧，他们的感情何去何从，一定会有答案。”

我心里很乱，不知道赵聪和田荣之间的情感会有什么答案。

74

我实在想不明白，赵聪怎么会为田荣自杀。在我看来，这简直有些可笑，在电视台混了这么多年，饮食男女的开放与矜持早已司空见惯了吧，他怎么还像小孩子一样玩起纯真来了，难道是经历了肉山欲海，开始返老还童了？我对赵聪的行为有千种嘲讽。玩就玩呗，用得着拿命来认真对待吗？

我不想睡觉，或许是经过这么一折腾，心里面平静不下来。我的身体感觉已经恢复了，鼻子稍微有点堵外，我已经感觉不到自己有病了。我和蔡薇薇这么坐着，她拿了条毛毯扔给我，让我再躺会儿。

窗外已经泛白，晨曦已经悄悄地露出了脸，自然永远守恒着自己的规律，不因为人的原因而改变。我想赵聪如果自杀成功，他将再看不到这个黎明，这世间的万事万物就与他没有了关系，但留给活着的人的呢？至少对我，会有不理解，我会痛心他这种超级搞怪的行为，有什么事情不能坐下来谈呢？

见我不睡觉了，蔡薇薇进卫生间开始洗漱，我斜躺在沙发上听她弄出的声响。

“你再进去睡一会儿吧，生着病还折腾了一夜，这样你多少天才能好过来。”她坐在我的身边，眼睛里满含着关切和哀怜，像是求着我似的。

我的心里一下子涌出了一些让人眼睛胀胀的液体，说实话，我突然想哭，经历了刚才的事情，比起赵聪来，我觉得自己简直就是个浑蛋，从来就没正视过自己这段情感，抱着一种极其肤浅的心态，没有正视自己的情感，努力地逃避着，却又不断地用狭隘的心灵守护着自己不受伤害，从来就没有拿出勇气来，像赵聪那样真切地面对自己，和赵聪比起来，我是个懦弱者，也是个自私者。

蔡薇薇的手冰凉冰凉的，我抓起来，放在自己的脸上，那一瞬间我觉得自己是那样的脆弱。我在她的手背上亲吻了一下，眼泪突然就流了出来。

“你什么时候学会流泪了？”她笑了一下，从我的手里抽走了自己的手，从桌子上拿出了一片纸巾递给我，然后又走进了洗手间。

心里真的很难受，躺在沙发上，感觉胃里面一阵阵痉挛，似乎有一把很钝的老刀在使劲地切割着。我想痛痛快快地哭上一场。我想好好地抱抱蔡薇薇，但她却抽走了自己的手，那一刻，我内心产生了一种无法躲避的孤独感，像突然被搁置在一个广袤的荒漠上，四周空旷而沉寂，我闭上眼睛，感受到身体里的血液在缓缓退去。

从卫生间出来，蔡薇薇的眼睛红红的，我才明白她是去擦眼睛了，不愿意在我面前流泪，我们之间真的很难说得清楚。

她重新回来坐在我的身边，说："天还早，你就再睡睡吧，我们有的是说话的时间，这次我回来就是要和你好好地说说话，我想把我们之间的一切都说清楚，包括过去和未来，上次离开你，我真的好后悔，我没有把话说清楚，也没有弄清楚你心里是怎么想的，所以一年后我又不得不回来了，本来我回来不想见你了，但又放不下。这次我们就好好地说说吧，人的生命有几十年，我俩就花上半个月时间来处理我们的事好吗？"

我看着她的眼睛，她已经不是那个纯真得有点傻的蔡薇薇了，在这个世界上，女人往往在情感上比男人要成长得快。

"你睡去吧，听话。"她对着我说，"我现在想通了，没有什么大不了的事情，人不能按愿望生活了，就按缘分吧，只要一切弄清楚了，我们就认了，何必苦苦纠结呢，有一天的美好就是一天的缘分，就要把它珍惜了，若换个角度说，有些人一生可能连一天的幸福都没有，可能一生也不会遇见自己喜欢的人，那还得生活呀，你说对吗？和这样的人比起来，我们是幸福的，至少我是知足的……听话，你睡一会儿。"

我抱她，她没反应，我在她的唇边亲了一下，她什么都没说，冷淡地对我又说："你进去睡一会儿，我出去买早点。"

她转过身，再没理我，打开门，出去了。

75

我坐在沙发上，感觉浑身冰凉。

有一滴泪水从我的眼眶里流了出来，我感到孤独。

我好想有个人此刻可以抱抱，无论是谁都可以。

在昨天来之前，我没有想过，来之后我也没有想过。因为在我的意识中，蔡薇薇本来就是我生命的一部分，我们虽然并没有说过多的话，但两个人的心灵互相镶嵌，在之前，我是有家室的人，我喜欢她，但我是有顾虑的。现在，我没有顾虑了，我单身了，可是出现在我面前的蔡薇薇却变成了另一个人，我都不知道怎么来描述她，我只感到我内心的孤独，我好希望她什么都别说，就是让我抱抱就好，可是我似乎已经没这个机会了。我不喜欢复杂，更不喜欢生活的沉重，和阿佳在一起，就是怕复杂，我懒得去让自己彻彻底底地解脱出来，因为我知道离婚本身就是一件非常复杂的事情。

想念蔡薇薇，包括我不假思索地就带着病来到她的房子，就是因为她是个简单的女孩子，没有那么多的心思和规矩，更重要的是，和她在一起，我内心有一种无法形容的舒坦，她能让我静下来，能让我的心得到休息。

现在，我似乎觉得那个我认识的蔡薇薇离开了，这个回来的蔡薇薇根本就不是她，她不会这么成熟，她不会这么心细地照顾人，她更不会在我面前表现出独立和主见，这个人更像是她的老妈，她表现出来的对我的好，让我感觉太理性了，让我觉得陌生，这种陌生的热情有一种看不见的冷漠和距离。我不要这种理性的热情，我也不要这冷漠和距离感。

虽然一夜没睡好觉，头有点疼，但我却没有睡意，或者说我对蔡薇薇所住的这个房子有了一种陌生和抗拒感，在以前，我和她在一起感觉是温暖的，也是我内心需要的，但现在，这套房子和房子里的人像是变了样，不是我熟悉的了。人都是惰性动物，喜欢随意和安逸，当想睡觉的时候能睡觉的地方不是舒适的，就想离开。我也一样，我希望生活是安然的，至少希望不要让自己感到压力。

我离开了蔡薇薇的住处，我没有给她打招呼。

我回到家里还不到七点，索性关了手机，在床上蒙头大睡。

这一觉真睡美了，不是睡的时间长，而是睡得踏实，连一个梦都没有做，像是突然充满电的手机，我在那一刻睁开了眼睛，屋子里的一切显得光亮而鲜艳，所有的颜色对比都是那样的强烈，我的眼睛像是一台优质的监视器，显示出了高像素。感冒彻底好了，我没有感受到身体有任何不适。

我开了手机，看见田荣给我发来短信。

我冲了一下澡，打了个车就去了医院。

赵聪已经转了病房，躺在病床上，说实话要不是穿着病号服，会让人感觉这个人正在家舒服地睡懒觉呢。整个病房就他一个病人，田荣坐在他的身旁和我一起说话。半夜里的焦虑和伤感没有了，两个人脸上都洋溢着快乐，看来蔡薇薇说得对，有时候时间是属于两个人的，外人的好心和善意会适得其反，在强大热烈的爱情面前，友情显得那么弱不禁风，虽然友情会更为长久。我有点吃醋，不是吃赵聪的是吃田荣的，我和赵聪之间有四年友情了，却比不上田荣几个月，看着赵聪被爱情滋润得泛红的脸，我真是无话可说。

我从没见过赵聪和田荣在一起卿卿我我，今天见了，发现他们真是天生的一对怪物，病人不像病人，照顾的不像照顾的。话没说两句，两人就动手打闹。我让赵聪注意伤口，他笑着说，自己是吓唬人的。

田荣说："你知道吗？他这个人太心狠了，大夫说，再迟送来半小时，就没命了。"

赵聪说："你要听大夫的假设，我可能还在家躺着呢。本来就是个小伤口，搞得好像做绝育手术似的。”

难得赵聪这么看得开，我问他：“你是不是当时想玩个魔术，给田荣送个礼物？”

“就是的，我希望我身体开成花，让田荣上厕所踩的都是玫瑰，没想到这家伙不仅费人不说，来医院挂营养液还费了我们家这么多的钱，早知道就在花店买上得了。”

田荣抓着赵聪的手，脸上笑得融化了一般：“你就嘴贫吧，以前我喜欢花，现在我才发现人最喜欢的花都是从心里面开放的。”

赵聪用手摸着田荣的脸说：“好，你心里开花我心外红，到时候，我们给他家送一大捆过去，让他也快乐一下。”

我说：“你俩就腻歪吧，我看得肉麻，还是走吧，有事给我打电话。”

田荣送我出来，我对她说：“让他好好休息，不要太激动。”

“你看他，一天兴奋得像是只猴子，不让说话他又不听，大夫说不要紧，休息两天就好了，今天早上就吵着要回呢，我好说歹说给换了个安静的病房，现在没事，有我陪着，你别担心了，忙你的事情，他要有什么事我给你打电话。”

“行呢，那你就好好待着，多操点心。”

“你也别把你的事耽搁了，我觉得那个蔡薇薇很好的，以前只听赵聪说过，没见过，但我见了后觉得真是不错，人生难得投缘的人，我希望你能慎重地对待一下，别再玩了，该好好收心了。”

我笑了笑，不知道怎么回答她的这句话，便问了句：“你觉得你们现在很投缘？”

她盯着我看了半天，声音突然变得轻轻的：“给你说句实话吧，和他在一起，我的生命不一样了，以前我当是假象，但现在证明不是的，是爱，真爱，我都三十多岁了，才体验到什么是真爱，我现在才知道人活着什么是价值，有一天你会懂的。”

田荣向我挥手转身的那一个瞬间，我的眼睛被泪水覆盖了，我也好激动。

76

我必须去找蔡薇薇。

和田荣告别后，我突然什么都不想了。如果一个人找到了真爱，那么他什么都不顾了，从田荣和赵聪身上我看到自己在爱情面前的软弱和妥协，明明心里面难受，还要装出一副无所谓的样子，我应该像她们一样去过真实的生活，勇敢地面对自己的感受，既然我是喜欢蔡薇薇的，那么就让我来把这段感情进行到底。

我从来没有这样勇敢过，也从来没有这么坦然过。和蔡薇薇在一起，我一直藏着掖着，我怕大家在背后说我生活得不检点。但现在，我是什么都不怕了，突然发现自己这些年竟然活得这么可笑，我这样是做给谁看呢？我的圈子里难道有谁不知道我的情感状况，和蔡薇薇在一起，他们照顾我的面子不说而已，其实我俩的事情大家全都知道。更准确地说，他们知道我把这种事情当作面子，所以他们维护我的面子，而他们都会大胆地去爱。我这个戏子，永远在舞台上表演给自己看，其实大家早就看穿了我，而我却一直陶醉在自己的剧情当中。

到蔡薇薇家小区门口，我是跑着进去的，也是跑着上的楼梯。

敲门那一个瞬间，我还怕她不在。当我看清楚她站在我眼前的时候，我什么都不管不顾了，我抱起了她，我什么都没说，就去咬她的嘴唇。

可能是被我出其不意的行为吓住了，蔡薇薇睁大眼睛，身体僵直地站了大半天，随后和我拥吻在一起。

起先从门后，再到沙发，最后一直到床上。我什么都不想说，我也不想让蔡薇薇说任何话，人生的目的既然是追求幸福，那么在幸福中我们为什么还要自寻烦恼呢?

我看着蔡薇薇的眼睛里流出了泪水，她的嘴唇冰冷。我将她紧紧地拥在怀里，轻轻地吮干她脸上的泪痕，她将头埋进我的胸膛，胳膊抱着我的身体。对于我俩来说，这条路走得太长了，回想过去的犹豫和矛盾，觉得所有的一切一点意义都没有。我对自己说，从现在开始，好好地爱吧，从爱属于我的蔡薇薇开始，爱属于自己的，也爱属于这个世界的。

我们几乎没有说什么话，深情地拥吻，然后紧紧地抱在一起，又互相盯着对方，这么痴痴地看着对方的眼睛好久，抚摸着对方的脸，我们好久没见面了，像是身上都长出了苔藓，需要用爱，用亲吻，用目光，用抚摸来一层一层地清理。现在我们还原了，在这张不算宽大的床上，相拥在一起的不是两具赤裸着的躯体，而是经历了情感跋山涉水的两个灵魂。身体让我们的灵魂升华，让我们的心灵充实，时间填满了屋里的所有空间，而在这个时候好像停了下来，见证了这一切，我想让所有的人见证这一切，因为我爱。我感激上苍，经历了那么多的磨难，我今天终于和自己喜欢的人走在了一起，这不仅仅是我的行动，更是从我的内心生出的一种从没有过的强大和丰满。

在床上我们就这样躺着，夜色像是拉起的婚礼纱幔，把两个人笼罩在一片温暖之中。

“你饿吗？”蔡薇薇湿漉漉的热唇贴着我的耳膜说。

我抚摸着她的脊背，感觉她是那样的娇小和温柔，我说：“和你在一起，我不觉得饿。”

她爬起身子来，看着我，我感觉到她脸上出现了一丝坏笑，她咬了一下我的鼻尖，抬起头来说：“我知道这是句假话，但却喜欢听。”

我的脸微微烫了起来，这么肉麻的话我从来没有说过，无论是我的初恋还是和阿佳在一起，但这个时候我却脱口而出，像是这句话就在喉咙里等着我张嘴，没想到刚一出口就被她一下子揭穿，只是她的方式是这样特别。我在想，两个相恋的人说出这样的话是算虚情假意还是甜言蜜语?

“你在想什么呢？”她边说边用手把我的嘴堵上，“不准说谎！”

“什么都没想！”我的呼吸从她的指缝里漏了出来。

她摇了摇头，将嘴抿得紧紧的，我知道她不会相信。

我移开她的手，把她揽在怀里：“我真的什么都没有想，只是觉得刚才那句话我本来是说真的，但说出来怎么就禁不住推敲呢？”

“我知道你想说真话，其实我也是，一点都不想起来，就想和你一直这样躺下去，什么都不想，什么都不用去做，但我怕你饿了，我现在是你的女人了，就得为你的饥饿负责，你吃不上东西是我的罪过，我心里面会难受的。”她从床上爬了起来，在我的嘴上重重地亲了一下。

“我真的不饿，现在不想吃东西，我俩就多躺一会儿吧！”我挽留她。好不容易和她这样亲近了，我希望自己和她能多待一会儿，这种感觉真好。

“是不是和我在一起吃饭的胃口都没有了，我可偏要让你吃，把你养得白白胖胖的才能衬托出我的苗条。”她说着就爬了起来。

我本来也要起，但她把我摁在床上，说：“你先别起了，等我做好饭叫你起来。”

我的手不小心摸着了她的胳肢窝，她受不了痒咯咯地笑了起来，借机又爬在我的身上，和我逗笑了一会儿才起来。

按她的要求，我本来该再躺一会儿，可是一个人待在床上，心情无法平静下来。

77

我和蔡薇薇开始了同居生活。我的作息开始规律，每天我们七点起床，两个人出去锻炼，回来做早点，有时候从门口买点油条或者包子，吃完饭我去上班，她收拾房间，然后给我打个电话，现在她没有上班，但她又闲不住，想参加编辑资格考试。中午一下班，我就赶回家，有时候我俩随便在外面吃点东西，大多数时候做饭。她喜欢炒两个素菜，我一般会做两碗面，以吃饱为主。我开始了午休，很多年我都没有午休的习惯了，我俩会一起躺在床上，有温存的感觉了，她喜欢让我搂着，午休也一定要钻进我的怀里。

现在我才体会到什么叫作恋爱，因为我不想在八小时外参加任何活动，只希望和蔡薇薇待在一起，我会把单位发生的事情告诉她，她也乐意听。

过去的事情我们都已经不再提起了，人生总要走很多的弯路，这对于任何人都是一样的，我们回归自我，回归简单，希望这样平平淡淡地走下去，也希望这样平平淡淡地爱下去，有时候我们俩会说未来怎么样生活，特别是憧憬结婚后的生活，但我们还不想一下子把自己放到那么现实的一个状态当中，对于我们来说，现在的幸福和甜蜜是这么珍贵，怎么忍心打破呢？每周末，我俩开始旅游，计划用半年的时间把周围所有有意思的地方转遍。生活在这个城市里这么多年了，才发现其实对它并不了解，青山秀水，沙海林丛，很多地方离得并不遥远，但我们却从不知道。有时候我俩坐车，有时候骑上摩托车，人生的美好全是由心情产生的，心情变了世界也就变了。我已经不钓鱼了，我不再喜欢将鱼钩抛进水里，我怕伤害到那些为爱情而忙碌的小生灵，并为以前这种行为忏悔，祝福一切有灵性的东西，我开始爱身边的一切，所有的花草和生灵。

蔡薇薇是个文静的人，以前不怎么说话，这次回来看起来没有以前单纯了，但和我在一起后，我发现她的天性一点点地回归，话也多了起来，有时候对我说的一定要追根问底，她非常喜欢笑，有时候我在想，她哪里有这么多的笑呀。

那个周六商量好休息，连续每周出去我有点累，更重要的是近处基本走完了，我俩计划每两周出一趟远门，周五我下班就出发，周日晚上回来，我不忙的时候，我们可以在外多玩一两天，我的工作性质不用坐班，如果早早能赶出节目，就不存在准时上下班的问题。

因为不打算出门，所以我起床比较迟。我洗漱的时候，发现蔡薇薇坐在沙发上发呆。我开始并没在意，牙刷到一半的时候，突然意识到有所不对，平时都是一起起床的，有时候她即使先我起来也会在床上打个招呼的，今天我好像没发现她是什么时候起的。我漱完口走过去，坐在她的身边，抱了抱她。

“怎么起得这么早？梦见我得罪你了？”我希望她能没什么心事，就用开玩笑的口吻说。

她盯着我的眼睛看了半天，嘴角露出了笑容，似乎感觉什么事都没有，她回抱着我，把嘴放在我的耳朵上轻轻地说：“我梦见醒来后找不到你了！”

我扳过她的肩膀，看到她眼眶里溢满了泪花。

我取笑她：“你怎么把梦也当真呢，梦往往都是反的，这证明我会天天在你身边。”

她抹去了眼泪，脸上很平静，对我说：“我不想做这样的梦，我紧张坏了，当时好难过，都快急死了，醒来后才有了呼吸！”

我想抱她，她却阻止了我，接着对我说：“醒来后发现你在身边，可我却没有一点真实感，觉得还是在梦中，好像是有人给我设了一个骗局，专门来欺骗我的，床上的你是假的，而真的你已经离开我了。”

“你没发烧吧！”我把摸她头的手拿开，对她说，“别吓我了，我可是胆子比较小的，你休息一下，我来熬稀饭。”

她开始坐在沙发上，我希望她能冷静一会儿。我洗好米，把锅放在灶头上再出来看的时候，她已经进屋去睡觉了，我的心才放了下来。

在厨房里，我的心绪却一点都平静不下来。和蔡薇薇相处转眼间两个月都过去了，开始那种激情渐渐没有了，我俩现在可以说基本上很正常地在一起生活了。到现在为止，我们从来没有严肃地谈过以后的事情，比如我们是不是该让双方的父母知道，或者说我们是不是该考虑一下，把双方的关系明确下来，最起码告诉蔡薇薇，我想娶她当老婆，并愿意和她一辈子生活在一起。

她这样的梦，与我没有明确给她生活的答案有关系吗？

78

吃完早饭，我俩又出发了。本来这周打算休息的，但有些习惯一旦养成，想一下子改过来是不容易的。早上我总感觉缺了什么，好像是有什么事情没有做，想来想去，才发觉每个周末此刻我都是行走在短途旅行的路上，现在不出门待在房间里马上感觉不舒服。蔡薇薇也一样，看了会儿电视，又拿了本书去书房读，一会儿又走出来站在窗户前看马路。我俩都喜欢外面的世界，因为平时我们一直待在屋子里。后来我们决定出门，不像每次那样有目的地，上网查半天。今天我俩打算出门随意走，不要太远，也不要目的地，只要能在天黑前回来就好。

出了小区大门，我买了两瓶水和一些零食，摩托车就一路向南开去。

城市在我们身后远去，起初我俩沿着大道向前走，后来就拐入了一条乡村公路。风轻轻地在耳边吹着，路边的稻田和玉米地有人在劳作，蔡薇薇抱着我，将脸紧紧地贴在我的脊背上。我放慢了车速，在庄稼地边慢慢地行驶，成熟的豇豆和辣椒挂在支架上，西红柿、茄子在菜地里藏露着，我俩下车，偷偷地摘了几个西红柿，然后又骑上车向前走去。

自由地行驶，没有目的地行驶，遇到岔路我俩一会儿向左拐一会儿又向右拐，有时候因为意见不统一她就给我要脾气不吭声，我就又把车拐回来。我俩差不多行驶了一个多小时，感觉离开城市也有三四十公里了。

驶过一座小桥，蔡薇薇跳下车，站在路边看河水。

河面并不宽阔，小桥年代也已久远，路面坑坑洼洼，泥浆和沙子脱落严重。蔡薇薇沿着桥边慢慢地往前走，我也只好熄了火，推着车，跟着她往前走。

河水散发着一种天然的腥味，湿漉漉地钻进鼻腔。感觉出这个在城市里生活习惯了女孩，对这种气息有着惊人的迷恋。其实我也一样，多年的城市生活一直在忙碌的工作中度过，养成了心烦气躁的习惯，这样悠闲地走走，似乎真正地感受到自己的存在，以前想逃离生活，现在心态变了，与生活融为一体，喜欢这样平静快乐地走下去。

“娘子，你打算这样走下去吗？”我想把车放在路边，征求一下她的意见。

蔡薇薇回过头，笑吟吟地看着我，不说话。

我将车推到她的身边，左手扶着车把，右手拍了拍坐垫：“娘子，请上马！”

“你就不能再坚持一会儿吗，你家娘子正处在春心荡漾情景交融的时候，你却打破她心里对梦幻世界的憧憬，你知道这样做的后果吗？”

“知错，请到前面我们找个地方，将车放下，一起走走不更好吗？”

蔡薇薇跳上了车，开始她都是在后座上坐着，而这次却骑上来，我一打火，她就紧紧地抱着我。

前面不远处有一家小卖部，老板是个小媳妇，我俩打了个招呼寄存下车，就顺着前面的小山坡爬了上去。

爬到山顶找了个小树林，蔡薇薇打开带来的塑料布，我俩坐了下来。放眼一望，发现我们离城市并不远，依稀能看到城市的高楼。更为壮观的是，这条河边竟然有那么多的人在游玩。有搭帐篷的，有坐在伞下的，还有在芦草中垂钓的，花花绿绿，一直延续到看不见的地方。看来，对大千世界来说，我们个人永远都是闯入者。

坐在草地上，看着蓝幽幽的天空，它的壮阔和辽远让人能感受到空间的宽广。离开城市我最大的感触就是身轻，压在耳朵里头脑里那些无法剔除的烦躁和污气全都没有了，让你回归只是属于个体的自然当中。现在想想其实一个人每天并没有做多少事情，更多的疲倦和劳累都是外部强加给你的。走在车水马龙的街道上，汽车的噪音和嘈杂你能抗拒得了吗，眼前来来往往的人流，你的眼睛能不劳累吗？还有这个世界每天发生着让你心情郁闷的事情，有些事你想躲开都不行，你能心平气和吗？出了城市不一样，这样宽阔的天地什么都能够盛得下，包括你的整个世界，而它给予你的永远是这种无私的大度，它很真实但却不给你任何挤压，它拥抱着你，却能让你畅快地呼吸。

一点风都没有，树林子里热得人感觉有汗微微地往出渗。我将头枕在蔡薇薇的腿上，闭上眼睛，听四周的声音。一切都很美好，我看到阳光从树叶的缝隙里斑斑驳驳地洒落下来，在我俩的身上覆盖。抚摸着爱人的手臂，我的内心充满着祥和与宁静，若不是怕压麻她的腿，我真想这么好好地睡上一觉。

蔡薇薇的手轻轻地在我脸上拂动，嘴里哼着歌。

在这样的一个氛围里，我突然感觉自己的身体泛起了冲动，我将她抱在了怀里，给了她一个激吻。她挣扎起来，说：“你要干啥？这是野外！”

我对着她的耳朵说：“我的爱人，我的野外……”

79

置身野外，很多时候都是把旷野当作自己的目标地，其实只要用心和它融为一体，把自己当作是旷野的一部分，你就会有那种无法言说的回归感。躺在草地上，随意说话，随意睡觉，随意呼吸，随意摆放自己的身体，天大地大，怎么都是好。我俩商量好一直等到天黑的时候再回去，我们想在这里度过一天，为了这个天空和大地，为了这个小树林，为了这张铺在地上的塑料布和被我俩身体压歪了的野草。

如果不是赵聪，这个电话或许我俩根本就不会接，即使接了也不会答应他的邀请。但我俩还是很遗憾地看着对方，也是通过对方的眼睛告诉自己，我们的愿望破灭了。赵聪和田荣晚上请大家吃饭，重点邀请的是蔡薇薇。这是赵聪的玩笑，说是田荣说的。对于他俩，蔡薇薇已经很熟悉了，也可以说是被他俩的故事感动了。她觉得赵聪和田荣能走到一起简直就是世界上最令人羡慕的，比平日里看的电视剧更能打动人，她说自己如果有一天拍电影，一定把他俩的故事搬上银幕，让现在的年轻人好好体会一下到底什么是爱情。这不是青春年少的卿卿我我，而是经历了生活洗礼后回归心灵的本质。每次她一提赵聪和田荣那个眼神里的那份炙热，让我觉得她对这个被自己夸大的爱情故事着魔了。

我们知道要去，但还是在那里磨蹭。每收拾一件东西，她都要我抱她一下，或者要亲她一下。然后再收拾，再亲再抱，从地上收拾好东西差不多花了一个小时。其实收拾的仅仅是两个塑料袋的零食还有那块压得不太平整的塑料布。

看得出，蔡薇薇不想走。其实，我也很是喜欢这种感觉，轻松自由还随意，人处在海阔天空中真好，可我们却不能一直处在海阔天空中。

为了准时赴约赵聪的饭局，我俩出发回家。

蔡薇薇坐在后面，紧紧地搂着我的腰，大声地对我说：“以后你能记得今天吗？”

“当然能记得呀，和你在一起很多事情我都会记着。”

她说：“别的你记住不记住不要紧，但今天你一定要记着。”

“呵呵，为什么呀？”

“平时我们都躲在自己的屋子里，今天是天地见证了在一起，这是我人生中最隆重的仪式，我希望你也记着，等我们老了的时候，一定要再来一次这个地方。”

“这么神圣呀，你应该早说，我带点那个地方的土，回去栽盆花！”我对她说。

“不用那么复杂，真正的东西都藏在心里，你知道这是我心里最重要的就行了。”她说完把头贴在我的背上。

车子在路上行驶着，因怕留给我们洗漱的时间不多，我骑得比较快，风在耳边嗖嗖地吹，开始我们是喊着说话，这会儿不说话了，在风里耳朵突然清静了，我突然感觉刚才的话似乎不是蔡薇薇说给我的，是风带给我的，或者是在风里我的内心突然间生出来的。她还是紧紧地贴在我的身上，随着摩托车的行驶惯性将重力放在我的身上，我不知道她是不是睡着了，再没有和我说话，也没有对我有任何亲昵的动作。

我从前很少这么关注一个人的心思，和蔡薇薇在一起我发现自己变得比以前细腻了一些，但这个发现吓了我一大跳，无论我怎么细腻，在她面前都是微不足道，她对生活中的点点滴滴都能记得清清楚楚，而且能做得有条不紊。有时候我发现自己确实辜负生活了，我竟然没有发现生活中真正起作用的都是细节，对于我这种粗枝大叶的人来说，白白浪费了上天给人生美好的眷顾。

现在，我才真正明白了一个词的含义，那就是选择，没有选择的人生是死寂的人生，有了选择你才能领悟到，人生和谁做伴是多么重要，她可以改变你，当然也会改变你对生活的心情和人生的命运。

80

我一向对吃饭积极，等蔡薇薇收拾完毕，还是迟到了。酒还没有开喝，每个人的脸上已经洋溢着快乐的光泽。大家把我俩推往上座，我拉着蔡薇薇上去，蔡薇薇要坐在田荣的身边。张吉说："那怎么行呢，师母就应该坐在老师身边。"

蔡薇薇没听明白，问："哪个师母？"

知道是张吉说自己后，皱起了眉头，把整个脸都拉歪曲了，眼睛盯着张吉，说："你怎么说出这么恶心的话呀，亏你和我认识这么多年！"

大家都笑了起来，王磊急忙鞠躬道歉，大家嘻嘻哈哈都举起酒杯。

"今天是个好日子，赵聪把大家召集过来，看出来是要欢度春宵，也好久没团聚了，我们就好好地高兴一下！都多喝几杯。"

我刚说完话，赵聪就问："你都知道了？"

"知道什么？"

"呵呵，你不知道我跟你说，今天是我和田荣的订婚仪式，我要娶她做老婆！"

雅间里顿时沸腾了起来，这个消息确实对我们大家太突然，特别是我。田荣还有个家，至少是法律上的，她还在婚姻中，现在说订婚，或者有人娶她做老婆，那是不是该先把那个婚姻解除掉？当着这么多人，我不好说明白，用眼睛扫了一下这两个人，发现他们陶醉在这种大家共同营造的快乐氛围当中，一点都没有什么心虚，田荣拿着酒壶给大家挨个斟酒。

"来，喝酒，你想什么呢，是不是赵聪触动了你？"王梓说着，和我碰起了杯子。我没再多想，和大家挨个碰杯，整个屋子在我的眼睛里飘荡了起来。

我在喝酒的时候突然看着蔡薇薇担心的眼神，意识到自己有些高兴过了头，每次倒酒的时候开始谨慎了，不能老让她不放心，如果醉了，还得让她往回背我，这不大好。我端起酒杯，走到她的面前，和她碰了一下，悄悄给她说："你多喝点，我今天送你回家。"

"我不想让你今晚喝醉，悠着点。"她也轻轻地对我说。

男人其实很多时候都是忽视女人的，要是没有发现她那样盯着我，我肯定会忘乎所以，但就是瞥了一眼，马上心态就变了，酒是可以让人兴奋的，但自己已经兴奋了，那为什么还要拼命地伤害自己呢？所以人的习性很不好，特别是处在生活的惯性当中，我们追求美好，但找到美好了，却不知道刹车，白白地又错过了美好。喝酒是这样，生活也是这样。

这个酒局属我状态最好，很快乐但没有醉。最后我和蔡薇薇一起送走了大家才回到了家里。

我俩喝了点水，不想睡觉，她提议再喝一点。我睁大眼睛，问："你喝得还不够？"她对我说："你们都抢着喝，我就没喝，这种场合大家自然是不管我的。"

她拿出了一瓶红酒，我俩慢慢地品。

我俩喝得非常安静，慢慢地端起酒杯，轻轻地碰。她偎依在我的身旁，脸色泛着红润。我想女人很可能就喜欢这种感觉吧，其实也没多大意思，对于我这个常喝酒的人来说，只是新鲜。两个人在一起，轻轻碰杯，轻轻说话，轻轻地亲吻，更多的是眼神交流，像初次见面，却热衷于暧昧一样。后来，我睡着了，我是自然地醉了，一切入梦。

我和蔡薇薇在一起生活，我们没有孩子，住在一个幽静的小山村里，四周是青翠的群山，每天都风和日丽，我俩的身体都非常轻盈，似乎脱离了地球的引力，整个世界沉浸在一种缥缈当中，耳朵里回响着大自然美妙的乐声。我们一整天什么事情都不用做，看到她一直都带着笑容，我觉得自己的身体里充满着对她一种无法言说的爱，让我充实，也让我迷醉。人寻找的幸福就是这样吗？

我做了无数的梦，从来没有一个梦像这般美好。我从沙发上醒来，发现蔡薇薇躺在我的身边，我俩像是寄宿在别人家的沙发上。现在是半夜，但我一下睡醒了，纳闷的是我刚才不过睡了两三个小时，怎么好像做了一个几十年的梦，我无法回忆起梦的细节，但我彻彻底底觉得我和她至少过了几十年的幸福生活。从感觉上来说，我们的生活和这种做梦的体验又有什么区别呢？我忽然泪流满面，是呀，现实生活充满着变数，有时候能做这样一场美梦也是上天给我的一种恩赐。我不知道是一种什么力量给了我这样的梦境，但我的内心充满了对它的感恩与激动。如果有缘面对，我一定五体投地，泣泪而拜。

我抱起熟睡的爱人，像一个父亲抱着一个玩累的小孩回家！宝贝睡吧！

81

天气开始冷了，北方十月份一过，西伯利亚的寒流就如期而至。整个城市开始萧瑟起来，树叶像是被谁晚上偷偷地描摹了一番，一夜之间便泛起黄色。西北风吹起来了，路上的行人明显地少了，那些做生意的小贩也不像夏天那样随处摆地摊，他们缩着脖子，一般都会找一个避风的地方等待顾客来临。我的摩托车也不骑了，每天上班要么步行，要么打车。很久我都没去过自己的房子了，我像是把过去彻底遗忘了一样，包括我居住过的地方。蔡薇薇还没有上班，每天除了给我做饭外就是学习，她说打算考研究生。但我感觉她更像一个家庭主妇，每天中午她会准时做好饭等我回来，即使我在外面有应酬她也会这样做，她对我说，万一你改变主意想回家呢？至少我的饭让你吃得放心。人的习惯会改变的，我几乎不在外面吃饭了，因为我不希望另一个人坐在餐桌前等我。

和蔡薇薇的生活开始走向家庭，有时候她会对我说，你回家时顺便买点煤气吧，天冷了我不想出去。有时候她会弄一桌子的菜，让我大吃一惊，我以为是什么重大的节日，她对我说，今天电视剧里某两个人结婚了。我感激编剧安排的情节，让我因为一对虚构的人物结婚而分享他们的喜气和幸福。我不在的时候，她做饭洗衣收拾家务，而我回家来她就像个孩子，坐在我的腿上，每天必有，三五次不等，每次决不能少于十五分钟。有时候我感觉自己是个丈夫，有时候又觉得有点像父亲。我乐意这样抱着她，有时抱久了，她会说，你的腿压麻了吧，她下来在椅子上坐片刻又嬉笑着爬上我的腿。我抱着她，那种感觉无法用语言来说，我细细地端详着她，我真想感谢上苍，把她赐给了我。

面对眼前的这一切，我懂得。幸福的日子需要自己珍惜，我也老大不小了，我该给她一个承诺，至少我要让她知道，她对于我是多么的重要。在生活中我是个大大咧咧的人，很少去关注细节，但和她在一起我想改变，我不能像别人让她大红大紫风风光光地过一辈子，但我可以在我力所能及的范围内让她感受到我的爱，至少让她觉得和我在一起是幸福的。有时候我努力去帮她做一点事情，但她告诉我，干活习惯了，你不但是帮不上忙有时候恰恰是在添乱。她说，有你这的态度就行了，我能感受到温暖。

我偷偷地看了她的身份证，知道她是十一月二十号的生日，还有一个月时间，我开始着手准备，希望在这一天能给她一个惊喜。

城市的商场我转遍了，都没有找到我要买的东西。我希望在生日那天隆重地向她求婚，请上我所有的朋友来见证，我要将活动布置得结婚一样，摆满她喜欢的玫瑰花。我们认识以来她一次都没有收到玫瑰，不是我不送，是觉得怎么都表达不出我内心那份情感。后来我不得不落入俗套，既然钻戒是向女人表达爱情的唯一方式，看来我也只能选择了。

挑选戒指并不费工夫，以前总觉得这种东西是越贵的越好。转了一圈突然发现，其实款式的感觉有时候比大小更有意思。

导购小姐一个比一个会说话，用词既温馨又浪漫，感觉都是写诗歌出身的。

置身这种环境中，我确实有些手足无措，对女人的首饰，我是外行了一点。

好几次我都想打电话给蔡薇薇，问问她喜欢什么样子的，但自己一直想把这个礼物当成一个秘密，给她一个意料之外的突然惊喜，因为我从来没有给她带去过惊喜。

有些事情真是很难解释，就在我犹豫不定的时候，赵聪和田荣出现在身后。赵聪拍了我一巴掌，吓了我一跳，他看见我买戒指，夸张地说：“你有外遇了呀？”

看来是瞒不住了，我笑着说：“独身久了，想来感受一下。”

“哥哥你独身呀，这话可不敢往外传，要让嫂夫人知道了，你可真有好果子吃了。”

田荣听到赵聪这样说，咧嘴一笑说：“蔡薇薇呢？怎么你一个人来看？”

我把我的想法给他俩说了一下。田荣惊叫了一声说：“好呀，看你平时像个榆木疙瘩，怎么现在变得这么懂得浪漫了，看来人还是要遇见对的那个人啊！”

赵聪说：“当然是这个道理，你没发现我遇到你后现在变得又聪明又懂事吗？郑哥说对不对？”

我拍了拍赵聪的头：“当然是你机灵了，别贫嘴了，你俩第一，帮我保密，第二，这个任务我们一起来完成。”

有了他俩的帮忙，我选起来感觉有把握多了。田荣说：“挑一个好一点的样子，蔡薇薇指头细，大了戴起来看着不舒服，再说我们选大的并不能代表你的心就诚，贵在她能喜欢，这样就可以天天戴在手上了，不然买个东西放着还不如存着钱呢，用起来还方便。”

“这你不懂吧，这东西升值，说不定以后翻个几倍也有可能！”赵聪对田荣说。

“哦，我明白了，你说给我买大的目的是为升值呀！”

“我就是随口一说，怎么能靠这个呢，我们要生活和情感升值，这玩意儿再升值也不过是个东西，我们要的是钱财买不来的东西，听你的，咱们就挑喜欢的，戴着好看的。”

经过精挑细选，终于确定了下来，同一型号选择了不同的花色，一次买两个，经理还给打折了。

赵聪把给田荣选的戴在了她的手上，那一瞬间我看到这个女人的眼睛里出现了亮亮的光芒，看来女人和钻石有天然的联系。那种爱不释手让我都感觉异样。

田荣说：“戴着就不怎么想拿下来了，我也想把这个当成秘密。”

赵聪笑着说：“你比蔡薇薇有福气。”

“怎么有福气？”田荣眼睛还盯在戒指上。

“你看，你今天买的时候就快乐了吧，等蔡薇薇拿到的那天，她肯定很高兴，那天我俩肯定在场，你分享她的快乐，也就算是体验了一回，你一共有两次快乐，蔡薇薇虽然快乐但却只有一次，你多出来一次难道不比她有福气？”

田荣打了赵聪一下，咯咯地笑出声来：“就你会说话！”

我们三个人离开了商场，我觉得我也很有福气，今天分享了他们之间的幸福。

82

赵聪把我的想法通知了王梓和刘诚，大家一致认为，这次一定要隆重地举行，一方面是给蔡薇薇过生日，另一方面也是一次自我放松和朋友们聚会的机会。几年了，我们从没有举行过什么别开生面的活动，都感到和圈子越来越远，有些朋友都已经不来往了。做电视编导，朋友还是需要的，而且有很多朋友都曾经在生活和工作中给过我们很多帮助。王梓建议，趁着这次机会，把那些以前我们比较亲近的，因时间原因现在疏于来往的朋友都请上，这样让大家感到亲切，也温暖。我们大概算了一下，差不多四十人，大家分工了一下，订餐的订餐，布置场地的布置场地，设计环节的设计环节，我们觉得把这次活动当作是个大型节目来做，打算用两台机位拍摄，由赵聪任总负责人兼主持人。

秘密就限定蔡薇薇一个人不知道，最重要的是订一个合适的酒店，空间合适，灯光和音响配套，我们打算提前布置一下，也就是要适合秘密布置，让整个场面都在不经意当中完成。这个事情对几位电视台编导来说，问题不是很大。在环节的设置上我发现大家竟然都是天才，比平时策划电视节目水平高多了，而且热情更高。几个人用了不到两个小时就把整个程序都定了下来。王梓负责全程录像，刘诚现场组织，赵聪给自己准备串词，我负责找酒店订餐和买玫瑰花和其他需要用的东西，随时喊大家帮忙。

接下来大家都忙了起来，我开始全力来准备这个我生命中一次很重要的生日晚会。

几天工夫，一切都准备好了。天气变得越来越冷，可我一点都没有觉察到。有一天回家，见蔡薇薇买了几件男人的衣服，我还以为是给她爸爸买的，就没在意，吃完饭，她却拿着衣服在我身上比画起来。长这么大，除了父母关心我的衣服外就只有我自己了，特别是上班后，我的衣服都是自己买，我不是一个注重行头的人，有时候实在没穿的了才会想到买件衣服，一般情况下能凑合就凑合。所以，穿蔡薇薇买给我的衣服，心里一下子涌出一股酸酸的感觉，多年在外，从来没有一个人如此细心地照顾过我，给我做饭给我洗衣，在冬季到来之前，想着给我置衣。试衣的过程中，我感觉眼泪流出来了，但还是忍住了，我知道有今天的温暖是我遇到了她。我这一生一定要好好待她，让她幸福。

和蔡薇薇在一起，我精神面貌起了重要的变化，第一次对未来的生活有了新的认识，以前只考虑自己，现在除了自己还开始考虑我俩及老人，发现一个人的幸福原来是要有更多的担当。能够担当得越多证明自己活着的意义越大，也感觉活得越充实。以前埋怨工作劳累，但没有工作任务的时候，就开始百无聊赖，现在不一样了，努力把一天的工作干完后，发现还有很多事情可以去做，大学毕业后，基本再没有心情看工作之外的书，现在我订了一个计划，把那些以前没有读过的文学名著列了一个计划表，挑了十本自己喜欢的，开始看起来。对一个电视编导来说，一些常识性的东西非常重要，从古今中外的历史开始，我要着手好好地把大学里没有学到的东西补回来。看书本来一直都是我的热爱，可这几年，我的阅读习惯没有了，只是在睡前翻翻。现在我俩一边阅读还能一边讨论。每次只要我看书，她从不打扰，感觉我是在从事一件神圣的事情。

日子一天天临近，为了当天不让节目影响我们的晚会，几个人已经提前将手头的工作全部做完。我们准备了两套工作方案，万一节目审查通不过，又备用了一期，这样即使出现问题我们也有备无患。

最让我为难的还是蔡薇薇。好几次她都似乎想告诉我什么，我赶紧出言打断，我知道她想给我说自己的生日，但我给她说这段时间非常忙，心里非常乱。她是最能体谅我的工作的，在她不能给我分忧的时候绝不会给我添乱。

我知道我不能骗下去了，这样下去她肯定会告诉我的，我必须想一个万全之策让蔡薇薇能够接受，而且让她觉得值得放下生日来帮助我。

那天我正在看书，蔡薇薇喊我接电话，我问是谁的，她说是王梓的。

王梓在电话里说："单位有个专业知识大赛王主任非常重视，点名要你参加。"

我问："哪一天？"

他说："十一月二十日下午。"

"十一月二十日？"我看到蔡薇薇的表情怔了一下。

"是，如果成绩好，晚上领导要宴请大家。"

"我节目这么忙，不参加。"

"那不行，领导点名的，你非参加不可！先好好准备吧。"说完，他就挂了电话。

我和王梓的通话蔡薇薇基本都听到了，我告诉她我不想去，最近节目非常忙，没有其他精力来承担额外的事情。

她过来抱着我说："你怎么能这样呢，这是单位的活动，而且领导这么重视，你就好好努力复习一下，再说这个活动与你们专业有关，你不参加恰恰说明你不务正业，即使取不到好成绩，通过这个活动你也会学更多的东西。

我说："剩十来天时间，能学到什么呀！"

她生气说："十天也是时间呀，逼着学学总比不学强吧，你好好复习，这几天我做饭洗衣家务全包了，你就算给我一个奖励好吗？"

我亲了她一下："小生遵命！"

这是一个阴谋。

83

十一月二十日早晨，我起得比平时晚了一些。今天是蔡薇薇的生日，我知道。蔡薇薇也知道。其实我的朋友大部分都知道，但蔡薇薇不知道我们知道。为了我所谓的专业知识大赛，这段时间我俩没少看书，她是个做事认真的人，有时候为了让我把一段该记住的文字记下来，她要反反复复地给我读上几遍。幸亏我找的书是自己以前读过的，否则我不知道她会怎么着急。时间就是在这么不经意中过去的，今天，我所有的准备将在下午派上用场，这个生日晚会计划在下午五点钟准时开始，现在一切准备妥当，下午三点前我们几个人要到现场，提前准备和安排。

蔡薇薇看着我吃她买回来的早点，问大赛几点能结束。这个时候我还不能告诉她实情。只能说："下午三点开始，快点应该五点就结束了吧。"

"那完了还有什么事情吗？"

"我听说领导要安排吃饭，但还没定。"我不知道怎么样才能让她既不知道今天是我给她过生日，又能让她不要安排其他的事。这个问题我考虑了几天了，但思来想去也不知道该怎么说。

我还是硬着头皮，尽量给她点明一下："你下午没事吧？"

“是……有点小事，但不重要。”她有点神秘地给我说。

“那既然是小事就帮我个忙，我下午有大事，需要你出席一下，你能把自己搞得隆重一点吗？”

“你什么事需要我出席？”她有些疑惑。

“我一个朋友，下午有个庆典，你穿庄重点，是个重要的仪式，如果能忙完得早，我打算去一下，你提前准备一下。”

“你不是说参加领导宴请吗？”

“这个事比吃饭重要，再说是一件很大的事情，我不想在关键的时候给朋友帮不了忙，而且对我们来说也不是很费劲的事情。”

“什么事情，你弄得这么神秘？”

“先当个秘密吧，到时候你会知道的。”

“我可以猜猜吗？”

“算了，猜得你费劲，也让我听得费劲，还是到时候再说吧！”

从家里出来，我出了一身的冷汗，我希望我刚才说的话她能有点感觉，但也不要太明白，女人一般来说都是比较细腻的，我想她应该能感觉到，我会给她过个生日，但希望见到的比想象的隆重一点，能让她出乎意料即可。我突然又觉得该给她说明白，这样也让她能够知道我是要给她过生日的。

看见大家都在办公室里，我们相互微笑，因为还有其他人，大家就都没有说破。开始装模作样地干起了工作，还有人去各级领导的办公室里，感觉是人声鼎沸，大家声音比平时也都高了一些，这样下午人不在也就没人惦记了。

下午我给蔡薇薇打了一个电话，告诉她不回去吃饭了。她惦记我比赛的事，我说台领导有事临时取消了。我没想到跟她撒谎时心竟然跳得这样厉害。

她吞吞吐吐半天问我：“有别的事吗？”

我说：“就是朋友的事，怎么了？”

她说：“本来看着你忙，我打算晚上忙完才给你说，今天是我的生日。”

“啊，这么隆重的日子呀，你也不早说，那咱俩就不去别处了，我晚上给你过生日，请大家吃饭。”

“不去行吗？”

“行呀，这么大的事情怎么能不行呢。”我接着给她说，“你穿漂亮一点吧，我下午回来，咱俩一起和大家过生日。”

我挂了电话，王诚说：“你怎么跟她说了呀？”

我拍了一下他的脑袋：“不说她安排其他事情怎么办？”

赵聪说：“我也觉得还是说一下好，不然来会让她大吃一惊，万一有个差错惹得不高兴，我们不是白忙乎了吗！女人哄高兴容易，惹生气也不难的！”

“聪哥，你感受这么深，是不是已经尝到爱情坟墓的滋味了呢？”

“别胡说，哥还没埋呢，等埋了，你给我竖上墓碑再来讨教吧。”

“不要说得这么阴森了，温暖一点好不好？快三点了，我们出发吧。”

我们几个到酒店把一些事项又检查了一下，觉得一切都妥当了，我才回房子去接蔡薇薇。

蔡薇薇在沙发上坐着，见我回来，脸上出奇得平静。坐在她身边，抱了抱她，她心在不停地狂跳。

“给我过生日，你请了几个人？”

“没几个，差不多四十个人吧！”

“老天，怎么这么多人呀，你是不是想让我在人前丢丑呀！”她的额上透出一抹细汗，脸上泛着绯红。

“都是非常要好的朋友，还有朋友的朋友。”

“来领导吗？我最怕见你们领导了。”

“没有，都是些常和我们玩的朋友，今天主要是玩，你赶紧收拾，你不是也能唱能跳吗？今天也给大家表现一下，再说你在家里闷了几个月了，该出去透透风了。”我催促她去收拾。

蔡薇薇平时不怎么注重浓妆艳抹，但在有重要活动的时候也会精心收拾自己，虽然只是化淡妆，花费的时间还是不短，她把头发束了起来，穿上玫瑰色的连衣裙，配上白色的毛背心，看起来像是个在二十年代的上海就读的女学生。我打量着她，心里有种说不出的激动，其实她挺适合打扮，稍稍一用心，就变出一个样子。我帮她套上外套，牵着她的手出了门。

我俩到的时候，已经快五点了。

赵聪看到我俩进来，带动大家鼓起了掌。朋友都到得差不多了，虽然人不是很多，但厅子不是很大，大家一站起来，整个厅内也满满当当的。田荣过来和蔡薇薇拥抱，一下子女性都过来拥抱了，场面很是热烈。

好不容易大家落座了，赵聪也要来抱蔡薇薇，他穿着一件红色的礼服，系着红色的领带，他的样子把蔡薇薇逗乐了，说：“你这是要给谁主持婚礼吗？”

“呵呵，我希望你们今天结婚算了，也算是双喜临门。”

“你赶紧和田荣结吧，我还没等到合适的呢！”她说着便瞥了我一眼，满脸的调皮。

我和大家打过招呼，示意赵聪，生日庆典开始。

84

音乐响起来了，掌声响起来了。

和我录制过的任何一场晚会一样，气氛骤然活跃了起来。

赵聪的声音伴随着掌声和欢呼声传过来了。

“朋友们，今天是个喜庆的日子，在二十多年前有个小屁孩降临了，她天使一般飞过了漫长的岁月和时光，今天飞到了我们大家的身旁，她给我们带来了快乐，带来了吉祥，她用自己阳光的心态给我们奉献着善良和美好，传递着温暖和友爱。我代表所有在场和没在场的朋友，代表所有爱她关注她的朋友，祝福她快乐永远！她就是我们今天的小寿星蔡薇薇同学！”

掌声，欢呼声，口哨声。

蔡薇薇从座位上站起来，她满脸透红，给大家深深地鞠了一躬。坐在她身边的田荣站了起来，王梓媳妇站了起来，我也站了起来，所有的人都站起身不停地给她鼓掌。

“请大家共同举杯，来见证这欢乐幸福的一刻！”

《祝你生日快乐》音乐缓缓响起，服务员推着定制的蛋糕从门外走了进来，我牵着她的手和大家一起拥着她走了过去。

点亮了生日蜡烛，所有的人齐声唱起了生日歌，我看见她的眼中噙满了泪花，在田荣提醒下抬起头来，双手合十，放在胸前，默默许愿。

吹灭了蜡烛，赵聪问她许的是什么愿。田荣说：“别告诉他，说出来就不灵了。”服务员给每桌分配了一块，大家都回到桌子上，开始举杯。赵聪请我说两句，我摆了摆手，他接着说：“下面进行第二项，有人向今天的寿星求婚！”

赵聪拿着一束玫瑰花向蔡薇薇走去，整个场面一下子沸腾起来。听到这句话，蔡薇薇的脸上明显出现了吃惊，她紧张地看了我一眼，又张大眼睛看田荣，不知道这是个什么节目，接也不是不接也不是。

接着王梓也拿了一束花过来，我示意她收下，所有的人像变魔术一样都举起了手中的花，从不同的桌子走了过来。蔡薇薇的怀里已经抱满了花，大家就围在她的身边，刘诚拿着相机不停地拍照。

“大家送完了祝福，请尊敬的郑怡升先生出场，送出自己的祝愿和心愿！”

赵聪拿着话筒走到我的身边，采访我：“现在的心情怎么样？”

“紧张！”

“有什么话说？”

“希望说出的话能得到肯定！”

“失败了会自杀吗？”

“没想过，也不敢想。”

“那还等什么，让我们大家一起来见证下面这一让人激动的时刻！”

音乐声突然大了起来，我感觉自己的心跳了出来。应该提前跟她说一下，万一她当着这么多人拒绝了我，那我的脸往哪里搁呀。虽然我想这是不会的，但万一呢？我看着蔡薇薇的眼睛，她也看着我。她是疑惑地看着我，我是心虚地看着她。那一会儿，我真的有点傻，我接过赵聪给我递来的玫瑰花，杵在那里。

“还愣着干啥呀，快过去呀！”赵聪踢了我一下，小声对我说。

我捧着鲜花，一步一步向蔡薇薇走去，先将花递给她，然后单膝跪了下来，打开手中的首饰盒。那颗钻石在灯光下发出耀眼的光，刺得我的眼睛生疼。看着我这个动作，蔡薇薇也僵在那里，所有人突然都屏住了呼吸，没有一个人说话，大家都看着蔡薇薇，也看着我。这会儿没有人做得了主。

时间是那样的漫长。

我看着她的脸上红一会儿紫一会儿，眼睛盯着那个钻石戒指，似乎在做激烈的思想斗争。她在想什么呢，至少现在给我个面子吧。那一会儿，我才发现在大庭广众之下，人会把面子看得比事件本身重要得多。

我说：“蔡薇薇女士，我向你求婚，爱你每一天，和你一起共荣辱共心愿，让你开心，让你幸福，和你一起经历人生的风风雨雨！”

蔡薇薇把戒指从盒子里拿了出来，在手里端详了一会儿，自己轻轻地往手上套。我抓住她的中指，给她戴了上去。大家鼓起了掌声，一切都按计划进行了，玫瑰花瓣和五颜六色的彩条从空中飘落了下来，我俩被淹没了。她将手指伸出来，给了摄像镜头一个特写，在大家的起哄声里，轻轻地吻了一下我，趴在我的耳朵上小声对我说：“你不能骗我开心！”

我想重新跪下来，发个誓言。她感觉到了，一把将我抱住了，一滴眼泪从她的眼里流了出来，她深情地望着我，不住地给我点头，我知道她是在说：她相信我。

我抱起她，原地转了一圈，我们都有些激动，似乎说不出话来。赵聪还想过来采访我，我示意算了。他走上台去，似乎也被刚才的情景感染了，说话有些结结巴巴："朋友们，激动人心的一刻大家都见证了，下面大家吃好，玩好，唱好，跳好，我先来第一个祝福，将这首《相爱到永远》送给大家……"

音乐声起来了，伴随着他的歌声，我和蔡薇薇端起酒杯，和大家碰杯。

歌声不断，掌声不断，喜欢跳舞的也钻进场内，开始翩翩起舞。我从蔡薇薇脸上看到了久违的那种自信和光亮。她曾经有个主持人梦想，没有实现，但她的状态和感觉在任何时候只要细心去观察，都带有一份典雅和高贵。

从开始到结束，大家玩得非常尽兴，我和蔡薇薇也度过在一起最快乐的一夜，我俩都喝了酒，但互相提醒浅尝辄止，进入状态，不能喝醉。

85

宴会结束到家快十一点了，我俩进屋都有些兴奋。蔡薇薇的手一直被我攥着，她的掌心一直都冒着热汗。她到房子后，脱掉了外衣，洗了把脸，和我坐下来。

"你准备了多长时间？"她站了起来，问我。

"没多少时间，快一周吧，不是我一个人的功劳，是大家的。"我不能独吞集体的劳动果实。

"没想到你们这几个木头人玩起花样来还一套一套的，不愧是你们专业呀，看来这个电视编导不是我想的那样没出息，偶尔来两把刷子还是能惹人高兴一下的。"蔡薇薇这话听起来酸不溜丢的，一下子还听不出是表扬还是讽刺。

"高兴的活是大家做的，哪里不对了，你就冲我一个人来，和其他人没关系。"我拉着她坐了下来，晃得我眼晕。

蔡薇薇顺势倒在我的身上，我把她扶起来，抱在腿上，她盯着我的眼睛，非常冷静，嘴角上扬似笑非笑。

人和人之间随着时间推移，情感变得越来越深，看似个简单的道理，里面蕴藏很深的哲理。每个人的涵养不同，对情绪的控制程度不一样，人对人的了解一般停留在性格层面，只有相处久了，才能渐渐地了解全貌，并在你的心里面丰满起来。现在回想起来，我曾经刚刚认识的蔡薇薇和我现在生活的蔡薇薇有很多地方都是模糊的，生活了这么几个月才发现她变得立体了，完整了。

我知道我们之间还需要认识和了解，人有时候是一本很厚的书，只要你用心翻，一定能翻出新的内容来。

在现实中，有些人会随着认识变得越来越糟糕，而有些人恰恰相反。自然，蔡薇薇属于后者。和她生活在一起，让人感觉像是从树洞里渐渐浮上来的皮球，在黑暗中一点点上升，逐渐看到光明。这种光明是有层次的，从朦胧开始，渐近最终的灿烂。这个过程让人渴望满足又激动，也有些担心，生怕一不小心，树洞边有孔漏水，刚有过的欣慰转身离去。

我对生活越来越有自己的理解了，和起初的冲动、激情、付出不一样，当然也离不开这些；它还需要无尽的新鲜和诱惑，这样才能吸引人进入并乐此不疲。

我终于知道了自己为什么喜欢和蔡薇薇在一起生活。我的眼里永远有一个新鲜的人，她像一本书吸引着我，让我不停地翻阅。爱需要吸引，长相厮守需要长相吸引。每个人遇到的对象不一样，所以幸福和缘分也不一样。我是幸运的，要好好珍惜此生的幸运。

蔡薇薇的表情透着一丝挑衅，在她的脸上我第一次发现了一丝娇艳和妩媚，如同一朵桃花在初夏背着枝叶偷偷开放。我揽起她，接受她眼睛里渗透出来的炙热的光，这是一种温暖也是一种润泽，像是在被阳光浸透的溪水中泡澡，她呼出温热的气流，带着一丝甜甜的酒味，微张的双唇在灯光下翕动，淡红色的上唇边有细细的绒毛，这一切都联动着呼吸一起给我无限的柔情和美好。

我喜欢她的手从我肌肤上滑过的感觉，像轻风一样轻轻一撞就化为乌有，这个时候我的心里总会出现一种幻觉，觉得自己像白云一样飘翔在天空，自由又散淡，所有世间的一切尽收眼底却都可忽略不计，大地和谐而安详，万物都似青烟如丝如缕，静寂无声却轻轻涌动着波浪。

“爱我吗？”她的语言从心底里深深地传了出来。

“爱！”有风从窗外飘了进来，连同我的回答充满了整个房间。

她伏在我的身上，酒醉了一般，我看见她的眼睛慢慢地随着下眼睑移了上去，只留下一簇睫毛似动非动。

爱能让人经历死亡般的陶醉。

身上的汗水慢慢地干透了，我从蔡薇薇身边起来。她将头埋在我的怀里，娇羞地将我的衣服裹在她的身上。她说：“你的手机有短信！”

“我怎么没听着，好呀，你不专心！”

“呵呵，是对你太专心才听不到的。”她从衣服里给我掏出手机。

这么晚了，会是谁呢，现在这个垃圾信息太多了。我嘴里嘟囔着，随便翻开，才看见是王梓问我，方便的话出来一下。发了信息差不多四十分钟了，我把手机放下，和蔡薇薇继续说话，我喜欢和她这么在一起纠缠。

“你怎么不回呀？”

“都这么长时间了，估计都回家了吧！”

“你问一下呀，可能大家都没尽兴，又出去玩去了。”她把手机又给我递过来。

电话一通，王梓就说：“你出来一下吧，我有点事。”

我有点不好意思，征求蔡薇薇意见，她笑着说：“出去玩吧，少喝点，你是我的也是大家的，你的朋友也是你的一部分。”

“那你也一起走吧！”

“我晚上去大家也玩不尽兴，你们男的能玩开心，把大家陪好，他们都费心了，你代我感谢大家，再说一天了，我也累了，先躺会儿，等你回来。”她把我从身边推起来，进卧室给我找来了衣服。

86

命运对人的折磨是反复的，对我也不轻易放过。

我到我们常去的一家休闲会所，还以为大家想打牌，进门后却发现只有王梓一个人，他的脸色看起来有些焦虑，我还以为是他遇到什么不开心的事了呢。他向服务员给我要了一杯茶，看着我苦笑了一下。

“怎么没叫他们几个，有什么不开心的事吗？”我坐在他的对面，看着他嘴唇有些发紫。

“等会儿我跟你说吧，今天蔡薇薇高兴吗？”王梓看着我的眼睛，那个神情让我感觉到一丝暖意，他的脸色柔和了起来。

“当然高兴呀，咱们一伙人为她忙了这么些天，她是又惊讶又兴奋，这是我认识她这么多天来她最高兴的一次。再说，要是不高兴，我还能出来吗！”我喝了一口茶，觉得不是很烫，味道淡淡的，没有往日里感受到的那股清香。

我想喊服务员过来加点开水，看到侧边桌子上一个人正在抽泣，虽然听不到声音，但肩膀一耸一耸地在灯光下看得清清楚楚。我怕打扰别人情感的宣泄，就止住了声，回过头发现王梓轻轻地吹动着水面上的茶叶。

他突然抬起头来，瞥了我一眼，苦笑了一下。

我觉得他有话给我说，但不知道是什么。是不是关于蔡薇薇的什么事情呢？我心里开始翻腾，想想似乎应该没什么事情。

“本来今天晚上不应该打扰你的快乐！”他坐正了身子，眼睛直视着我，表情严肃了起来。

“什么事情，有事情应该跟我说。”我说。

“那我就跟你说了吧，嫂子回来了！”

“嫂子？谁？”我没反应过来，但我一下子知道他说的是谁了。

王梓看着我，我能理解他不忍心跟我说出这个名字。

“我晚上见到阿佳了，来找你的，我把她挡住了！”他声音轻得像一个说错话的孩子。

“她为什么来？她不是已经走了吗？而且走了之后从没和我联系。”我的头有点大，但一霎那便又思路清晰了。她当时走得义无反顾，我曾那么长时间找过她，而且想方设法找过她，按理来说我们已经没什么关系了，即使她现在来又能怎样呢，我和她已经结束了，如果说她走的时候我还有一些放不下的话，那现在我对她已经没有任何感觉了，和不能给对方幸福的人生活在一起本身就是折磨，既然双方已经选择分开了就分开吧，现在来找我又是什么意思呢？

“跟你都说了些什么？”我问王梓。

“没说什么，就问你的情况。”

“哦，怪不得，中间我没看见你，今天真是委屈你了，大家都在玩，你却替我处理这些烂事，明天再找你，你就告诉她我已经有女朋友了，说不定过几天我就结婚了，希望她也能找到自己的幸福。”我觉得我对阿佳尽心了，就没必要再纠葛了。

王梓笑了一下，喝了一口茶：“其实当时门卫给我打电话就是想把她打发走的，已经到这个地步了，都给对方平静的生活吧，但现在情况变了。”

“什么变了……我不想再见她了……也不是不想见，是现在我们之间再不需要见了。”我说。

“她好像怀孕了。”王梓看着我的脸，声音又小了下去，“我当时没有敢详细问，都是说一些无关紧要的话，她的肚子很大了，我怀疑……”

血液循着我的心脏全部蹿了出来，像潮水一样涌上了大脑，我感觉血管因膨胀而要撕裂，整个会所里的灯光旋转了起来，胸膛开始发闷，心脏剧烈地跳动着，我用手按都按不住，身子不由地向后倒去。我赶紧闭上眼睛，做深呼吸。

我无法面对这个事情，不知道自己如何去处理。我犯下了天大的一个错误，无论对于蔡薇薇还是阿佳，还有这个即将出生的孩子。如果这个孩子是我的，那就快出生了。如果不是我的，阿佳为什么会回来找我呢？

一定不会是我的孩子，如果是，她走了半年了，怎么现在才回来？

这个孩子一定是我的，一个快要临盆的女人，她怀孕的时候一直和我在一起生活，而且她每天都把自己锁在家中！

我该怎么办？该怎么办？谁能告诉我呀！

现在，我怎么面对蔡薇薇，她还沉浸在爱的幸福当中，就在几个小时前我还跪在地上，向她求婚，我誓言上的体温还没有散去，就要让她面对这样的现实。我想了很久很久，最后觉得应该放弃阿佳，这件事的错大部分在她的身上，可我又不得不考虑，她离开我却保留了我的骨肉，那是一个生命，他出生后要面对人生的苦难和艰辛，我怎么能不顾自己的责任呢，把这一切让一个女人来承担吗？

让我静一静吧。

我对王梓说："让我一个人静一静吧！"

我是王梓扶回以前的房子的。他陪我坐了好长时间，我们谁都没有说话。这个房子我好久没回来过了，现在回来了，看着惨白的灯光下四周冷冷的墙，我才知道，人生面对冰冷的时候，怎么想温暖也无法温暖得起来。

后来我对王梓说了那句，让我一个人静一静吧。

他看了看我，想对我说什么，却欲言又止。我知道他怕我想不开，在面对情感考验时，我是个庸人，一下拿不准该怎么理性地处理。但我能怎么样呢，即使死也该让蔡薇薇或者阿佳来把心里的怨气在我身上发泄出来，我不会死的，我只是不知道该怎么活着！

我对王梓说："不要担心我，帮我想想吧，我该怎么活着！"

他握了握我的手说："人要面对任何难题，我们要尽最大努力去解决！"

"是的，这是个难题，对于我。"

王梓走后，我把屋子里所有的灯都打开，让自己置身在一片灿烂的灯光之中。在人生面对黑暗的时候，我必须努力争取光明，虽然这光明还没有从我的心里露出一丝痕迹，但我现在能做到的就是让我处在光亮当中，因为我不想让内心藏有阴影。

可谁信呀！

啊，我欲哭无泪呀！

我只能抱着头，蹲在地上，我希望这只是个梦魇，不是真的，我告诉自己，你心情好一点呀，很快你就醒来了。阿佳早已经和你分开了，你现在和蔡薇薇生活在一起，你只不过是担心阿佳会有孩子。这怎么会呢，谁会拿生命开玩笑呀！

阿佳你这个天生的妖怪呀，上一辈子欠了你什么，为什么这么来折磨老子呀！

我终于能放声大哭了！

87

王梓后来对我说，当天晚上见我没有回去，蔡薇薇不停地给他打电话。他换了各种理由搪塞，但最后实在无法搪塞了就给蔡薇薇说了实话。把死活要见到我的蔡薇薇劝了回去，他希望我能够静一静，他说服蔡薇薇给我一点时间。我不是有意的，只是被命运无情地捉弄了一把，大家都该站在我的角度为我着想。

我一直承认自己是个懦弱的人，特别在情感上，无法做到一般人那种拿得起放得下的豪迈和潇洒。我不会去爱，即使爱了，如果出现了问题又像一只在沙漠里迷茫的羔羊，不知道属于自己的生命水源在哪里。阿佳曾经让我痛苦，但我觉得她已经是我妻子了，我该给她一定的容忍，让自己生活在那种煎熬和妥协当中。

好不容易分开了，好不容易蔡薇薇又回来了，我该顺利地开始我的新生活了，但现在呢，她又带着一个无辜的生命出现在了我的面前，像一个突然降临的灾难，击倒了我生命的支柱。

现在，我、蔡薇薇、阿佳面对这样一个局面该怎么处理呢？上天对我是残酷的，对蔡薇薇也是残酷的。细细一想，对阿佳难道不残酷吗？

一个人，挺着个大肚子，不知道这几个月她是怎么过来的。

我该同情蔡薇薇还是阿佳，或者我更应该同情我自己。在这件事情上，为什么做错的一直是我，不能摆脱命运捉弄的还是我，最终这个事情该我来承担，但我怎么能承担得了呢？为什么会变成现在这个样子，为什么我的选择永远都是错的？

就这么一个人在屋子里待了三天，我不想吃饭也睡不着觉。最后，什么解决的方法都没有想出来，或许吧，这个事情我本来就没有方法解决得了。

既然我无法改变生活和命运，那么就让我来接受生活的折磨和蹂躏吧。

原谅我吧！爱我的人和我伤害了的人！

坐在出租车上，我觉得自己昏昏沉沉，浑身上下没有一点力气。生活把我放在这个尴尬的位置，我还能怎么样呢，我只希望现在一切都能快一点，就算是一场噩梦吧，让我从中快点醒来，无论结果怎么样我都要接受。车子摇摇晃晃在街道上行驶，快到中午了，阳光隔着玻璃直射到我的脸上，很是刺眼。我闭上眼睛，我喜欢阳光给我的抚摸。其实我是一个脆弱的人，我喜欢阳光这种包容和坦荡。在任何时候任何情况下它都能够平等地对待世界的一切万物，同时它也给人留下了选择空间，每个人都可以选择在光明或者是阴影中生活。现在生活给了我荫翳，那我自己该怎样选择呢？我必须面对现实，必须用自己的坦荡来面对当前生活开给我的这个玩笑。

我擦干了从脸上流下来的泪，从座位上坐直了身子。我发现出租车司机诧异地从观后镜里打量我。我冲他笑了笑。

“没什么事吧？他笑着问我。”

“没有，我在想个事情，怎么想也想不明白。”我回答。

“想不清楚还想什么，就顺其自然吧！”他对我说。

是呀，想不清楚还想什么，就顺其自然吧。我心里面默默地念叨了这句话，在这个世界上想不清楚想不明白的事情太多了，我为什么还要去折磨自己呢？

88

我站在门口。

我没有往里面走，我不敢进去坐在沙发上。蔡薇薇扭过头，她的头发在脑袋的带动下轻轻飘起。

她的脸上像春天阳光下的湖面，荡着让人舒服的微笑。我不知道该跟她说什么，只是像做错了事的孩子，站在那里。

“进来坐呀，怎么了？两天不来是不是觉得我的沙发长钉子了？”她的眼神拥抱了我，我的心里面有些释然，走了进去。

这就是蔡薇薇，她能够给予我包容和温暖。本来事情全发生在我的身上，但她却一下子把事情揽到了自己的身上。我觉得是自己无脸在她的屋子里待下去，而她却把问题放在了自己身上，这种回家的感觉瞬间传遍了我的身体，我无法控制自己，我扑过去抱住她，拼命地亲吻她。

这是绝望的亲吻也是挣扎的亲吻，到最后，我们两个人都被泪水淹没了。我终于可以痛痛快快地哭上一场了，可以痛痛快快地流泪了。我知道这才是我的爱人，在我的生命里可能永远都不会有这么一个人来爱我和被我爱了。

这是个痛苦的时刻，也是个幸福的时刻。我知道我要失去她了，今天或许是我今生中最后一次抱着她，这么近地亲吻她。现在我终于明白了什么叫作天意，明明是两个相互喜欢的人，爱得深入的人却在命运的摆布下面临着情感的决裂，而我们只能听任命运的摆布。

蔡薇薇用双手捧着我的脸，看着我的眼睛说：“不要这样好吗？”

从来没看见她这么认真地对我说话，好像我俩就几天没有见面，似乎她已经长了十多岁，那眼神像一个历经沧桑的长者。她对我说：“我希望你这样，知道吗，我希望你是个真正的男人，面对生活给你的一切，在人生中什么事情都会遇到的，这只是一件，我们来面对好吗？”

老天爷对幸福从来都是吝啬的，我们其实已经拥有了太多。眼泪从她的眼眶里流了出来，我看着她的眼角隐隐出现了皱纹，她看着我，继续说：

“我们在一起这段时间你不知道我是多么幸福，我真想把我们每时每刻都记录下来，可我又不敢，我一直怕这是在做梦，你可能永远都不明白，一个女人和她爱的人在一起是怎样的快乐。我终于经历了这种快乐，不敢相信这种爱老天爷会长久地给我，无论以后我们怎么样我都不会遗憾也不会抱怨。这是我们两个人的劫难也是我们两个人的考验！

“听我说话好吗？不要流泪，我们不应该流眼泪。

“我们应该共同来面对这件事情，你是我的男人，就要负起责任，我是你的女人，在这个时候我就应该支持你来负起这个责任。如果这件事情必须以我们分开为承担，那么我们就分开吧。

“现实是让我们分开，但不会让我们永远分开。我们两个人，我们两个生命在一起了即使分开了我们都是在一起，这要比那些在一起生活却同床异梦的人要幸福得多也道德得多。我一直觉得你是个好人，是好人就要坚持到底，因为你是个好人我才爱你，你能坚持到底，我就会永远爱你……

“我们已经在一起了，分开的只是我们的距离，我们的心是分不开的！不要难过好吗？也不要抱怨好吗？你别流泪了，你一哭我就不能自已了，为了我你也该坚强。去找到她，弄清楚孩子是怎么回事，如果是你的，应该是你的，你就承担起这份责任，如果能继续生活下去就选择生活下去，如果得分开就担当起抚养孩子的义务,那时候我就是一个后妈……呵呵……这真是个玩笑,我都当妈了……但无论怎样你得都找到她，然后给我打电话。

“我俩必须兑现这个承诺，你要记着，不要着急，找到后给我打电话，但没找到前我们暂时分开，因为你没找到孩子前我们在一起，我会内心不安，我会怪我自己，怪我自己没有帮着自己的男人承担责任。

“还记得你在向我求婚时说的话吗？我们共荣辱，要一起经历风雨，这就算一次好吗？

“你找到她给我打电话，你好好去找她，只要你找她，我就会开心，我和你分开了但我幸福，因为我的男人在做一件有担当的事情……”

我不知道自己该说什么，我的耳朵嗡嗡作响，我能做的就是听她说话，而自己不说话。在这个时候，我能说什么呢，我能说我只要她吗？是的，现在我成了一个罪人，虽然内心那么渴望和她在一起，但我已经失去了这个权利，因为我不知道我的面前摆放的是什么，我怎么能让她和我一同去冒这个险呢？

原谅我吧，我的爱人！

如果你能等待我，那是我此生的奢望！

89

蔡薇薇走了，是我把她送上了火车。这一次我真真切切地看着她从我的视线中离去。

列车驶出了车站，缓缓而去，车站像一片晃动的水面。我有些眩晕，在那一刻，我的心突然间安静了下来。失去了爱的人，在最初那一刻是苍白的，因为我心如荒野，没有丝毫的感觉，没有痛苦，没有难受，哪怕一丁点悲伤，也都没有。我只是站在那里，看着空荡荡的车站。阳光照在车站的水泥地上，坚硬而无情，我知道，我的生活转了一个大弯。

我辞去了工作，离开了电视台的是是非非，偶尔王梓会给我打个电话，问我找到阿佳了吗。

我没有找到。阿佳自从那天见了王梓以后重新又消失了，我不知道她去了哪里，她为什么出现，却又莫名其妙地消失了，我想，她在跟我捉迷藏。她是个幽灵，只是不想放过我，她应该就生活在我的身边，只是我看不见她，而她却能清清楚楚地看着我，监视着我的一举一动，既然她喜欢这样玩，那么我们就这样往下玩吧，直到我发现她的那一天。

现在我的生活每天起来，就是寻找，从医院的产科到儿科，一直到任何销售婴儿用品的商店，我不相信我碰不到她，虽然这个事情可能会熬上一段时间，但命运给了我这个差事让我们来面对，我绝不想辜负上苍对我的眷顾。

现在我想说说蔡薇薇，自从她离开后我们越来越少联系，每次都是一个结果，我们这样的结果让彼此消耗了爱的精力，每次通完电话，我都有心碎的感觉，而现实的她却离我越来越遥远，无论我怎么努力，都觉得离她近一点我的痛苦和难过就会多一点。有好几次，她打来电话我都没有接，因为我们分开时她所说的话让我感觉在那一刻是止痛药，但随着时间的推移，我的伤口才真正地疼痛起来，而现在，我很多时候无法止痛，只能一个人面对那种无法言说的伤痛，抱着自己的身体来熬过随时出现的绝望和忧伤。

我不常和蔡薇薇联系还有一个原因，就是赵聪失踪了。

他和田荣在一起了，找到了自己认为的真爱。然而他最后选择了离开。听王梓给我说，赵聪和田荣在一起变得越来越离谱，每天上班时不停地给田荣打电话，有好几次正在录制节目，他却在中间跑回家里，看田荣在干什么。这样使两个人的生活越来越难以说清，以致开始无缘无故地吵架。田荣开始躲他，最后在一次激烈的争吵中，田荣决定离开他，就在她刚从门口出来的时候，赵聪却从窗户里跳了下来，比她早一刻到达了地上。

在医院住了大半年，好了后离开了这个城市，和所有朋友不再联系。

过了很长一段时间，蔡薇薇给我发来了一个邮件：你知道张吉写小说了吗？这是我从网上下载的电子版，你看看。

张吉这篇小说的感觉与我有关，收录如下：

策划方案是一场人生的阴谋

我一直想摸那台摄像机。有几次，眼看就要得手了，却被郑怡升使了出去。摄像机常常被锁在办公室侧面庞大的设备柜子里。柜门是不透明的，很结实的实木板阻挡了人的视线。我有时候想看看摄像机，也无法办到。我知道它躺在第三组柜子中间二层的框架里。每天拍摄的时候，都是王新拎着它，我提着三脚架。一天我问，王新哥，摄像机沉不沉呀？要沉的话，让我来拎吧。王新咧嘴笑。那笑里藏着对我内心所有秘密的洞察，他知道我打的是什么鬼主意。他笑我这点小聪明耍得滑稽。他当然不会给我摄像机，拎摄像机是他用三年的屁颠表现换来的权利。那时候城市的风，不是这样旋转地吹的。一到下午天气凉爽下来之后，无论是北风还是南风，总带着那么一丝酒糟的味道，城市的南边和北边各有一个纯粮酿造的酒厂。整个银川人就浸泡在这种酒糟的气息里，每个人身上都有一种酒后的迷醉。每次外拍，我俩撑开三脚架，摆上机器。我从平时的背包里找出一张白纸对着阳光，看着王新挤上一只眼睛在寻像器调小白平衡。当然那是一件有趣的事情，那时候我还不懂什么叫作色温。有时候他对郑怡升说五千六，有时候说四千八。上千的数字在我心里都是偏大的。我无法知道五千六和四千八到底有什么区别，但我不好意思张嘴问。像我这样的学徒工，怎么有资格来问这个数字。那是一个没有网络的时代，书店里有关摄像的书籍写得比摄像本身还要难懂。我无法知道，这个五千六和四千八代表的是什么，我心里念叨着五千六和四千八，像世界上永远无法让人弄懂的咒语。

这样的日子，差不多过了三个月。我白痴一样充当一个文盲摄像助理。那天下午拍完一个访谈，回到办公室时间尚早。锁好机器后郑怡升临走时把钥匙交给王新，向他挤了一下眼睛，那意思是再明确不过了，似乎把心里的话也说了出来，就是不能让我碰摄像机。节目中心一共有五十多人，办公室按栏目摆着六张大桌子，平时不来人的时候空荡荡的。那一天我的心，也是空荡荡的。我斜躺在椅子上，感觉这座城市也是空荡荡的。

我对王新说，我有一个想法，一个人，如果离开这个世界，会去哪里?

王新说，会去另一个世界。

我说，那个世界和这个世界有什么区别?

他说，一样。

我又对他说，我有杀人的冲动。

他笑了起来，想干就早点干吧，熬过这个时间，你就不想了，哪天你得到一块糖，你就会为下一块糖去努力的。

说完这句话他从办公室走了出去，到门口，他转过身对我说，我回家了，如果你心里烦躁，晚上就请我喝个小酒。

办公室没人了，我可以把腿跷在桌子上。这个动作，平时只有郑怡升在办公室里做。无论办公室有多少人，只要他从外面干活回来，就可以这样将腿搭在桌子上。他有时候闭着眼睛装睡觉，有时候睁着眼睛和别人聊天。这真是一个舒坦的姿势，我能够感受到他把腿跷起来那一刻内心的满足。全中心的人只有他可以这样做。因为他总能把图像拍成编导要的结果。节目中心一共有五个摄像，他是这五个中间唯一的一个可以把摄像机倒着来拍的。胡小兰说，做男人就要做成郑怡升那样，他在家里睡觉也能够让别人惦记着。我以前一直认为胡小兰和郑怡升有一腿，只要谈电视台的事，她一天能够把许晋永念叨几十遍。有时候听得心烦，感觉那就是她无法迈过去的一个坎，代替了她单位里所有的同事。有时候老张也会说郑怡升勾去了她的魂。胡小兰听到这话，一点也不恼，感觉好像他真是自己引以为傲的隐私。郑怡升就是这样在我的脑海里存在了好多年，直到我见到他，才知道胡小兰这样说他完全是一厢情愿。他们两个没有暧昧，虽然有时候会搞得非常甜蜜，似乎互相离不开，干完这把活马上就要去找个温馨的地方开房一样。但只要工作结束，两人之间恨不得挖出对方的祖宗三代。胡小兰是什么人别人不知道，我和老张清清楚楚。以前我一直认为她为了爱情，为了姓郑的那小子，现在看她真的是为了工作，或者是为了她已经变态了的内心。我真希望胡小兰和郑怡升能够有爱情。在他们极度劳累的时候，找个舒坦宾馆，两个人睡上三天三夜，他们干什么都行。但看得出，除了做电视节目外，他俩在一起吃饭都别别扭扭，更何况在说话的时候，完全是两只公鸡叨仗。我一直想不通，就是这么别扭的两个人，一干起活来完全像一对默契的夫妻。一个站在台前摇着十米长的大炮，一个在后台手指灵活地在键盘上敲打。我无法形容这样一件事情，就像我无法描述胡小兰和老张之间的婚姻。他们已经分床睡觉有二十年了，但是他们在朋友面前，在同事面前，最可恶的是在我面前表现出的那种默契，让人不得不惊叹。从这个意义上讲，我佩服胡小兰，我也佩服老张，现在呢我不得不佩服郑怡升。是什么让他们在生活中这样不停地撕下脸皮，戴上面具。不知为什么，在需要的时候，笑得那样真诚。如果有一天，我要拍一部电影，我一定要请他们来当演员，这种没有痕迹的表演让人肃然起敬。通过这三个月的经历，我开始佩服胡小兰了，不敢小看她了，她真是人中的精华。我为我以前那些无知的单纯深深地羞愧和懊恼。他们这帮人天生都是生活中的演员，虽不是科班出身，但他们的表演却出神入化。

说说我和王新怎么到一起的。那天他走后，我发现他把柜子的钥匙留在了办公桌上。我当时真想打开柜子，摸摸那台摄像机，如果愤怒的话我还想把它摔在地上。但我没有，我在桌子前反复徘徊。但当我发现王新把钥匙留在桌子上的时候，我什么都不想了。我只感觉到，空荡荡的办公室里连空气都消失了。那串钥匙虽然只有两把，但它却变得充盈起来，似乎占据了整个办公室的空间，变成了一个庞然大物，我用手抓不动它。后来我压抑了涌动的热血。我就要这种感觉。我工作的起点，就应该是这样。如果我用钥匙打开了柜子拿到摄像机，那和我开始的初衷就背道而驰了。我在办公室坐了整整两个多小时。我给王新打了电话。

我说，你把钥匙落下了。

王新说，落下就落下吧，你帮我保管一下，别让郑哥知道。

我说，你不是说让我请你喝酒吗？我现在给你送过来。

他说，那去什么地方？

我说，兰桂坊。

离单位不远，有一家酒吧，平时特别热闹，单位的同事每次干完活都去那里放松。

他说，那里太吵，找个安静的地方，名典前面有家千千，你过来吧，我在那里等你。

我没有去过千千。到了才知道，只是一个比较优雅的地方。来的人多道貌岸然。和平时上班不一样的，他也变得优雅了起来。

他说，我们今天先喝点茶吧，难得你请我。

我说，你选这么有档次的地方让我拿什么请你，我没有钱。

不用你钱，你请就可以了，这地方是我朋友开的。

好，看不出来，你有这么有品位的朋友。

人都是以貌取人，他笑了笑，坐下来。我们今天不喝啤酒了吧，咱俩喝瓶干红。

那时候，这个城市的人，多数还没有大喝红酒的习惯。除了老张偶尔喝一杯说为了软化血管。

我说我不喝红酒。

那听你的，你说喝什么？

我说就要咱们常喝的吧。

他说这儿没有常喝的。要喝的话，我们就喝点高档的。

喝就喝吧，我也是豁出去了。开始我不知道他到底是为什么叫我来，我把钥匙给他拿出来，他什么话没说就装进裤兜里了。后来他说，你特别喜欢摄像吗？我说，不知道，感觉你一天像宝贝一样地护着，我摸都摸不上。

他说，今天摸了吗？

我摇了摇头。摄像机比你老婆还贵重，我怎么敢轻易摸呢？

他说，这家伙真是要比我老婆珍贵，但你想摸就随时摸，你摸的不是摄像机，你摸的是别人的饭。

我说我懂。我记住了这句话。

不让你摸摄像机，是怕郑怡升心里不舒服。但摸了也就摸了吧，如果你想摸，从今天开始，你每天都可以摸它。

我说，我只是好奇。

他说，你的好奇只是玩玩，咱不能给别人添堵。

我说，有这么严重吗？

有，这是一个玩设备的年代，有一天影视开始玩思想了，设备自然就不珍贵了，说不定哪一天每个人都可以买一台摄像机，想怎么玩就怎么玩。

现在想来，王新早就看出来用摄像机支撑的年代一定会过去。影视艺术创作会有一个玩思想的年代到来。那一天晚上，我俩喝了好多酒。再后来，他叫来了几个朋友，还有一个我俩都认识。所以我所有的秘密，他都清清楚楚。

后来喝醉了，我说，要从家里搬出来。他说，和女朋友住？我说，不，我要一个人住，我要找一个安安静静的地方，要做属于我的电视，要推翻看到的这些垃圾，要表达一个真实的世界，如果可能，打造一个梦想的世界。我只记得他拉着我的手说，一起干！把梦想变成现实，一定能够做到有一天让摄像机围着人转，不是人围着摄像机转。机器永远只是机器。人的大脑有无穷无尽的矿藏。只要有了灵感的火花我们做的事才能有精神上的意义。

那顿酒奠定了我和王新的同盟关系。

有了王新的帮忙，我已经开始了摆弄摄像机了，我也知道了白平衡和色温，我也知道了什么是景别和景深。说实话，当这个玩意儿常常在我手里摆弄的时候，我并不是特别热爱。当然，郑怡升在的时候，我是从来不碰摄像机的。我跟王新说，这是别人的饭碗，我动它只是好奇，有打算用它了吃一辈子的饭的兴趣，但不在机器。我看着别人每天拎着几十斤重的家伙，连气都喘不过来。我有很多事要做，最重要的是开始写本子，我要拍一部让人看着快乐的电视剧。拍电视是我的梦想，当然不是家长里短，我一直喜欢幽默，我觉得一个人的智商和幽默有很大的关系，或者说幽默是最高智商的体现，我要拍出不一样的爱情，让所有的男生和女生笑着哭。

胡小兰同意我在外面租房子了，多年的争取终于变成了现实。租什么样的房子？我一直没有拿定主意，但有了王新参谋一下子就解决掉了。为了不让老张和胡小兰打扰我的生活，我没把住址告诉他们。这个地方只有我和王新知道。开始，我打算把房间收拾得舒服一点。王新说，不就是临时安个小窝吗，弄那么多家具，你还不如回你们家去享受。想想也有道理。后来，我只买了一张床和一台电视机。没有衣柜，没有沙发，房子里面以前有一个茶几。就这样，我开始了我的租房生活，说实话一个人住蛮舒坦的。

好久没见老张了，他一直在忙。他一忙起来，往往没日没夜，有时候也出差，他出差从不跟我说，更多的时候，只和胡小兰打声招呼就离开了。胡小兰也不是一个爱管闲事的女人，只要老张说出门，她就回到家把他该穿的该拿的，都收拾得妥妥帖帖。老张出门，一般就带一个拉杆箱。无非几件衣服，什么洗漱用具，生活用品基本都不带。

我知道他出门用不上这些。开始胡小兰还向他塞一些抹脸油什么的，都被他掏出来放在茶几上，后来胡小兰也不管了。再后来出门，她只是给他准备几件衣服。老张是个勤快的人，他总是要把自己收拾得干干净净，整整齐齐。我感觉到每天早上他待在梳妆间的时间比胡小兰还要长，有时候他俩就一左一右地坐在梳妆台前，互相收拾头发。梳妆台前的老张，有时候更像一个细致的女人。我有时候笑话他。胡小兰说，这是缺点吗？这个世界上的人都得爱干净，形象不好就是不尊重观众。我对胡小兰说，世界本来就是多彩的，有红花也有枯叶，有人喜欢把自己收拾干净点的也有喜欢邋遢的，有人干净了未必好看，有人不收拾也并一定不好看吧。胡小兰说，你这是夸自己呢还是埋汰你爹呢？你爹年轻的时候也是一道风景，等你长大了你就知道了，生活不仅仅需要剪辑还需要包装。我心里想，即使到了老年，不想收拾就不想收拾，原片不行再剪辑包装也是烂片。

最近这几天，我回了两趟家，老张都不在。我问胡小兰，老张是出差了吗？她说你自己打电话问呀。我说我不想问了。她说，你想他你就自己问，不要问我。胡小兰这样对我说。我想他吗？我一点都不想。可我这两天确实是要见他，因为我想问一件事情，这个事情我也可以跟胡小兰说，但我觉得她可能给不了我什么好的意见。

一直等到周五，终于在家里见到了老张。那天胡小兰在加班，我从外面带了一点外卖，想如果老张不在我就随便吃点。门半开着，老张坐在他的书房里。为了套近乎，我给他倒了一杯水，他的桌子永远是那样的整洁，不知搁哪里。据说这个习惯是他在当兵的时候就养成的，我不知道，但我知道的是他对自己行为的一些要求接近苛刻。看着我把水放在桌子上，他摘下眼镜说，无事献殷勤，非奸即盗，有什么事？缺钱啦？我摇了摇头。有女朋友了。我抠了抠脖子。在他面前，我没有压抑感，但显得有些局促。每次跟他正儿八经要说话的时候，我总不知道从哪里开头。后来我说，我想跟你聊个事。什么事？你的情敌。我的情敌？你说的哪位——你们单位那个郑怡升？我说是。我仔细地观察他的表情，他的脸色依然平静，只是语气明显地停顿了一下，问，他怎么了？我说我发现，他和胡小兰没有关系。他咧开了嘴笑了一下。什么叫有关系，什么叫没关系？我说，我发现他们仅仅是同事。哦，那你的意思呢？以前我认为他们还有别的关系，不仅仅是工作关系，但我现在推翻了我的看法。他喝了一口水，看了看我说，人和人的关系很复杂。他们本来就是工作关系，也就是同事关系，他们有可能是有别的关系，但也可能没有别的关系，这不是很重要，重要的是这种关系是和谐的，平衡的，然后呢对别人是没有伤害的，对社会来说是健康的就行了。我说，我不喜欢听你的理论，我想对你说，我和郑怡升有了关系。你们有了什么关系？反正是我有了一种奇妙的感觉，我觉得我和他有了关系，每天看见他有种不顺心的感觉。这么说你和他成了不和谐的关系了？我说也不是什么不和谐的关系，就是觉得他……见了他我有种纠结。怎么纠结了说说看。一方面我很尊重他，他把那个摄像机玩得非常好，还有一个就是他对我好像爱理不理的。哦，那你对他呢？我对他也是爱理不理的。这么说他对你爱理不理是正常的呀，一般人都是这样，你对他好，他也会对你好，你对别人爱理不理别人肯定也对你爱理不理呀。可我不想让他对我爱理不理。那你就不能对他爱理不理？我就是来找你说这个，你出个点子我该怎么办？很简单嘛，把你们现在这种爱理不理的关系变成互相爱理的关系。我估计他不会理我的，有那么多的人都想和他做朋友，他都是爱理不理的。可你和他们都不一样啊。怎么不一样？我是你和胡小兰的儿子。不是，你就是你！我就是我，这不是废话吗？我当然是我。从老张的屋子里走出来，我心里有点气愤，回过头见他又趴在桌子上开始写东西了。我吼了一句，你对我就没有一句建议的话吗？我说了你不听呀。你没说呀！好，那我告诉你，低下头，从学生做起。低下头，从学生做起。从家门口走出来我记住了这句话。在小区里碰见胡小兰，她拎着大包小包的东西。她每次都这样。不论是从单位回家，还是去商场，总要拎这么多东西。我总弄不明白，一个女人，老把自己干得像搬运工一样有什么意思？我曾劝过她，你拿回家那么多东西，吃的你不吃穿的你不穿，弄一屋子做什么用啊？我最狠的一次说，老张哪天倒下了，肯定是被你干倒的。那次她生气了，好几天都没有理我。你别看胡小兰平时不怎么关心老张，但一提老张腐败或者倒下，她的眉毛就像受刺激的猛禽竖起了羽毛。那一刻，她充分地表现出她和老张的关系，她是把他爱到眉毛里。

不知道是什么原因，忽然有一天郑怡升说，今天你俩去拍吧，我有点累。我和王新站在办公室的地上，看着准备好的摄像机，都有一些不知所措。这事难住了我俩，他是因为什么原因能放开视为生命一样的摄像机的呢。我看着王新，他也看着我，那眼神我一下便能读明白，我怀疑刚才的话不是他说的。他看着我俩不动，拉了把椅子坐在那里又解释，我真的有点累，今天你俩就当做帮我的忙，去把这个片子拍了。王新说，我不会拍呀。郑怡升说，都学了两三年了，有什么不会拍的，也不是什么高科技的玩意儿，拍一些常规镜头就行了。王新说，你也走吧，坐在那儿我们也心正一些。他说，我不去了，还有个事，歇一歇，你们赶紧拍回来晚上节目要用。

我的头也是蒙蒙的，不知两个人是怎么从办公室出来的。在路上，我才发现自己提着摄像机。王新说，老郑最近是有什么心事了？我说，从我进单位，从来没发现他有什么事，如果有那肯定是发情了。发情？我这么多年了，从来没见他有过关于女人的事，平时不是提着摄像机干活，就是在单位写稿子，你是怎么发现的他有这方面动静？我说我不是发现的是猜的，一个男人到这个年龄，老是没有女人会活得变态。王新笑了笑把摄像机从我手里接了过去，按了一下电源键说，电是你充的？我说，没有，我没钥匙。他把摄像机放在地上，拍了拍我的肩膀说，你比我有经验，如果可能的话，你就给老郑介绍一位吧，他马上要三十了。

那天我和王新两个拍的节目实际上就是几个镜头，没有整片复杂，但却整整拍了两个小时。郑怡升不在，王新发现自己的构图怎么也不合适。每一次取镜他都要调试好多遍，生怕在哪里出纰漏。我也在一边不停地协助他，给他找角度，选背景。干这玩意儿确实够累。拍完镜头王新对我说，你发现了没有？郑怡升不在，我俩一点自信都没有。我说，不是他的事，是我俩还没玩到炉火纯青的地步。他说，电视这个行业，我也是无奈的选择，开始觉得很好玩，后来跟着郑怡升干了这几年，发现自己别的什么事都不会干了，开始认为镜头就是一门语言，可怎么来运用这种语言，我费了很多的工夫，我不隐瞒你，我每天都要花很多时间来琢磨这个东西，全中心几十号人，为什么编辑都喜欢老郑的镜头？这不仅仅是他勤奋，里面应该有他自己的一种理解。我说，这玩意儿有啥理解的，把画面交代清楚就行。王新说，关键是怎么能交代清楚，一棵树，远中近，三个镜头就拍完了，怎么来完成铺陈的叙事呢？艺术世界是人的心绪的一种延展，我们怎么样能够把这个镜头拍了剪辑出来，让人看着就像小说一样耐琢磨，琢磨完了还对它依依不舍，这才是我们要达到的境界，郑怡升常跟我说要学会镜头艺术化，你念的书多告诉我，怎么样才能艺术化？这不是非常简单吗，把镜头做慢做虚。他盯了我半天，大笑起来，高才生就是高才生，一句话就把问题整明白了，影视发展了几十年，一直就用的是这种老办法，可现在不一样啦，影视业如果再慢放虚化来表达主题只能显得机械化，没有创新，你看现在香港有些电视片，已经尝试主观表达，有时候我觉得我们也应该来思考，根据观众的心理来创造一些比较新颖的表现手法，这个任务就放在你身上吧，你来帮我想想办法。

又一个人长篇大论了，干电视工作会让人疯的。

回到单位后，已经快下班了。办公室里的人都走完了，郑怡升也没在。我俩收拾好机器将带子拿到机房。每次拍完节目，在机房检查是摄像必须养成的习惯，以免在拍摄的时候没有开机。镜头色彩没有问题，构图也美，什么毛病都没有，就是缺少郑怡升的那种味道。王新把片子反复地看了几遍对我说，你能找出问题吗？咱们为什么拍不出那种韵味。我说，是你心里作怪，我感觉和他拍的没有区别。王新没说话，但从他脸上的神情可以看出来，他对我说的话并不赞同。他把摄像带从编辑器里拿出来对我说啊，水平这种东西我们该承认的就要承认，只有能看到差距，才能有进步的可能，如果差距都找不到，那就无可救药了。我说老郑干了这么多年了，肯定有一些我们不掌握的技法，经过几年的积累说不准有一天会比他拍得更好。他拍了拍我的肩膀说，如果想拍得更好，就一定要钻研，一定要找差距，把关键的问题找到了，才可以突破它，这种突破有时候是一下子，有时候是很多年。我问王新，你觉得今天是不是有点奇怪啊，郑怡升把事情交给我俩还早早走了？王新说，你不是已经说了吗，他最近好像有事情。我说，不会是他知道咱俩的预谋了吧？王新说，感觉是我出卖了你。我说，有什么可出卖的，我俩也没做什么亏心事呀！他把带子放到编辑桌上对我说，不要胡思乱想了，活干完了就完了，我给他打个电话说一下，我们回家吧。

进入九月，北城的天空变得高远起来，贺兰山在晴空下显得格外清晰，山顶的岩石发出青紫色的光芒。城市的酒糟味愈来愈浓，混合着湖水的湿润有一丝丝淡淡的咸腥味，每年这个季节，便有一种安静从天空降落下来，那些奔跑的车流和匆匆的行人似乎也都放缓了他们焦虑的步伐，与城市融合在了一起。

我与王新开始实施两个人的计划，满城寻找一个契合郑怡升眼光的人。王新说，在电视台待久的人对漂亮女生都免疫了，要找就找一个清纯的。

我说，这是一个什么样的时代了，妖艳的整容的都好找，要找清纯的就得去精神病院。

王新用拳头捶了捶我的胸膛说，兄弟就按这个方向找！选一个还没有送进精神病院的，就让郑怡升用自己神奇的摄影技术完成人生重大的记录吧，这东西说不定能获得国际纪录片大奖。

从那天开始，只要有空闲的时间我俩就满城市寻找，开始留意所有的采访对象及周围的女生。当时的北城刚刚发展，从东到西也就二十公里，作为电视台编导每年都会把各个单位梳理一遍。同大部分企事业单位宣传口的负责人和工作人员都在饭桌上坐过，有些还一起唱过歌泡过澡。快半年时间过去了，我俩一点进展都没有。这期间，有一个时间段郑怡升似乎和一个女孩子交往，差点断送我俩精心准备的棋局，后来证明那只是一次短暂的邂逅。此后我俩加紧了步伐，力争在他下一次情感出现以前实现起先的规划。

单位的事情越来越多，郑怡升开始被各栏目争抢，这给王新带来了独立工作的机会。每次郑怡升除参加重要活动录制工作外，王新理所当然地就成了栏目的候补队员。我对王新说，你不是干得很好吗！他回答我说，黑狗和熊不细看分辨不出来的。就是他这个黑狗越来越像熊的模样，每次外出拍摄我也装得异常恭敬，给他拎着机器，跑前跑后伺候着他，特别是有拍摄单位人员在的时候，我即使走路都要把他让在前面。我这样的表现弄得他哭笑不得，他往往在别人不注意的时候给我一脚，我只是对他挤挤眼，示意他也该摆出一位大咖的范儿来。

有一天周六去拍一个学校的课本剧，单位没有车，觉得路途较远两个人决定不去了。刚刚把设备收拾起来打算下午休息，王新接到了电话，说学校派车过来。我说，你就说我们有别的任务。王新只说了一半就把电话挂了。我问咋回事，他说，车已经在来的路上，对方说还给我们准备了车马费。在电视台混的人当年都不谈工资，拍摄单位的红包是一笔不小的收入，俗话说马没夜草不肥，这份隐形的补助给了我们生活的自尊，所以有红包的事情一般都不会耽搁，目的很明确，只有这一次的善待才能培养下次的再接再厉。

接我们的是一辆面包车，除了司机还有一位有点秃顶的老师，一见面就觉得非常亲切，他让我们上车顺手给我俩一人一瓶饮料。这种人我们见得多，招呼人很有一套。他和王新坐在一排，扭过身不到二十分钟就把我俩夸得天花乱坠，后面开始评价台里的节目，似乎比我俩还了解情况。没有到学校我们就熟络了，我们知道了他姓李，是这所学校的政教处主任。李主任很是健谈，从伊拉克战争聊到贺兰山上古传说，一句见外的话都没有，到学校后已经是非常熟悉的老朋友了。

课本剧一般，但作为一个郊区学校排出这样的节目还是出乎我和王新的意料。拍摄结束后李主任适时出现，趴在王新肩上耳语几句又忙他的去了。收拾完机器，我俩到门口等车，偌大的校园一下子就安静了，学生三三两两地从门口经过，都很有礼貌地和我们打招呼。

王新说，看见了吧，这个学校学生的素质一点都不比重点学校差，说明李主任的政教工作做得好。

我说，你是不是中李主任毒了，这只能说明同学们喜欢上电视而已。

上电视也是支持我们的工作，没人上电视了我们也就没饭吃了。

我说，人都有虚荣心，上电视能让人的形象扩大。

我俩正说着话，看见李主任从教学楼里出来，他接过王新手里的摄像机，向我们一挥手说，走，先去吃饭。王新推辞说还有事。他说，什么事能比吃饭重要，忙乎了一早上到饭点了，到哪里都得吃，难得你们电视台人来我们学校，校长说了，中午要好好款待你们，谁推辞谁就不是弟兄！

午宴果然丰盛，烤全羊都整上来了。菜多了反而没有胃口，李主任使劲地往我俩的盘子里拣羊肉，嘴里不停重复：山区放养的，正宗的！

酒过三巡，话自然多了起来。学校管理层悉数到场，校长和王新是一家，一点都不见外，直呼王新为兄弟，每过几分钟便端起一杯酒，送到他面前和他碰杯。酒桌对电视工作者是不陌生的，但没想学校的老师一点都不差，一会儿工夫，四瓶唐川酥酒就撂在那儿了。喝白酒不是我的强项，从进门开始我就亮出自己的姿态，三圈过后主动给大家倒酒，起初还被客气了一番，后面喝高了我借故年龄低劳动归我也就顺理成章。我知道王新和郑怡升酒量都是斤内不醉，所以斟酒对他也毫不客气，以此来推行我的规矩。

王校长说，酒品看人品，记者的工作完全可以从喝酒上体现出来，喝酒干脆的人打交道肯定没问题。

王新说，要贯彻校长精神，谁在喝酒上耍赖肯定工作中滑头，从今天开始我们也是学校的一分子，随时需要随时招呼。

大家热热闹闹又举了一杯。许主任见我旁边的老师过去敬酒，便凑了过来和我碰杯，说，你们干电视的一般都很豪爽，我有一个同学，毕业后去电视台了，在学校就是才子，性格特别像王老师。我说，电视台也全不是才子，只是工作分工不同，你们同学可能是属于那种比较厉害的。

李主任坐在我的旁边，又端起酒杯，我急忙拒绝。他挤了一下眼睛说，你喝水！他让我一下有了温暖的感觉，说，主任你也喝点水。

我多年习惯，喝酒不喝水的。他话锋一转接着说，你知道我那个同学现在混得怎么样？

他叫什么名字？

叫郑怡升，比你年龄大。

你俩是同学。我惊呼了一声。

所有的人都把头转过来看我俩。李主任连忙说，你们喝你们的，我和张记者聊聊我们同学。王校长说，你们聊！又举起杯来和王新碰酒。王新说，我们来个游戏吧。

只要说玩游戏，就证明王新酒入佳境，也宣布他要挑起事端。果不其然，王新直接和校长开战六局五胜。校长再挑，又是六局四胜。学校一方争着给校长代酒，王新极其宽容，自己三杯喝干倒杯。大家看校长有点多，都吵吵聊聊天。校长开始给大伙讲教育江湖的段子，老师们都兴冲冲听了起来，还不时发出欢快的笑声。王新见状侧身过来，和李主任喝了一杯，顺势坐在了他旁边。

这半天，我已经给李主任基本把郑怡升的事情吹得差不多了，王新一来更是天花乱坠。李主任没想你和我老师是同学，怪不得你干事精练，一见面就亲切呢。话题一绕就聊到郑怡升个人情感上去了，听说他同学还单身，李主任那种着急有点像急于抱孙子的爷爷。王新怂恿李主任给物色一位师娘，李主任似乎酒清醒了，沉思半天说，学校倒有两个未婚女老师，但不知道有没有男朋友。王新问，漂不漂亮？李主任说，一般。王新说，你觉得可以吗？李主任说，以我对他的了解应该看不上。他又说，我倒认识一个女孩他肯定看得上，但我怕害了他。王新说，为什么？李主任说，姑娘很清纯，就是毛病太多，什么都不干，像一个巨婴。王新说，不能这么说，这姑娘或许等待一场爱情呢！你应该积极撮合，再说我老师凭现在这个状态媳妇还要上什么班，在家享福就行了，他现在一个月挣我们三个月的。王新趁着酒劲说，李主任，李老哥，谈不谈是他的事，介不介绍就是你的事了，这种事我们当徒弟的不好说，全靠你了，我代表我老师全部弟子给你敬酒了！

这话被王校长听见了，和全桌一起起身附和，大家又热热闹闹喝了一杯，李主任把这个事情满口应承了下来，并表态绝不辜负大家的期望。最后王新叮嘱李主任，这事千万别告诉郑怡升我俩知道，不然老师没有面子的。李主任说，咱都是明白人！

那是一场意料之中的酒局，我俩获得了意料之外的战果。回家的路上，王新明显喝多了，摄像机和三脚架都交给我负责，他半躺在后排座椅上一路高吼：踏破铁鞋无觅处，得来全不费工夫！

…………

时过境迁，一群人在时代的浪潮中都各奔东西，过去的事情总该有人留心记录下来，如同相片一样留给我们青春的回忆。那天，我打开邮件，看了第一章，心里产生了莫名的辛酸，无论是虚构还是真实，我们所有的人生开始于一场策划，而编导最后没法继续编排，只能顺着生命和情感的轨迹延续下去。